KB052341

나중에

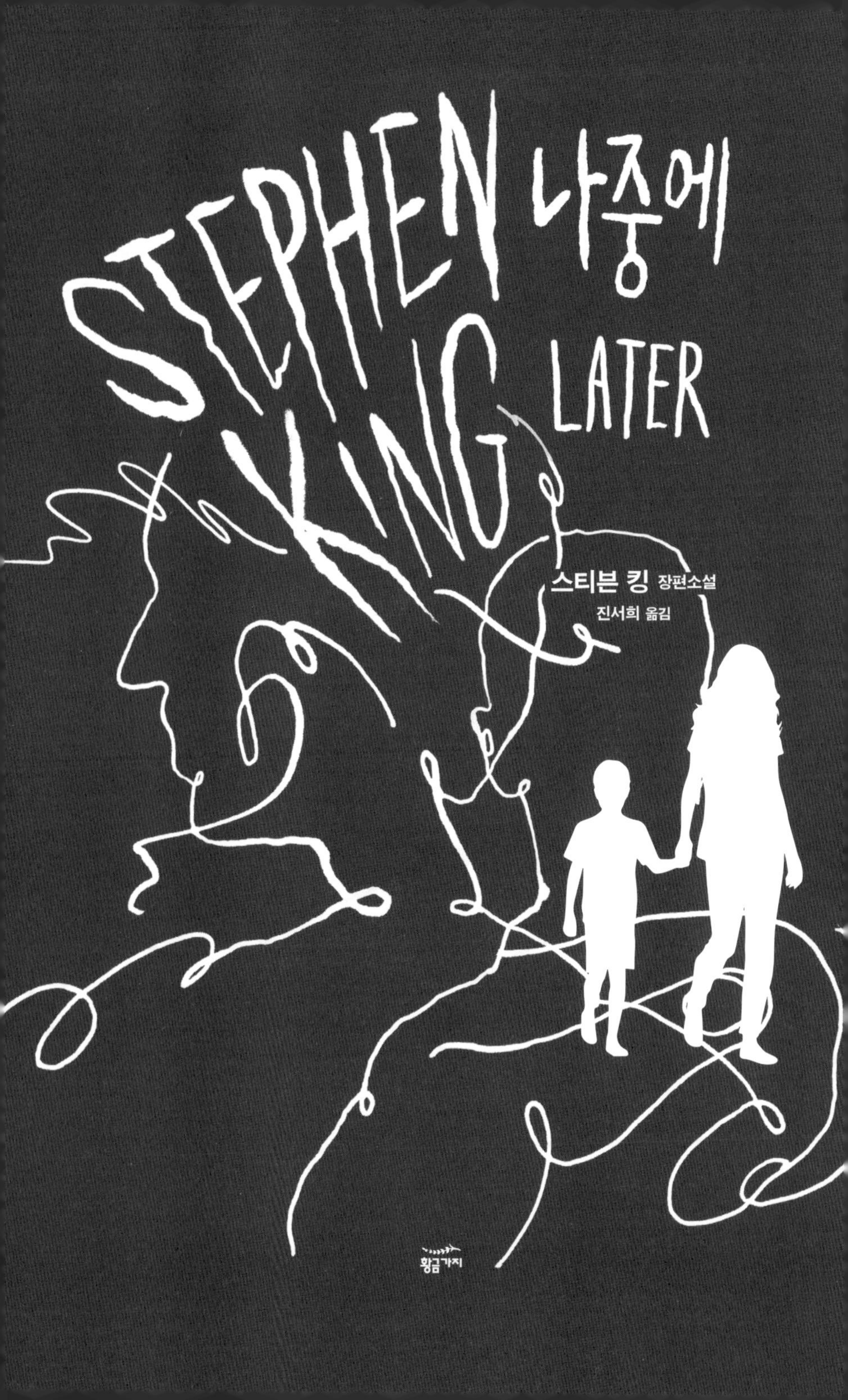
STEPHEN KING
나중에
LATER
스티븐 킹 장편소설
진서희 옮김
황금가지

크리스 로츠를 기리며

"내일은 얼마 남지 않았다."

― 마이클 랜던

사과부터 하기는 나도 싫다. 문장을 전치사로 끝맺지 말라는 문법처럼 사과로 글을 시작하지 말라는 법이 있을 만도 한데, 지금껏 서른 장 넘게 쓴 내용을 확인해 보니 역시 양해를 구할 수밖에 별도리가 없다. 내가 사과하려는 이유는 바로 계속해서 등장하는 어떤 표현 때문이다. 나는 어머니에게 온갖 육두문자를 배웠고 — 곧 읽으면서 알게 되겠지만 — 어렸을 때부터 익히 사용했다. 그러나 내가 미안하게 생각하는 표현은 욕설이 아니다. 바로 *나중에*라는 말이다. 나는 '나중에 (later on)'와 '나중에 알게 된 바로는(later I found out)', 그리고 '나중에야 깨달았는데(It was only later that I realized)'라는 어구마다 반복해서 그 표현을 썼다. 그럴 수밖에 없었다. 왜냐하면 이 이야기는 (비록 6살 때 존재를 의심하긴 했지만) 내가 산타클로스

11

와 이빨 요정을 믿던 시절까지 거슬러 올라가기 때문이다. 내 나이 이제 스물둘이니, 이 이야기마저도 *나중에* 쓴 이야기인 셈이다, 거봐라. 또 그 말을 썼지? 내가 사십 줄에 들고 (난 항상 내가 그렇게 오래 살 거라 믿는데) 그때쯤 되어 스물둘의 내가 알던 것을 되돌아본다면 사실 제대로 알지 못했던 것이 너무나 많았음을 깨닫게 될 것이다. 항상 나중이라는 게 있다. 이제는 나도 안다. 적어도 우리가 세상을 뜨기 전까지는 항상 나중이 있다. 마침내 죽고 나서야 모두 *이전* 일이 되는 것이다.

내 이름은 제이미 콘클린이다. 옛날 옛적에 나는 고양이 궁둥짝을 후려칠 만큼 멋진 추수감사절 칠면조를 한 마리 그렸다. 나중에, 그리 머지않아 나는 내 작품이 고양이가 궁둥이로 싸질러놓은 수준의 그림이라는 걸 깨달았다. 진실이란 때로 아주 엿 같은 법이다.

이건 공포물이라고 해야 할 것 같다. 잘 읽어보길 바란다.

1

어머니와 함께 하교하던 길이었다. 어머니가 나의 한 손을
잡고 걸었고, 나는 다른 손에 내가 그린 칠면조를 쥐고 있었
다. 1학년으로 맞는 추수감사절을 앞두고 학교에서 만든 칠면
조였다. 내 작품이 너무나 뿌듯했던 나는 말 그대로 신나서 몸
을 떨고 있었다. 어떻게 만드냐면, 마분지 위에 손바닥을 펴서
올리고 크레파스로 손 모양을 따라 그리는 거다. 그게 꼬리 깃
털과 몸통이다. 머리는 자기가 알아서 그리면 된다.

어머니에게 칠면조를 보였더니 '응 응 응, 그래 그래 그래,
너무 잘했어.'를 연발했지만 제대로 한 번 쳐다보지도 않았던
것 같다. 어머니는 자기가 어떻게든 팔아야 할 책 생각에 열중

해 있었을 테니까. 어머니의 표현을 빌자면 상품 판'매질'이었다. 어머니는 저작권 대리인이었다. 원래는 해리 외삼촌이 하던 일인데, 지금부터 내가 말하려는 건 이미 외삼촌으로부터 사업을 넘겨받은 지 1년이 지난 당시 시점의 이야기이다. 설명하자면 길고 좀 골치 아픈 사연이 있다.

내가 말했다.

"숲 녹색을 썼어. 내가 제일 좋아하는 색깔이니까. 엄마도 알잖아, 맞지?"

어느덧 우리는 집 가까이 다다랐다. 학교에서 겨우 세 블록 거리였다.

연신 응응거리던 어머니가 말했다.

"아가, 집에 가면 놀든지 『바니』랑 『신기한 스쿨버스』보는 거다. 엄마는 전화 걸 데가 엄청나게 많아."

그래서 이번에는 내가 응응거렸더니 어머니가 나를 쿡 찌르고 싱긋 웃었다. 나는 어머니를 웃게 만들 때마다 기분이 정말 좋았다. 6살에 불과한 내 눈에도 어머니가 사는 세상이 너무 만만찮아 보였기 때문이다. 거기에 나도 일조했다는 사실은 나중에야 알게 되었다. 사실 어머니는 자신이 정신 나간 아이를 키우고 있는 건지도 모른다고 걱정하고 있었다. 내가 지금 이야기하려는 그날은 내가 미친 애가 아니라는 걸 어머니가 마침내 확신하게 된 날이었다. 어머니는 안심이 되면서도 한편은 그렇지 않아 보였다.

"아무한테도 말하면 안 돼." 그날 늦게 어머니는 내게 당부를 했다. "엄만 빼고. 어쩌면 엄마한테도 말 안 하는 게 낫겠다, 아가. 알았지?"

나는 알았다고 했다. 어릴 때는 어머니가 하는 말에 뭐든 알았다고 하는 법이다. 물론, 잠을 자라고 할 때나 브로콜리를 다 먹으라고 할 때는 빼고.

우리가 사는 건물에 도착해 보니 엘리베이터는 여전히 고장 나 있었다. 혹시 엘리베이터를 탔다면 상황이 달라졌을 거라고 생각하는 사람이 있을지 모르겠다. 하지만 내 생각은 다르다. 인생이 선택에 달렸고 우리가 택한 길에 따라 삶이 결정된다는 말을 하는 이들도 있지만 그건 순 헛소리다. 이 일만 봐도 알 수 있다. 계단으로 올라가나 엘리베이터를 타고 가나 우리가 3층에 도착할 거란 사실은 달라지지 않는다. 가혹한 운명이 장난을 걸어오면 어느 길을 택하든 똑같은 곳에 다다르게 된다. 난 그렇게 생각한다. 나이를 먹으면 생각이 바뀐다고 하지만 이 생각만은 변하지 않을 것이다.

"망할 놈의 엘리베이터." 어머니는 그렇게 내뱉고 나서 내 귀를 단속했다. "아가, 넌 못 들은 거야."

"뭘요?"

내 대답에 어머니가 또 미소를 지었다. 미리 이야기하자면 그걸 끝으로 오후 내내 어머니의 미소를 더는 볼 수 없었다. 나는 어머니의 가방을 들어주겠다고 우겼다. 늘 원고를 넣어

다니는 어머니의 가방에는 그날따라 500장은 되어 보이는 묵직한 원고가 들어있었다. (날씨가 좋으면 어머니는 내가 학교를 마치고 나올 때까지 벤치에 앉아서 원고를 읽으며 기다렸다.)

"마음에 드는 제안이긴 한데, 엄마가 항상 뭐라고 했지?"

"자기 인생의 짐은 스스로 짊어져야 한다고요."

내가 답했다.

"맞았어."

나는 어머니에게 물었다.

"리지스 토머스죠?"

"그렇고말고. 우리 집세를 내주는 오랜 친구 리지스의 원고란다."

"로아노크에 대한 이야기예요?"

"굳이 물어볼 필요가 있을까, 제이미?"

어머니의 질문에 나는 웃지 않을 수가 없었다. 오랜 친구 토머스 씨는 오로지 로아노크 이야기만 쓴다. 그가 진 인생의 짐이 바로 로아노크였다.

우리는 계단을 따라 3층에 이르렀다. 3층에는 복도 끝의 우리 집 말고도 두 세대가 더 살았다. 우리 집은 그중 제일 비싼 아파트였다. 3A호 문 앞에 버켓 씨와 그의 부인이 서 있었다. 버켓 씨가 담배를 피우는 걸 보면 뭔가 안 좋은 일이 생긴 게 틀림없었다. 버켓 씨의 담배 피우는 모습은 처음 보는 광경이었고, 우리 건물에서 흡연은 불법이었기 때문이다. 버켓 씨는 눈이 충혈된 데다 머리가 잔뜩 헝클어져 회색 머리칼이 삐죽삐죽 솟아있었다. 나는 늘 버켓 씨라고 불렀지만 그는 사실 뉴욕대에서 나름 비상한 걸 가르치는 버켓 교수님이었다. 그게 영국과 유럽 문학이란 건 나중에 알게 되었다. 버켓 부인은 맨발에 잠옷 차림이었는데 잠옷이 아주 얇아서 몸이 훤히 들여다보였다.

"마티, 무슨 일 있어요?"

어머니가 버켓 씨에게 말을 걸었다.

나는 버켓 씨가 미처 뭐라고 대답하기도 전에 손에 들고 있던 칠면조를 들어 보였다. 버켓 씨의 표정이 슬픈 것 같아서 기분을 풀어주고 싶기도 했지만 물론 내 작품을 자랑하려는 마음이 컸다.

"보세요, 버켓 씨! 제가 칠면조 만들었어요! 보세요, 버켓 부인!"

나는 부인이 볼 수 있도록 칠면조를 높이 들어 올려 내 얼굴을 가렸다. 내가 자신의 알몸을 들여다보고 있다고 생각하지 말았으면 해서였다.

버켓 씨는 칠면조에 관심이 없었다. 아니, 아예 내 말을 듣지 못한 것 같았다.

"티아, 끔찍한 소식이 있어. 모나가 오늘 아침에 죽어버렸다네."

놀란 어머니가 두 손으로 입을 막는 바람에 원고가 든 가방이 어머니의 다리 사이로 툭 떨어졌다.

"오, 세상에! 어떻게 그런 일이 있을 수가!"

버켓 씨가 울기 시작했다.

"모나가 간밤에 자다 일어나서는 물을 한 컵 마셔야겠다고 하더군. 나는 다시 잠들었는데 아침에 일어나보니 이불을 턱까지 덮고 소파에 누워있지 않겠어. 살금살금 주방으로 가서 커피를 끓였지. 기분 좋은 냄새를 맡으면 모나가 잠을 깰 거라고…… 깨어나겠지 생각했는데……."

버켓 씨는 말을 잇지 못하고 목놓아 울었다. 버켓 씨가 거의 백 살 먹은 어른이긴 하지만 어머니는 내가 다쳤을 때 나를 껴안듯이 버켓 씨를 두 팔로 감싸 안아주었다. (후에 알고 보니 버켓 씨는 일흔네 살이었다.)

그 순간 버켓 부인이 내게 말을 걸었다. 부인의 말은 알아듣기 어려웠지만 정말로 알아듣기 힘든 몇몇 유령들의 말보다는 이해하기 쉬웠다. 버켓 부인이 아직 쌩쌩한 유령이라서 그런 것 같았다.

부인이 말했다.

"칠면조는 초록색이 아니잖니, 제임스."

"뭐, 제 건 초록색이에요."

내가 대답했다.

어머니는 아직도 버켓 씨를 안은 채로 그를 달래고 있었다. 두 사람이 버켓 부인의 말을 듣지 못하는 건 유령의 말을 들을 수 없기 때문이었다. 뿐만 아니라 어머니는 위로를 하고 버켓 씨는 흐느껴 울며 둘 다 어른 노릇을 하느라 바빠서 내가 하는 말도 들을 겨를이 없었다.

버켓 씨가 입을 열었다.

"앨런 선생을 불렀는데 와서 보더니 아마 *뇌졸중* 같다고." 내가 알아들은 대로라면 그렇게 말했던 것 같다. 버켓 씨가 너무 심하게 울고 있어서 확실하진 않다. "앨런 선생이 장의사에 전화를 했지. 거기 사람이 와서 아내를 데려가 버렸어. 모나 없이 난 이제 어떻게 해야 할지 모르겠어."

버켓 부인이 내게 말했다.

"까딱하면 우리 영감이 네 엄마 머리카락 다 태워 먹겠구나."

그 말이 떨어지기 무섭게 버켓 씨의 담뱃불이 어머니의 머리카락을 태웠다. 미용실에서 풍기는 머리카락 탄내가 퍼졌다. 어머니는 사람이 너무 좋아서 그걸 가지고 뭐라 하지는 않았다. 하지만 버켓 씨가 포옹을 풀게 만들더니 담배를 빼앗아 복도 바닥에 떨어뜨린 뒤에 발로 짓이겼다. 나는 그게 너무 지저분하고 불쾌했지만 아무 말도 할 수 없었다. 상황이 상황이니만큼 그냥 넘어가야 했다.

내가 버켓 부인과 계속 대화를 나누었다가는 버켓 씨는 물론 어머니까지 기겁할 게 뻔했다. 아무리 어린애라도 정신이 제대로 박혔으면 기본적으로 지켜야 할 규칙이란 게 있는 법이다. '부탁합니다'나 '고맙습니다' 같은 말을 해야 한다든가 다른 사람들이 보는 데서 고추를 흔들거나 입을 벌리고 음식을 씹으면 안 된다는 규칙이 그런 것들이다. 또, 산 사람 바로 옆에 서 있는 유령에게 말을 거는 것도 금해야 한다. 죽은 지 얼마 안 된 이를 그리워하는 산 사람 옆에서는 더욱 해선 안 될 일이다. 단지 내 변명을 하자면 버켓 부인을 발견했을 때만 해도 부인이 돌아가신 줄은 꿈에도 몰랐다. 이후 차차 유령을 구별할 수 있게 되었지만 당시에는 배워가는 중이었으니까 말이다. 부인의 잠옷은 투명해서 안을 훤히 들여다볼 수 있었으나 부인의 몸 자체가 투명하게 보이지는 않았다. 유령도 겉보기엔 산 사람과 똑같다. 죽을 때 입었던 옷을 영원히 입고 있어야 한다는 점 하나만 다를 뿐이다.

그 와중에 버켓 씨는 어머니에게 오전의 일을 미주알고주알 늘어놓고 있었다. 그는 자신이 어떤 자세로 소파 옆 바닥에 앉아 부인의 손을 잡은 채 의사가 오기를, 그리고 이후 '장의사'가 오기를 기다렸는지 상세히 설명했다. 실제로 버켓 씨의 표현은 '그렇게 아내를 운구했어.'였는데 나는 어머니의 설명을 듣고 나서야 그 말뜻을 이해할 수 있었다. 처음에는 머리카락 탄내에 정신이 팔려서인지 버켓 씨의 말을 '장식사'로 잘못 알아듣기도 했다. 버켓 씨는 차츰 울음을 그치는 듯싶다가 금세 다시 목청을 높였다.

"아내의 반지도 모두 없어졌어." 버켓 씨는 연신 눈물을 흘리며 말했다. "결혼반지랑 약혼반지 둘 다. 커다란 다이아몬드

반지인데, 간밤에 아내가 그 냄새 고약한 관절염 연고를 바르느라 침대 옆 협탁 위에 올려뒀거든…….”

“냄새가 정말로 끔찍하단다.” 버켓 부인도 그의 말에 동의했다. “라놀린은 양모 기름으로 만드는데, 효과는 아주 좋아.”

나는 알아들었다는 의미로 부인에게 말없이 고개만 끄덕여 주었다.

“……욕실 세면대 위까지도 말이야. 가끔 아내가 거기 반지를 벗어놓기도 하니까……. 집안을 샅샅이 뒤져봤어.”

“찾게 되실 거예요.” 어머니는 이제 머리카락 태울 걱정 없이 버켓 씨를 다시금 안아주며 다독였다. “마티, 반지는 찾게 될 테니 걱정하지 마세요.”

“아내가 너무 보고 싶어! 벌써 그리워!”

버켓 부인은 한 손을 들어 자신의 얼굴에 부채질을 했다.

“이 양반 6주만 지나면 돌로레스 마고완이랑 점심 약속 잡을걸.”

어머니는 내가 무릎을 다쳤을 때나 언젠가 어머니에게 커피를 끓여주다 뜨거운 물에 손을 데었을 때 나를 달랬듯이 울부짖는 버켓 씨를 위로하고 있었다. 그 시끄러운 상황은 어떻게 보면 기회였기에, 나는 목소리를 낮추어 부인에게 물었다.

“버켓 부인, 반지는 어디에 있죠? 알고 계세요?”

죽은 이들은 진실만을 말해야 한다. 당시 여섯 살이었던 나는 그 사실을 몰랐다. 그때는 산 사람이든 죽은 사람이든 어른이면 다 진실만 말하겠거니 생각했다. 물론 골디락스*가 실존하는 여자아이라고 철석같이 믿던 시절이었으니까, 나더러 바보라고 해도 할 말이 없다. 그런 나도 곰 세 마리가 사람처럼 말을 했다는 부분은 애초부터 믿지 않았다.

"복도 벽장 안 첫 번째 선반 위에." 부인이 대답했다. "스크랩북들 뒤쪽으로 깊숙이 넣어뒀어."

"거긴 왜요?"

내가 물었다. 어머니가 나를 이상한 눈초리로 쳐다보았다. 어머니의 눈에는 내가 현관 앞에 서서 허공에 대고 말하는 걸로 보였을 것이다. 그즈음에 이미 어머니는 내가 남의 집 아이들과 완전히 똑같지는 않다는 걸 알고 있었다. 앞으로 이야기하겠지만 센트럴 파크 사건 이후, 어머니가 편집자 친구들 중하나와 통화 중에 나를 일컬어 '특이(fey)' 하다고 말하는 걸엿들은 적도 있다. 그때는 어머니가 내 이름을 '페이'라는 여자 이름으로 바꾸려는 줄 알고 깜짝 놀랐던 기억이 난다.

"나는 아무 기억도 안 나." 버킷 부인이 말했다. "그때 뇌졸중이 왔던 모양이야. 생각이 피에 익사해버렸나 봐."

생각이 피에 익사했다.

나는 그 말을 절대 잊을 수가 없다.

우리 집에 가서 차 한잔(이나 더 독한 거라도)하시겠냐는 어머

---

* 「골디락스와 곰 세 마리」에 나오는 여자아이.

니의 물음에 버켓 씨는 괜찮다며 사양했다. 그는 다시 한번 아내의 사라진 반지를 찾아볼 셈이었다. 어머니는 저녁으로 중국 음식을 먹을 계획인데 원하면 중국 음식을 포장해 주겠다 권했고 버켓 씨는 그거 좋겠다며 어머니에게 고마워했다.

어머니는 '데 나다'*(어머니가 '응 응 응. 그래 그래 그래' 만큼이나 즐겨 쓰는 말)라고 답하고는 버켓 씨가 우리 집에서 저녁을 함께 드신다면 매우 환영이지만 그게 아니라면 6시쯤에 버켓 씨의 아파트로 음식을 갖다 드리겠노라 말했다. 그러자 버켓 씨는 초대를 사양하는 대신 우리에게 자신의 아파트에서 함께 식사를 하자고 청했다. 실제로 그가 사용한 표현은 우리 아파트였다. 마치 버켓 부인이 아직 살아있기라도 한 것처럼 말이다. 버켓 부인은 여전히 거기에 남아있었지만 이제는 죽고 없는 사람이었다.

"그때쯤이면 부인 반지도 찾으실 거예요." 어머니는 그렇게 말하고 내 손을 잡아끌었다. "이리 와, 제이미. 나중에 다시 버켓 씨 뵈러 올 거야. 지금은 혼자 있게 해드리자."

버켓 부인이 내게 말을 걸어왔다.

"초록색 칠면조는 없단다, 제이미. 어차피 그건 칠면조처럼 생기지도 않았는걸. 마치 무슨 덩어리에서 손가락이 튀어나온 것 같아. 너도 렘브란트는 못되겠구나."

---

* de nada. '천만에요.'라는 뜻의 스페인어.

죽은 이들은 진실만을 말해야 한다. 당신이 질문의 답을 알고 싶다면 상관없겠지만, 다시 말하건대 그 진실은 아주 엿 같을 때가 있다.

나는 부인에게 화가 났다. 그런데 부인이 울기 시작하는 바람에 화를 낼 수가 없었다. 부인은 버켓 씨를 향해 말했다.

"이제 당신이 허리띠 찰 때 바지 고리 다 끼우는 걸 누가 확인해 주려나? 돌로레스 마고완? 어림도 없지." 부인은 버켓 씨의 뺨에…… 아니, 뺨을 *향해* 입을 맞추었다. 어느 쪽인지 확실히 말하기가 애매했다. "마티, 당신을 사랑했어. 아직도 사랑해."

버켓 씨는 가려운 듯이 한 손을 들어 부인의 입술이 닿았던 자리를 긁적였다. 그는 그저 거기가 가려운 줄로만 아는 모양이었다.

2

아무튼, 나는 죽은 이들을 본다. 내가 기억할 때부터 늘 그랬다. 하지만 브루스 윌리스가 나오는 그 영화와는 다르다. 흥미롭기도 하고, (센트럴 파크의 남자처럼) 때론 무섭기도 하고, 때론 성가시기도 한데 대개는 *그저 그렇다.* 왼손잡이가 자신이 왼손잡이라는 데에 익숙하듯이, 세 살밖에 안 된 어린 시절에

클래식 음악을 연주하는 사람이 있는 것처럼, 혹은 해리 외삼촌같이 고작 마흔둘에 알츠하이머가 조기 발병했다거나 하는 것과 마찬가지로 그냥 그런 거다.

여섯 살 내 눈에 마흔둘은 늙은 나이였지만 자기가 누군지도 모르는 신세로 전락하기엔 너무 이르다는 것쯤은 나도 수긍할 수 있었다. 게다가 그 나이에 물건의 이름을 모른다든가 하는 점도 그랬다. 어머니와 같이 해리 외삼촌을 보러 갈 때마다 어째서인지 제일 두렵게 느껴지는 건 바로 그런 점들이었다. 외삼촌의 생각은 고장 난 뇌혈관의 피에 익사하지 않고서도 그와 별반 다르지 않게 질식해버린 것이다.

우리는 3C호를 향해 걸었고 어머니가 문을 열었다. 문에 설치된 세 개의 자물쇠를 돌리느라 시간이 좀 걸렸다. 어머니는 멋지게 살려면 그만한 대가를 치러야 한다고 말했다. 우리 집은 대로가 내다보이는 방 여섯 개짜리 아파트였다. 어머니는 우리 집을 '파크 가의 궁전'이라 불렀다. 일주일에 두 번씩 청소 도우미 아주머니가 다녀갔다. 우리는 2번가의 주차장에 세워두는 어머니의 레인지 로버를 타고 가끔씩 해리 외삼촌이 지내고 있는 스피언크에 가곤 했다. 리지스 토머스를 비롯한 몇몇 작가들 덕에 —주로 오랜 친구 리지스 덕이다.— 호화로운 삶을 누렸다. 별로 오래가지는 못했다. 그렇게 되어버린 암울한 사연은 곧 전부 다 이야기할 테지만, 돌아보면 내 인생이 마치 찰스 디킨스의 소설 같다는 생각이 든다. 거기에 욕설만 추가하면 말이다.

어머니는 소파 위에 원고 가방과 지갑을 던지고 풀썩 기대어 앉았다. 가죽 소파에서 매번 우리를 박장대소하게 만들던 방귀 소리가 났다. 그러나 그날은 차마 웃을 수가 없었다.

"빌어먹을 세상에." 어머니는 그렇게 말하고 정지 동작으로 한 손을 들어 올렸다. "넌……."

"난 못 들은 거예요, 전혀."

내가 말했다.

"잘하는 짓이네. 전기 충격 목걸이라도 사야겠다. 네가 있는 데서 욕할 때마다 전기가 통하게 말이야. 그러면 나도 깨닫는 바가 있겠지." 어머니는 아랫입술을 내밀고 앞머리를 뒤로 넘겼다. "검토해야 할 리지스 최신작이 이거 말고도 200장 더 남았는데……."

"이번 건 제목이 뭐예요?"

나는 언제나처럼 로아노크가 들어간 제목을 예상하며 물었다.

"『로아노크의 처녀 귀신』."

어머니가 말했다.

"괜찮은 작품 중 하나야. 섹…… 키스 신 포옹 신도 많고." 나는 코를 찌푸렸다. "미안, 아가. 하지만 여성분들은 심장이 두근거리고 허벅지가 후끈거리는 걸 너무 좋아하거든."

어머니는 일고여덟 개의 고무줄로 단단히 묶어놓은 『로아노크의 처녀 귀신』이 든 가방을 바라보았다. 고무줄은 매번 하나씩 끊어지며 어머니가 찰지게 욕을 지르게끔 만들곤 했다. 내가 아직도 쓰는 욕 중에는 그렇게 배운 욕이 많다.

"일 안 하고 와인이나 한 잔 마시면 좋겠구나. 한 병도 좋고. 모나 버켓은 사람 성가시게 하기로 따지면 대회 우승감이었는데, 버켓 씨도 사실 모나가 없는 편이 나을지 몰라. 지금이야 처참한 심경이겠지. 엄만 제발 버켓 씨에게 친척이 있기만을 바랄 뿐이야. 장례식까지 내가 주도하는 건 별로 내키지 않으니까."

"부인도 버켓 씨를 사랑했어요."

내가 말했다.

어머니는 이상한 눈빛으로 나를 쳐다봤다.

"그래? 그렇게 생각해?"

"제가 알아요. 부인이 칠면조 그림을 보고 심한 말을 하더니 울면서 버켓 씨 볼에 키스했거든요."

"제임스, 네가 상상한 거야."

어머니는 내 말에 건성으로 대꾸했다. 그쯤 되면 눈치를 챘을 법도 한데 (분명 어머니도 눈치를 챘겠지만) 대개 그렇듯 어른이 되면 뭔갈 오롯이 믿게 되기까지 오랜 시간이 걸린다. 왜 그렇게 되는지 말해볼까. 어릴 때 산타클로스가 가짜라거나 골디락스가 실존하는 여자애가 아니며, 부활절 토끼도 헛소리라는 걸 깨닫고 나면 (그 외에도 예시는 많지만 딱 세 가지만 들어봤다.) 생각이 복잡해지면서 자기 눈으로 직접 확인할 수 없는 걸 믿지 않게 되어버리는 것이다.

"아뇨, 상상한 적 없어요. 부인 말이 나는 절대 렘브란트는 못 될 거래요. 그게 누구죠?"

"예술가야."

어머니가 앞머리를 쓸어넘기며 답했다. 나는 어머니가 어째서 그냥 앞머리를 없애거나 다른 머리 모양으로 바꾸지 않는지 이해할 수 없었다. 어머니는 정말 예뻤기 때문에 얼마든지 할 수 있었는데 말이다.

"나중에 저녁 먹으러 가면 네가 봤다고 생각하는 그 이야기는 절대 버켓 씨 앞에서 하지 마."

"안 할게요." 나는 대답했다. "근데 부인 말이 맞았어요. 내 칠면조는 거지 같아요."

나는 그것 때문에 기분이 상했다.

티가 났던지 어머니가 나를 향해 두 팔을 벌렸다.

"이리 오렴, 아가." 나는 어머니에게 다가가 안겼다. "네 칠면조는 정말 예쁘단다. 엄마가 본 칠면조 중에 최고로 아름다운 칠면조인걸. 냉장고에 붙여놓고 영원히 간직할 거야."

나는 있는 힘껏 어머니를 끌어안고 향수 냄새가 풍기는 어깨에 고개를 기댔다.

"사랑해요, 엄마."

"엄마도 널 사랑해, 제이미. 정말 정말로. 이제 가서 놀든지

TV를 보렴. 중국집에 주문하기 전에 전화 걸 데가 좀 있어."

"알았어요." 나는 방으로 향하다 걸음을 멈췄다. "반지는 복도 벽장 안 첫 번째 선반에 있대요. 스크랩북들 뒤에요."

어머니는 놀라서 입을 떡 벌린 채로 나를 바라보았다.

"대체 왜 그랬대?"

"저도 똑같이 물어봤는데 자기도 모르겠대요. 그때는 생각이 피에 익사하고 있었다고요."

"세상에."

어머니는 나직이 외치며 한 손으로 목을 감쌌다.

"중국 음식 먹으면서 버켓 씨에게 어떻게 알려줄지 엄마가 방법을 생각해 보세요. 반지 걱정 안 하시게요. 저는 제너럴 초 치킨 먹어도 되죠?"

"그래." 어머니가 말했다. "흰밥 말고 현미밥 곁들여서."

"네 네 네."

나는 대답과 함께 내 방으로 가서 레고를 가지고 놀았다. 그리고 로봇을 만들었다.

3

버켓 씨의 아파트는 우리 집보다 작지만 아늑했다. 저녁 식사를 마치고 각자 포춘 쿠키를 먹던 중 (나는 손에 쥔 깃털 하나가

29

*날아가는 새 한 마리보다 낫다.*가 나왔는데 내 생각에는 전혀 말이 안 되는 문구였다.) 어머니가 버켓 씨에게 물었다.

"벽장도 다 확인해 봤어요, 마티? 그, 반지 말이에요."

"뭐하러 반지를 벽장에 넣었겠어?"

반문하는 게 당연했다.

"글쎄요, 뇌졸중이 오면 판단이 흐려지기도 하니까요."

우리는 주방 한구석의 작고 동그란 탁자에서 식사를 하고 있었다. 버켓 부인은 조리대에 놓인 둥근 의자 중 하나에 앉아 어머니의 말에 힘차게 고개를 끄덕였다.

"그럴지도 모르지. 나중에 찾아볼게." 버켓 씨가 확신 없는 목소리로 대답했다. "지금은 너무 지치고 마음이 아파."

"나중에 침실 벽장이나 확인해 보세요." 어머니가 말했다. "복도에 있는 벽장은 제가 지금 살펴볼게요. 탕수육을 너무 많이 먹어서 몸을 좀 움직이는 게 좋을 것 같아요."

버켓 부인이 내게 물었다.

"네 엄마가 혼자 생각해낸 거니? 저렇게 똑똑한 사람인 줄 몰랐구나."

부인의 목소리는 이미 알아듣기 어려웠다. 조금만 더 시간이 지나면 마치 두꺼운 유리 뒤에 있는 사람처럼 벙긋하는 입만 보일 뿐, 목소리가 전혀 들리지 않게 된다. 그리고 얼마 후에 그녀는 사라져버릴 것이다.

"엄마는 아주 똑똑해요."

내가 말했다.

"난 네 엄마가 똑똑하지 않다고 한 적 없어." 버켓 부인이 대꾸했다. "하지만 네 엄마가 복도 벽장에 있던 반지를 혼자 찾아냈다면, 내가 성을 갈지."

그 순간 어머니가 "빙고!"를 외치며 두 개의 반지가 올려진 손바닥을 앞으로 내민 채 나타났다. 결혼반지는 평범해 보였지만 약혼반지는 알이 눈알만 한 게 아주 번쩍번쩍했다.

"세상에!" 버켓 씨가 감탄을 금치 못했다. "도대체 어떻게……?"

"성 안토니오께 빌었거든요." 어머니는 내 쪽으로 살짝 눈길을 보내더니 미소를 지었다. "'안토니오시여, 안토니오시여, 오소서. 잃어버린 것을 반드시 찾아주소서!' 했더니, 보세요. 통했어요."

나는 버켓 씨 모자에 소금과 후추를 뿌려드릴까 여쭤보려다 참았다. 농담을 걸 때가 아니기도 했고 어머니가 항상 말했듯 잘난 척하는 사람은 누구도 좋아하지 않는 법이니까.

4

장례식은 사흘 뒤였다. 나는 장례식이 처음이었고 즐길 만한 일은 아니었지만 흥미로웠다. 다행히 어머니는 장례식을 주도할 필요가 없었다. 버켓 씨에게 장례를 맡아 줄 형제자매가 있었던 것이다. 둘 다 나이 든 사람들이었지만 버켓 씨보다 덜 늙어 보였다. 버켓 씨가 장례식 내내 운 탓에 여동생 되는 분이 연신 휴지를 건넸다. 나는 핸드백 가득 크리넥스를 넣고 다니는 사람인 줄 알았다. 그런데도 용케 다른 물건이 들어갈 공간이 남아있다니 놀랍기 그지없었다.

그날 밤 어머니와 나는 도미노 피자를 시켜 먹었다. 어머니는 와인을 마셨고 나는 장례식에서 얌전히 굴었던 공로를 인정받아 특별히 쿨에이드를 마셨다. 마지막 한 조각이 남았을 때 어머니는 버켓 부인이 장례식에 참석했는지 나에게 물었다.

"네. 목사님이랑 부인의 친구들이 서서 한마디씩 했던 곳으로 올라가는 계단에 앉아있었어요."

"설교단 말이구나. 너……."

어머니가 마지막 조각을 집어 들고 바라보더니 피자를 다시 내려놓고 내게로 눈길을 돌렸다.

"부인을 훤히 들여다볼 수 있니?"

"영화에 나오는 유령처럼 말이에요?"

"응. 내가 생각하는 게 그런 유령인 것 같아."

"아뇨. 잠옷을 입고 있는 것만 다르지 사람하고 똑같아요. 사실 부인을 보게 되어서 놀랐어요. 돌아가신 지 사흘이나 지났잖아요. 보통 그렇게 오래 남아있지 않거든요."

"보통은 그냥 사라지니?"

어머니는 자기 생각을 명확히 정리하려는 듯이 물었다. 분명 이런 이야기가 내키지 않을 텐데도 애써 아무렇지 않다는 걸 보여주려는 것 같아 기뻤다. 안심이 되었다.

"그렇죠."

"부인은 뭘 하고 있었어, 제이미?"

"그냥 거기 앉아있었어요. 한두 번 자기 관을 쳐다보긴 했는데 대체로 그분을 바라봤어요."

"버켓 씨. 마티 말이구나."

"맞아요. 한 번은 뭐라고 말을 했는데 들을 수가 없었어요. 죽고 나면 얼마 안 있어서 목소리가 점점 사라지거든요. 꼭 자동차 라디오의 음악 볼륨을 낮출 때처럼요. 나중에는 전혀 못 듣게 되죠."

"그런 뒤에 사라지는 거겠지."

"네." 내가 대답했다. 목구멍에 뭔가 걸린 느낌이 들어서 그걸 가시게 하려고 남아있던 쿨에이드를 단번에 마셔버렸다. "사라지죠."

"엄마 이거 치우는 것 좀 도와주렴." 어머니가 말했다. "그런 다음에 네가 좋다면 같이 「토치우드(Torchwood)」* 한 편 보자."

"그래요, 좋아요!"

솔직히 「토치우드」는 그다지 좋은 드라마가 아니지만 잠잘 시

---

* SF 드라마인 「닥터후(Doctor Who)」의 스핀오프 시리즈.

간을 넘겨 한 시간 정도 깨어있을 수 있다는 점은 아주 멋졌다.

"알았어. 이러는 게 습관이 되면 안 된다는 점은 알고 있어야 돼. 단, 그 전에 네게 할 말이 있어. 아주 중요한 거니까 잘 들어. *명심해야 한다.*"

"알았어요."

어머니는 나와 얼굴이 얼추 마주 보이게 한쪽 무릎을 꿇고 앉아 내 양어깨를 부드럽고도 단단한 손길로 감쌌다.

"제임스, 네가 죽은 사람들을 본다는 말은 아무한테도 하지 마. *절대로.*"

"어차피 아무도 제 말 안 믿을 거예요. 엄마도 전혀 안 믿었잖아요."

"엄만 *뭔가* 있다는 건 알았어." 어머니가 말했다. "센트럴 파크 사건이 있었던 그날부터. 너 기억 나?" 어머니가 앞머리를 쓸어 넘기며 자문자답했다. "당연히 기억하고 있겠지. 네가 그걸 어떻게 잊겠니?"

"기억해요."

나는 그 일이 잊히길 바랐을 뿐, 기억하고 있었다.

어머니는 여전히 한쪽 무릎을 꿇은 채로 내 눈을 똑바로 바라보았다.

"잘 들어. 사람들이 믿지 않으면 다행인 거야. 하지만 언젠가는 네 말을 믿는 사람이 생길지 몰라. 그러다가 네 이야기가 잘못 흘러가면 실제로 네가 위험에 빠질 수 있어."

"왜요?"

"제이미, 죽은 자는 말이 없다는 옛말이 있단다. 그런데 너한테는 죽은 사람들이 말을 할 수 있다는 거잖아, 그렇지? 죽은 남자들, 그리고 여자들이 말이야. 네가 그랬잖아. 죽은 이들은 진실만을 답해야 한다고. 죽음과 동시에 펜토탈나트륨 * 이라도 맞은 것처럼 말이지."

나는 펜토탈나트륨이 뭔지 전혀 몰랐고 내 표정을 읽은 어머니는 신경 쓰지 말라더니 버켓 부인이 반지에 대해 답해주면서 했던 이야기를 기억해보라고 했다.

"기억하면요?"

내가 물었다. 어머니와 가까이 있는 건 좋았지만 그렇게 진지한 얼굴로 나를 쳐다보는 게 영 편치 않았다.

"그 반지들은 값이 나가는 물건이야. 특히 약혼반지가. 제이미, 사람들은 비밀을 품고 죽는단다. 그리고 항상 그 비밀을 캐내려는 사람들이 있지. 널 겁주고 싶지 않지만 때론 공포만이 유일한 교훈이 되기도 해."

어머니가 말하는 공포라는 게 센트럴 파크의 남자 덕분에 자전거를 탈 때는 차가 많이 다니는 곳을 조심하고 항상 헬멧을 쓰라는 교훈을 얻은 것과 같은 의미라는 생각이 들었지만…… 어머니에게 그 말을 꺼내지는 않았다.

---

* 자백유도제로 쓰이는 마취제의 한 종류.

"이야기하지 않을게요."

내가 말했다.

"절대 안 돼. 나한테는 괜찮아. 네가 말하고 싶다면."

"알았어요."

"좋아. 잘 알아들은 것 같구나."

어머니가 자리에서 일어났고 우리는 함께 거실로 가서 TV를 봤다. 드라마가 끝나자 나는 이를 닦고 소변을 본 후 손을 씻었다. 어머니는 나를 침대에 눕히고 뽀뽀를 해준 다음 언제나처럼 말했다.

"좋은 꿈 꾸렴, 기분 좋게 자고, 침대 가득 이불 가득."

밤이면 이 말을 듣는 순간을 끝으로 다음 날 아침까지 어머니를 보지 못한다. 그러고 나면 어머니가 와인을 두 잔째 (혹은 석 잔째) 붓느라 유리 부딪히는 소리가 나고, 이어서 원고를 읽을 때 트는 재즈 음악이 나지막하게 들리곤 했다. 그런데 그날 밤 어머니는 평소와 다른 느낌이 들었는지 내 방으로 다시 돌아와 침대에 앉았다. 어쩌면 내가 우는 소리를 들어서 그랬는지도 모르겠다. 나는 어떻게든 소리를 안 내고 울려고 최선을 다했다. 어머니가 늘 말했듯이 해결 방법을 찾지 않으면 스스로 문제를 키우는 셈이 되기 때문이다.

"왜 그러니, 제이미?" 어머니는 내 머리칼을 쓸어넘기며 물었다. "장례식 생각이 나서 그래? 아니면 버켓 부인이 거기 있었던 것 때문에?"

"엄마가 죽으면 나는 어떻게 되는 거죠, 엄마? 고아원에 가서 살게 될까요?"

내가 해리 외삼촌과 함께 살지 못할 건 뻔했기 때문에 든 생각이었다.

"물론 아니지." 어머니는 계속해서 내 머리를 쓸어주며 대답했다. "그런 이야기는 할 필요도 없어, 제이미. 엄마는 아주 오랫동안 죽을 일이 없거든. 엄마는 서른다섯 살이니까 앞으로 살아갈 날이 평생의 반 넘게 남았단다."

"만약에 엄마도 해리 외삼촌처럼 병에 걸려서 외삼촌이랑 같은 곳에서 살게 되면요?"

나의 눈물이 얼굴을 타고 흘러내리고 있었다. 이마를 어루만지는 어머니의 손길에 마음이 좀 누그러졌지만 어쩐 일인지 나는 더 심하게 울기 시작했다.

"거기는 냄새도 지독해요. 오줌 냄새가 나요."

"그렇게 될 가능성은 너무 적단다. 그럴 가능성을 개미랑 비교하면 개미가 고질라처럼 보일 정도야."

어머니가 말했다.

나는 그 말을 듣고 웃음이 터지는 바람에 기분이 나아졌다. 이제 나이가 들어 생각해 보니 그게 거짓말이거나 틀린 정보라는 걸 알지만 해리 외삼촌에게 조기 발병 알츠하이머를 발현시킨 유전자가 어머니를 비켜 간 것은 천만다행이었다.

"엄마는 안 죽어. 너도 안 죽을 거야. 그리고 내가 보기엔 너

의 이 특별한 능력도 자라면서 점차 사라질 가능성이 커. 그
럼…… 우린 괜찮은 거지?"

"우린 괜찮아요."

"이제 울지 않는 거다, 제이미. 그저 좋은 꿈 꾸고……."

"기분 좋게 자고, 침대 가득 이불 가득."

내가 잠자리 인사말을 끝맺었다.

"그래 그래 그래."

어머니는 내 이마에 뽀뽀를 하고 방을 나갔다. 언제나처럼
문을 약간 열어놓고서.

나는 장례식 때문에 운 게 아니라고 어머니에게 털어놓고
싶지 않았다. 버켓 부인 때문도 아니었다. 부인은 무섭지 않았
다. 유령들은 대체로 무섭지 않다. 하지만 센트럴 파크에서 본
자전거 남자는 똥을 지릴 만큼 무서워서 소름이 끼쳤다.

5

우리는 유치원 같은 반 친구의 성대한 생일 파티에 참석하
러 (어머니는 '애를 아주 호강에 절여 키운다.'고 비난했다.) 브롱크스의
웨이브 힐로 가느라 86번가 트랜스버스'를 달리는 중이었다.
내 무릎 위에는 릴리에게 줄 선물이 고이 모셔져 있었다. 커브
길을 돌자 한 무리의 사람들이 도로에 모여 선 것이 보였다.

사고가 난 게 틀림없었다. 몸의 반은 도로에 반은 인도에 걸치게 누운 남자와 그의 곁에 일그러진 자전거 한 대가 나뒹굴어 있었다. 누군가 재킷을 벗어 남자의 상체를 덮어놓은 상태였다. 드러난 남자의 하체는 옆구리에 빨간 줄무늬가 들어간 검은색 자전거 반바지, 무릎 보호대와 피범벅이 된 운동화 차림이었다. 남자의 양말과 다리에도 피가 묻어 있었다. 사이렌 소리가 점점 가까워졌다.

남자의 옆에는 그와 똑같이 생긴, 똑같은 자전거 바지를 입고 똑같은 무릎 보호대를 찬 남자가 서 있었다. 남자의 은발 머리카락에 피가 묻은 것이 보였다. 그의 얼굴 가운데가 움푹 파여있었다. 연석에 부딪혔는지 코가 반으로 쪼개져 있었고 입도 마찬가지였다.

차들이 정차하는 와중에 어머니가 말했다.

"눈 감아."

물론 어머니는 바닥에 누워있는 남자를 보고 한 말이었다.

"죽었어요!" 나는 울기 시작했다. "저 사람 죽었어요!"

우리 차가 멈췄다. 어쩔 수가 없었다. 우리 앞에 가던 다른 차들이 멈춰 섰기 때문이다.

"아니야, 안 죽었어." 어머니가 말했다. "그냥 잠든 거야. 그 뿐이야. 몸에 큰 충격을 받으면 그럴 때가 있잖니. 저 아저씨

---

* 센트럴 파크를 짧게 가로지르는 도로 중 하나.

는 괜찮을 거야. 이제 눈 감으렴."

나는 어머니가 시키는 대로 하지 않았다. 얼굴이 뭉개진 남
자가 한 손을 들어 나를 향해 흔들었다. 내가 그들을 보면 그
들도 눈치를 챈다. 늘 그랬다.

"아저씨 얼굴이 두 동강 났어요!"

어머니는 남자의 몸이 손목까지 가려진 상태를 재차 확인하
곤 내게 말했다.

"그렇게 겁먹을 것 없어, 제이미. 그냥 눈 감고……."

"저기 있잖아요!" 그 남자를 가리키는 내 손가락이 바들바
들 떨렸다. 나는 온몸을 떨고 있었다. "바로 저기, 그 사람 바
로 옆에요!"

내 말에 어머니가 겁을 먹었다. 긴장한 입매를 보면 알 수
있다. 어머니는 한 손을 자동차 경적 위에 올렸다. 그리고 다
른 손으로는 운전석 창문을 내리더니 앞에 서 있는 차를 향해
내밀어 흔들기 시작했다.

"갑시다!" 어머니가 소리쳤다. "가라고! 맙소사, 그만 처다
보란 말이야. 망할, 무슨 영화라도 찍는 줄 아나!"

차들이 움직이기 시작한 와중에 유독 어머니의 오른쪽 앞에
있던 차만 꿈쩍도 하지 않았다. 차에 탄 남자는 몸을 내밀고
휴대폰으로 사진을 찍고 있었다. 어머니는 그 차로 운전을 해
서 다가가 바퀴 흙받이를 '쿵'하고 박았다. 남자가 손가락 욕
을 날렸다. 어머니는 후진하더니 남자의 차를 앞질러 가기 위

해 반대편 차선으로 차를 몰았다. 그 남자에게 손가락으로 답을 해줄 걸, 나는 겁에 질려서 그럴 틈이 없었다.

어머니는 마침 차선으로 들어서고 있는 경찰차를 가까스로 피한 다음 최대한 빨리 그곳에서 멀어졌다. 어머니의 차가 목적지에 거의 다다르자 나는 안전띠를 풀었다. 어머니가 하지 말라고 소리쳤지만 아랑곳하지 않았다. 그런 다음 창문을 내리고 뒷좌석에 무릎을 꿇고 앉아 차창 밖으로 먹었던 걸 모두 게워냈다. 버틸 수가 없었다. 센트럴 파크 웨스트 사이드에 이르러서야 어머니는 차를 세우고 블라우스 소매로 내 얼굴을 닦아주었다. 어머니가 그날 이후 그 블라우스를 입었던가 모르겠지만 혹시 그랬다 해도 나는 기억이 나지 않는다.

"세상에, 제이미. 얼굴이 창백하잖아."

"토할 수밖에 없었어요." 내가 말했다. "그런 사람은 처음 봤어요. *뼈*가 코, 코를 뚫고 나와서……."

그렇게 나는 또 구토를 했다. 용케도 대부분을 차 안이 아니라 길바닥에 쏟아냈다. 양도 그리 많지 않았다.

누군가 우리를 향해 경적을 울리곤 어머니 차를 앞질러 갔다. 어머니는 그걸 무시한 채 내 목을 쓰다듬어 주었다. 아마 우리에게 손가락 욕을 했던 남자였는지도 모르겠다.

"아가, 그냥 네가 상상한 것뿐이야. 그 아저씨는 사람들이 덮어 놓았잖아."

"바닥에 누워있던 아저씨 말고 바로 옆에 서 있던 아저씨요.

나한테 손을 흔들었다고요."

어머니는 한동안 나를 가만히 응시했다. 뭔가 하고 싶은 말이 있는 표정으로 잠자코 내 몸에 안전띠를 채웠다.

"아무래도 파티는 가지 않는 게 좋겠어. 넌 어떻게 생각해?"

"그래요." 내가 대답했다. "어차피 저는 릴리 싫어하니까. 걔는 이야기 시간에 남몰래 저를 꼬집어요."

우리는 집으로 돌아갔다. 어머니는 토하지 않고 코코아 한 잔 마실 수 있겠냐고 물었고 나는 그럴 수 있을 것 같다고 했다. 우리는 거실에서 함께 코코아를 마셨다. 나는 그때까지도 릴리의 선물을 가지고 있었다. 선원 복장을 한 작은 인형이었다. 다음 주가 되어 릴리에게 그 선물을 건넸다. 그러자 릴리는 나를 몰래 꼬집는 대신 내 입술에 대고 키스를 했다. 그 일로 놀림을 받았지만 나는 전혀 신경 쓰지 않았다.

코코아를 마시던 중에 어머니가 말했다. (어머니의 코코아에는 아마 술을 좀 탔을 것이다.)

"엄마가 임신했을 때 있지. 절대 내 자식한테 거짓말 않겠다고 다짐했거든. 그래서 말인데, 맞아. 그 아저씨는 아마 죽었을 거야." 어머니는 잠시 말을 잇지 못했다. "아니, 확실히 죽었어. 자전거 안전모를 썼어도 살지 못했을 거야. 안전모가 없는 걸로 봐선 쓰지도 않은 모양이더라."

그랬다. 그 남자는 안전모를 착용하지 않은 게 확실했다. 차에 치일 때 (나중에 알고 보니 남자는 택시에 치었던 것이다.) 안전모를 쓰고 있었더라면 시신 옆에 서 있을 때도 쓰고 있었을 테니까.

"하지만 그 아저씨 얼굴을 봤다는 건 네 상상이야, 아가. 아무도 볼 수 없었는걸. 재킷으로 덮여 있었으니까. 친절하게도 누군가 그렇게 해놓은 거야."

"그 사람, 등대 그림이 있는 티셔츠를 입고 있었어요." 그렇게 말하는데 다른 것이 생각났다. 덕분에 아주 약간 기분이 나아졌다. 끔찍한 일을 겪고도 그 정도 기억하는 게 어디인가. "아주 늙은 사람이라는 건 확실해요."

"왜 그렇게 생각해?"

어머니는 묘한 눈빛으로 나를 바라보았다. 돌이켜보면 어머니가 조금이라도 내 말을 믿기 시작한 건 바로 그때부터였다.

"머리카락이 하얀색이었어요. 피가 묻은 데 말고는 다."

나는 또 울음보가 터졌다. 어머니가 나를 안고 흔들흔들 다독여주었고 그 와중에 나는 스르륵 잠이 들었다. 겁에 질렸을 때는 어머니 품이 최고다.

우리 집은 《타임스》를 문 앞까지 배달받아 본다. 어머니는 늘 목욕 가운 차림으로 식탁에 앉아 신문을 읽으며 아침 식사를 했다. 센트럴 파크의 남자 사고를 목격한 다음 날, 어머니는 신문 대신 원고를 읽고 있었다. 그리고 아침 식사가 끝나자 내게 외출복을 입으라고 했다. 그날은 아마도 지하철 써클 라인을 탔던 것 같은데, 그랬던 걸 감안하면 분명 토요일이었을 것이다. 센트럴 파크의 남자가 죽은 뒤로 맞는 첫 주말이구나

하고 생각했던 게 기억난다. 아직도 당시의 일이 생생하게 떠오른다.

나는 시키는 대로 옷을 갈아 입었지만 그 전에 어머니가 샤워하는 틈을 타 어머니의 침실로 들어갔다. 침대 위에 한쪽 면이 펼쳐진 신문이 놓여있었다. 《타임스》에 이름이 날 만큼 유명한 사람들이 죽으면 그들에 대한 기사를 쓰는 면이었다. 거기에 센트럴 파크의 그 남자 사진이 들어가 있었다. 이름은 로버트 해리슨이었다. 나는 네 살 때 이미 3학년 수준의 읽기가 가능했고 어머니는 그걸 아주 자랑스러워했다. 기사의 표제에는 어려운 단어도 없어서 모두 읽을 수 있었다. 라이트하우스 파운데이션 최고경영자 교통사고로 사망

나는 그 사건 이후로도 죽은 사람들을 몇 명 더 보았고 어머니한테 말한 적이 가끔 있지만 어머니가 속상해하는 것 같아서 대개는 아무 말도 하지 않았다. '삶이란 얼마나 죽음과 가까이 맞닿아있는가'라는 말도 사실 보통 사람들이 생각하는 것보다 훨씬 더 사실을 잘 드러내는 표현이다. 버켓 부인이 죽고 어머니가 부인의 반지를 벽장에서 찾고 나서야 우리는 진지하게 그런 이야기를 다시 하게 되었다.

그날 밤, 어머니가 내 방에서 나간 후, 나는 잠들지 못할 것 같았다. 잠이 들었다가는 반으로 쪼개진 얼굴에 코뼈가 튀어나온 센트럴 파크의 남자 꿈을 꿀까 봐 두려웠다. 그게 아니면 관에 누워있는 어머니, 그리고 동시에 단상 아래 계단에 앉은

내 눈에만 보이는 어머니의 꿈에 시달릴 것만 같았다. 하지만 내가 기억하기론 그날 밤 나는 아무런 꿈도 꾸지 않았다. 다음 날 아침에는 기분 좋게 일어났고 어머니도 기분이 좋았는지 우리는 종종 그랬듯 서로 농담을 주고받았다. 어머니가 내 칠면조 그림을 냉장고 문에 붙이고 크게 키스를 퍼붓는 바람에 나도 깔깔대며 웃었다. 어머니와 함께 등교를 했고 테이트 선생님이 공룡에 대해 가르쳐주었다. 그렇게 2년 동안은 늘 그랬듯이 삶이 순탄하게만 흘러갔다. 그러다 마침내 모든 것이 무너져내렸다.

6

어머니가 그 일의 심각성을 깨달았을 무렵, 나는 어머니가 편집자 친구인 앤 스탠리와 해리 외삼촌의 일로 통화하는 걸 엿듣게 되었다. 어머니가 말했다.

"물러터지기는 원체 물러터진 사람이었어. 이제야 나도 실감한 거지."

여섯 살 때였으면 무슨 말인지 감도 잡지 못했을 것이다. 하지만 그 당시 나는 곧 아홉 살을 앞둔 여덟 살이었기에 단편적이나마 이해할 수 있었다. 어머니는 조기 발병 알츠하이머가 한밤중 도둑처럼 외삼촌의 뇌를 잠식하기 전부터 외삼촌이 자초한 (이제는 어머니까지 옭아맨) 골치 아픈 상황에 대해 하소연하고 있었던 것이다.

나는 물론 어머니의 말에 동의한다. 내 어머니이고, 세상을 상대로 우리 둘은 한 팀이니까. 우리를 곤경에 빠트린 해리 외삼촌을 나는 미워했다. 어머니도 일부 책임이 있다는 건 나중에 열두 살이었나, 아마 열네 살쯤 알게 되었다. 빠져나올 수 있을 때 빠져나왔어야 했는데 어머니가 그러지 않은 거였다. 콘클린 저작권 에이전시를 차린 해리 외삼촌과 마찬가지로 어머니도 책에 대해서라면 빠삭했지만 돈에 관해서는 그리 잘 알지 못했다.

심지어 어머니는 두 번이나 경고 신호를 받았다. 어머니의 친구 리즈 더튼이 첫 번째 경고였다. 리즈는 뉴욕시 경찰청 형사로 리지스 토머스가 쓴 로아노크 시리즈의 열렬한 팬이었다. 로아노크 시리즈의 출간 기념 파티에서 만난 두 사람은 단번에 쿵짝이 잘 맞았다. 그런데 그 인연이 악연으로 바뀐 경우다. 자세한 이야기는 차차 하게 될 테지만, 일단 지금은 리즈가 우리 어머니에게 매켄지 펀드라는 상당히 의심스러운 투자처가 있다는 이야기를 했다는 정도로 마무리하자. 그게 아마도 버켓 부인이 사망할 무렵이던가, 정확히는 말할 수 없지만, 우리 집을 포함한 모든 경제가 파산에 이른 2008년 가을 이전이었다는 건 확실하다.

해리 외삼촌은 커다란 보트들이 정박하는 '피어 90' 부두 근처의 어떤 호화로운 클럽에서 라켓볼을 즐겨 쳤다. 거기 라켓볼 친구 중에 브로드웨이에서 프로듀서로 일하는 사람이 외삼촌에게 매켄지 펀드를 추천했다. 친구라는 사람은 그걸 돈을 찍어내는 펀드라고 불렀고 해리 외삼촌은 친구의 말을 곧이곧대로 믿은 것이다. 그럴 수밖에 없었겠지? 수십 년간 브로드웨이에서, 나아가 전국에서 수억 번 넘게 공연하며 로열티로 돈을 쓸어 담는 뮤지컬의 제작자인 친구가 하는 말이었으니까. (나도 저작권 대리인의 아들이라 로열티가 뭔지는 잘 알고 있었다.)

해리 외삼촌은 매켄지 펀드 일을 한다는 어떤 거물에게 부탁해서 많은 돈을 넣었다. (제임스 매켄지 본인은 아니었다. 해리 외삼촌도 그자의 거대한 사기에 걸려든 작은 먹잇감에 불과했으니까.) 수익률이 아주 좋게 나오자 외삼촌은 더 많은 돈을 넣고 또 넣었다. 이후 알츠하이머를 앓게 되면서 (외삼촌의 병세는 급속히 나빠지고) 어머니가 회계 일을 맡았다. 어머니는 매켄지 펀드 투자를 고수할 뿐만 아니라 훨씬 더 많은 돈을 그 펀드에 부어 넣었다.

당시 에이전시 계약을 돕던 변호사 몬티 그리샴은 돈을 더 넣지 말고 아직 수익률이 좋을 때 투자금을 회수하라고 어머니에게 조언했다. 그게 두 번째 경고였다. 그리고 얼마 후, 어머니가 콘클린 저작권 에이전시를 운영하게 되었다. 몬티는 도저히 사실이라고 믿을 수 없을 만큼 좋은 펀드라면 정말 사기일 수도 있다고 어머니에게 강력하게 충고를 했다.

지금 나는 어머니와 편집자 친구의 대화를 엿들었듯이 내가 알아낸 걸 조금씩, 아주 조금씩 말해주고 있지만 여러분은 분명히 눈치챘을 것이다. 그러니 매켄지 펀드가 거대한 폰지 사기였다는 걸 내가 굳이 설명하지 않아도 되리라 생각한다. 매켄지와 그의 도둑질에 신이 난 일당들은 수백만 달러를 받고 높은 수익금만 갚으면서 투자금 대부분을 떼먹고 있었던 것이다. 그러는 동시에 선택된 소수만 투자할 수 있는 펀드로 가입 자체가 특별 대우라고 입 발린 소리를 하며 새로운 투자자들을 낚았다. 알고 보니 그 '선택된 소수'란 무려 수천 명에 달했고 브로드웨이 프로듀서들부터 부유한 미망인들까지 모두가 하룻밤 사이에 부를 잃었다.

그런 사기는 수익으로 투자자들을 만족시키는 것이 관건이다. 그래야 투자자로 하여금 최초 투자금을 펀드에 묶어두고 추가로 투자하게끔 유도할 수 있다. 한동안은 사기가 잘 먹혔다. 그러다 2008년 경제가 붕괴되자 투자자들이 너나 할 것 없이 투자금 회수를 요청했다. 펀드에는 돈이 없었다. 매켄지는 폰지 사기의 왕 매도프에 비하면 소소했지만 그에 견줄만했다. 200억 달러의 투자금을 받아 챙긴 매켄지 펀드 계좌에는 겨우 1500만 달러가 남아있었다. 그자를 감옥에 넣어 통쾌했는지는 몰라도 어머니가 가끔 하는 말처럼 '옥수수 죽은 찬거리가 아니고, 복수가 밥 먹여주진 않는 법'이다.

"우린 괜찮아, 괜찮다고." 매켄지 건이 온갖 뉴스 채널과 《타임스》에 보도되기 시작하자 어머니는 말했다. "걱정하지

마, 제이미."

그러나 어머니의 눈 밑에 진 그늘은 *어머니 당신이야말로* 걱정이 가득한 사람임을 말해주었고 그럴 이유가 충분했다.

나중에 알게 된 사실이 더 있다. 당시 어머니 수중에는 20만 달러의 자산밖에 없었는데 어머니와 나의 보험 증권도 거기에 포함되었다. 회사의 부채까지 따지면 아마 듣고 싶지도 않을 것이다. 우리 아파트가 파크 가에, 에이전시 사무실은 매디슨 가에, 해리 외삼촌이 사는 장기 요양 시설은 ('그게 어디 사람 사는 거겠냐마는,' 하고 어머니의 목소리가 들리는 것 같다.) 파운드 리지에 있었다. 이름만 들어도 비용이 어마어마하게 나가는 걸 알 수 있다.

어머니는 우선 매디슨 가에 있는 사무실부터 없앴다. 그리고 적어도 한동안은 파크 가의 궁전을 지켰다. 앞서 말했던 보험 증권을 우리 것은 물론 외삼촌 것까지 현금화해서 집세를 선불로 냈지만 고작 여덟 달인가 열 달을 버텼다. 어머니는 스피언크에 있는 해리 외삼촌의 집을 임대하고 레인지 로버를 팔았다. ('도시에 사니까 어차피 차는 필요 없어, 제이미.') 그리고 토머스 울프의 사인본 『천사여, 고향을 보라』를 비롯해서 수많은 책의 초판본도 팔아야 했다. 어머니는 희귀 도서 시장에 자기처럼 현금이 급한 매물이 쏟아져나오는 바람에 토머스 울프의 책을 제값의 반도 못 받았다며 울었다. 우리의 앤드류 와이어스 그림도 팔려서 영영 가버렸다. 어머니는 매일같이 '제임스 매켄지 그 도둑놈, 탐욕스러운 괘씸하고 비열한 놈, 치질이 두 다리로 시뻘겋게 흘러내려라'라고 욕을 했다. 이따금 해리 외삼촌을 욕하기도 했다. 이러다가 연말에 쓰레기통 뒤에서 살게 생겼다고, 그래도 싸다고 말이다. 결국 종내는 리즈와 몬티의 경고를 듣지 않은 자신을 탓했다.

"여름 내내 일 안 하고 놀기만 한 베짱이가 된 기분이야."

어느 날 밤, 어머니가 내게 말했다. 2009년의 1월이던가 2월이던가, 아마 그쯤이었던 것 같다. 그 당시에는 리즈가 자고 가는 일이 종종 있었는데 그날 밤은 아니었다. 어머니의 예쁜 빨강 머리 사이로 희끗희끗 새치가 눈에 띈 건 그때가 처음이었다. 어쩌면 어머니가 울기 시작했고 비록 어린아이지만 내가 달래줘야 할 것 같은데 어찌할 바를 영 몰랐기에 그 새치가 유독 기억에 남았던 건지도 모르겠다.

그해 여름, 우리는 파크 가의 궁전을 나와 10번 가에 있는 훨씬 작은 궁전으로 이사했다.

"쓰레기장 같은 집도 아니고," 어머니가 말했다. "집세도 맞아서." 그리고 덧붙였다. "이 도시를 벗어나면 정말 끝장이야. 그거야말로 백기 흔드는 거지. 고객들을 다 잃게 될 테니까."

당연히 에이전시도 같이 이사를 왔다. 일이 이렇게 지독하게 꼬이지 않았더라면 내 침실이 되었을 방에 사무실을 꾸몄다. 대신 주방 근처의 오목하게 들어간 공간이 내 방이 되었다. 여름에는 덥고 겨울에는 추웠지만 냄새 하나는 기가 막혔다. 원래 식료품 저장고로 쓰인 듯했다.

어머니는 해리 외삼촌을 베이온에 있는 요양 시설로 옮겼다. 거기가 어떤지는 말을 안 하는 편이 낫겠다. 불쌍한 해리 외삼촌. 자신이 어디에 있든 인지하지 못한다는 점 하나가 참 다행이라고 생각했다. 어쨌든 베벌리 힐튼 호텔에 있어도 바지에 오줌을 싸는 건 매한가지였을 것이다.

2009년과 2010년에 대한 그 밖의 기억이라면 어머니가 미용실을 가지 않게 된 것이다. 친구들과 점심 약속도 잡지 않고 오직 에이전시 고객들과 불가피할 때만 점심 식사를 같이 했다. (그도 그럴 것이 매번 꼼짝없이 엄마가 계산하기 때문이었다.) 어머니는 새 옷도 많이 사지 않았고 사더라도 할인 매장에서 샀다. 또 와인을 더 많이 마시기 시작했다. 엄청나게 많이. 어머니는 친구 리즈와 함께 (앞에서 말했던 리지스 토머스 팬이자 형사) 꽤나 술에 취해서 보낸 밤이 많았다. 다음날이면 눈이 빨갛게 충혈되어 잠옷을 입은 채로 사무실을 어정거렸다. 가끔은 '지리멸렬한 날들이 다시 찾아왔네, 하늘이 또 존나 칙칙해졌어.' 하고 노래도 불렀다. 그때만 해도 학교 다니는 게 나에겐 위안이 되었다. 물론 공립학교였다. 제임스 매켄지 덕분에 내 사립학교 생활도 끝이 났던 것이다.

총체적 암울 속에서도 몇 줄기의 빛은 있었다. 비록 희귀 도서 시장이 똥값이 됐을지는 몰라도 사람들이 다시 책을 읽기 시작했다. 현실에서 탈출하기 위해 소설도 읽고 자기개발서도 읽었다. 까놓고 말해 2009년부터 2010년 사이에는 자립해야 할 사람이 많았다. 어머니는 늘 미스터리 소설의 광팬이었다. 그래서 해리 외삼촌의 일을 이어받은 이래로 콘클린 에이전시에서 그 분야를 견실하게 꾸려왔다. 에이전시에서 보유한 미스터리 작가만 10명인가, 어쩌면 12명까지도 될 것이다. 큰돈이 되는 작가들은 아니었지만 그들이 벌어다주는 15퍼센트로 이사간 집의 집세와 전기세는 충당할 수 있었다.

게다가 제인 레이놀즈라고 노스캐롤라이나 출신의 사서가 한 명 있었다. 제인은 자신이 쓴 미스터리 소설 『데드 레드(Dead Red)』를 에이전시로 보내왔고 어머니는 극찬을 아끼지 않았다. 출판권을 두고 경매가 벌어졌고 대형 출판사들이 모두 참여한 결과 200만 달러에 팔 수 있었다. 30만 달러가 우리 몫이 되자 어머니의 미소가 돌아오기 시작했다.

"파크 가의 집으로 돌아가기까지 시간이 많이 걸릴 거야." 어머니가 말을 이었다. "해리 외삼촌이 파놓은 이 구덩이에서 빠져나가려면 기어오르기도 엄청 해야겠지. 그래도 해낼 수 있을 것 같아."

"어쨌든 파크 가로 돌아가고 싶지는 않아요." 내가 말했다. "여기가 좋아요."

어머니는 미소를 짓더니 나를 껴안았다.

"우리 사랑하는 꼬맹이." 어머니가 나를 안은 채로 빤히 쳐다보았다. "이젠 그렇게 작지도 않네. 아가, 내가 바라는 게 뭔지 아니?" 나는 고개를 가로저었다. "저 제인 레이놀즈 소설이 매년 한 권씩 나오는 거야. 그런 다음엔 『데드 레드』가 영화로 제작되면 좋고. 둘 다 이루어지지 않더라도 우리 오랜 친구 리지스 토머스와 로아노크 전설이 있어. 그 사람이야말로 우리 왕관에 붙은 보석이지."

유감스럽게도 『데드 레드』는 거대한 폭풍이 몰아치기 전에 비친 최후의 햇볕 한 줌이었다. 영화는커녕 판권에 입찰을 한 출판사들도 가끔 그렇듯 오판을 했던 것이다. 책은 망했지만 (돈은 받았기 때문에) 우리에게 금전적인 피해는 없었다. 그러나 다른 일이 벌어지면서 30만 달러가 그대로 공중 분해되었다.

처음에는 어머니의 사랑니가 아프더니 모두 염증이 생겼다. 결국 전부 다 뽑아내고 말았다. 끔찍했다. 그다음에는 해리 외삼촌이었다. 아직 50세도 되지 않은 골칫거리 해리 외삼촌이 베이온의 요양 시설에서 넘어져 두개골에 금이 갔다. 훨씬 더 끔찍한 일이었다.

어머니는 계약을 도와주던 (그리고 수고의 대가로 우리 에이전시 수수료를 일부 떼어가는) 변호사에게 조언을 구해 책임 과실 소송 전문 변호사를 추천받았다. 그 변호사는 유리한 소송이라 했고, 어쩌면 승소할 수 있었겠지만, 소송이 법정까지 가기도 전에 베이온의 시설이 파산 신고를 해버렸다. 그 일로 돈을 번 사람은 값비싼 헛수고를 하고 4만 달러를 받은 변호사뿐이었다.

"망할 놈의 시간당 수임료 같으니."

리즈 더튼과 함께 와인을 두 병째 들이붓던 어느 날 밤, 어머니가 말했다. 리즈는 남의 돈 4만 달러에 박장대소했다. 얼큰하게 취한 어머니도 소리 내어 웃었다. 그 일이 우습지 않았던 사람은 나 혼자뿐이었다. 변호사 비용만의 문제가 아니었기 때문이다. 해리 외삼촌의 병원비 청구서도 밀려있었다.

무엇보다 끔찍했던 건 국세청에서 해리 외삼촌의 밀린 세금을 받으러 어머니를 찾아왔던 일이었다. 해리 외삼촌은 더 많은 돈을 매켄지 펀드에 넣기 위해서 그동안 세금을 또 다른 외삼촌 샘에게 전가해 왔던 것이다.

그리하여 리지스 토머스가 유일한 희망이 되었다.

우리 왕관에 남은 보석.

7

이제부터 잘 들어야 한다.

2009년 가을이었다. 오바마 대통령 때로 경제가 시나브로 회복되고 있었다. 우리 사정은 그리 나아지지 않았다. 3학년이었던 나는 피어스 선생님이 시킨 분수 문제를 칠판에 풀고 있었다. 내가 그런 걸 끝내주게 잘 풀어서 시킨 것이다. 나는 일곱 살이던 당시에도 백분율을 할 줄 알았다. 내가 저작권 대리인의 아들이라고 했던 건 여러분도 기억하고 있겠지. 내 뒤의 아이들은 한시도 쉬지 않고 떠들었다. 추수감사절과 크리스마스 사이로 학교생활이 재미있는 기간이었기 때문이다. 토스트에 얹은 부드러운 버터만큼 쉬운 문제를 막 끝낸 찰나 혜르난데즈 교감 선생님이 교실에 머리를 디밀었다. 교감 선생님은 피어스 선생님과 웅얼거리며 짧게 대화를 나누었고 곧이어 피어스 선생님이 내게 복도로 나가보라고 일러주었다.

교실 밖에는 우유를 부어놓은 유리컵처럼 얼굴이 사색이 된 어머니가 기다리고 있었다. 탈지 우유처럼 창백했다. 처음에는 해리 외삼촌이 죽은 줄 알았다. 쓸모없는 뇌를 보호하려고 두개골에 철판까지 붙여놓은 외삼촌이 죽어버렸구나. 그렇다면 섬뜩하긴 해도 차라리 잘된 일이었다. 생활비가 덜 들 테니 말이다. 하지만 내 질문에 어머니는 (당시 피스카타웨이의 3류 요양원에서 지내던) 해리 외삼촌은 별일 없다고 했다. (마치 뇌사 상태에 빠져 제정신이 아닌 개척자처럼 외삼촌은 우리에게서 점점 더 서쪽으로 멀어져가고 있었다.)

내가 재차 물어보기도 전에 어머니는 나를 떠밀며 복도를 지나 학교 밖으로 나갔다. 부모님들이 애들을 내려준 다음 오후가 되면 다시 차에 태워가는 구역의 노란 연석에 경광등 불빛이 발광하고 있는 포드 승용차가 보였다. 차 옆에는 가슴에 NYPD*라고 쓰인 파란색 파카를 입은 리즈 더튼이 서 있었다.

---

* New York City Police Department. 뉴욕시 경찰청.

나는 서둘러 차로 이끄는 어머니를 멈춰 세우고 버텼다.

"뭐예요?" 내가 물었다. "말해봐요!"

나는 울지 않았지만 눈물이 핑 돌았다. 매켄지 펀드 사기 이후 힘든 일이 너무나도 많았기에 더 이상의 나쁜 소식은 있을 수 없을 줄 알았지만 아직 더 남았던 것이다.

리지스 토머스가 죽었다.

그렇게 우리 왕관에 남은 보석이 떨어져 버렸다.

8

여기서 잠시 이야기를 멈추고 리지스 토머스에 대해 말해야 할 것 같다. 어머니가 늘 그러셨다. 작가들이란 대개 암흑 속에서 빛나는 똥처럼 별나기가 이루 말할 수 없고, 토머스 씨는 그에 딱 들어맞는 본보기라고.

'로아노크 전설'(작가가 일컫던 대로 부르자면)은 그가 사망할 무렵 총 아홉 권에 달했고 매 권이 하나같이 벽돌처럼 두꺼웠다.

"오랜 친구 리지스는 항상 산더미 같은 도움을 준단다."

어머니는 언젠가 그렇게 말했다.

내가 여덟 살 때, 사무실 책장에 있던 1편 『로아노크의 죽음의 늪』을 꺼내 읽은 적이 있다. 그걸 읽는 데 아무런 문제도 없었다. 나는 수학을 잘하고, 죽은 사람들을 잘 볼 뿐만 아니라,

읽기도 잘했다. (사실을 말하는 건 잘난 척이 아니다.) 게다가 『로아노크의 죽음의 늪』이 『피네간의 경야』* 수준의 작품은 아니었으니 말이다.

토머스 씨의 필력이 형편없다는 뜻이 아니니 오해 없길 바란다. 훌륭한 작품이었다. 모험이 넘치며 (특히 죽음의 늪에서 벌어지는) 무서운 장면도 많고 묻혀있는 보물을 찾기도 한다. 아울러 전형적인 ㅅㅔㄱㅅ_에 관해 엄청나게 화끈한 팁도 얻을 수 있다. 여덟 살 꼬마가 알아야 할 69의 의미보다 훨씬 많은 사실을 나는 그 책을 통해 배웠다. 그것 말고도 배운 게 있었지만 나중에야 깨닫고 삶에서 연계시킬 수 있었다. 그건 어머니의 친구 리즈가 자고 갔던 밤과 관련된 것이었다.

『로아노크의 죽음의 늪』은 거의 50쪽마다 매번 섹스 장면이 등장했고 그중에는 굶주린 악어가 바로 밑을 기어 다니는 나무에서의 섹스도 포함된다. 그야말로 『로아노크의 50가지 그림자』가 따로 없다. 리지스 토머스가 십 대 초반의 내게 자위하는 법을 가르쳐준 셈이다. 여러분한테 그런 것까지 말할 필요가 있냐고 생각한다면, 잠자코 듣기나 해.

토머스 씨의 책들은 진정 전설이었고, 끊임없이 이어지는 하나의 이야기를 풀어가기 위해 등장인물들이 쉴새 없이 생겨났다. 금발 머리와 서글서글한 눈을 가진 강인한 남자들, 교

---

* 『Finnegans Wake』. 아일랜드 소설가 제임스 조이스(James Joyce, 1882-1941)의 1939년작.

활한 눈매의 신뢰할 수 없는 사내들, 숭고한 인디언들(나중에는 숭고한 북미 원주민으로 이름이 바뀐다.), 또 탱탱하고 봉긋한 가슴을 가진 매력적인 여자들이 그들이었다. 선하고, 악하고, 탱탱한 가슴 달린 이들 모두가 이야기를 처음부터 끝까지 성적으로 흥분하게 만들었다.

독자들을 계속해서 끌어당기는 이 시리즈의 핵심은 (결투, 살인, 그리고 섹스 외에도) 모든 로아노크 정착민들을 사라지게 만든 엄청난 비밀의 내막이었다. 악당 두목 조지 드레드길 탓인가? 정착민들은 다 죽어버린 걸까? 고대의 지혜가 가득한 고대 도시가 로아노크 아래에 정말로 존재하는 걸까? 마틴 베탄코트가 쓰러지기 전에 했던 '시간이 열쇠다.'라는 말은 무슨 뜻일까? 버려진 지역의 방책에 새겨진 수수께끼의 단어 크로아토안(croatoan)은 대체 무슨 의미일까? 수백만의 독자들이 이러한 의문의 답을 알고 싶어 안달했다. 먼 장래에 누구든 그런 작품이 있다는 걸 믿지 못하는 사람이 생긴다면 그냥 주디스 크란츠*나 해롤드 로빈스**의 소설을 찾아보라고 말할 것이다. 그들은 독자만 해도 수백만 명에 이른다.

리지스 토머스의 캐릭터들은 전형적인 투영이다. 어쩌면 작

---

* Judith Krantz(1928-2019) 미국 로맨스 소설가. 영화와 드라마로도 만들어진 『스크러플스(Scruples)』, 『프린세스 데이지(Princess Daisy)』 등을 펴냄.
** Harold Robbins(1916-1997) 미국 베스트셀러 소설가. 대표작은 『위대한 욕망(The Carpetbaggers)』.

가인 그의 소원 성취라고 말해야 할지도 모르겠다. 그는 주름이 쪼글쪼글한 사내였다. 작가 소개에 넣는 프로필 사진을 수시로 바꿀 정도로 자신의 얼굴이 여자들이 들고 다니는 가죽 핸드백처럼 보이지 않도록 신경 썼던 사람이다. 도시에 차마 오지 못하는 성정이라 뉴욕 도심으로 내려온 적도 없다. 두려움을 모르는 남자들이 위험천만한 늪을 헤치며 결투를 벌이고, 별들 아래에서 탄탄한 몸으로 섹스를 나누는 이야기를 쓴 작가가 알고 보면 광장 공포증의 홀로 사는 노총각이었던 것이다. 또한 자신의 작품에 한해 (어머니의 말을 들어보면) 편집증도 엄청났다.

작품을 탈고하기 전까지는 교열 담당자를 비롯해 누구에게도 보여주지 않았지만 최초 출간한 두 편이 대성공하면서 수개월간 베스트셀러 1위를 석권했다. 그는 자신이 쓴 그대로 책을 출간할 것을 고집했다고 한다. 토씨 하나 바꾸는 것도 허락하지 않았다.

매년 한 권씩 책을 내는 작가는 아니었지만 (그러면 에이전시에겐 말 그대로 '엘도라도'겠으나) 신뢰할 수 있는 작가였다. 『로아노크의 무엇』이라는 책이 2년에서 3년에 한 권씩은 꼭 나왔다. 처음 네 권은 해리 외삼촌이 계실 때 나왔고 그 후로 다섯 권은 어머니가 회사를 지킬 때의 작품이었다. 그중에는 『로아노크의 *처녀 귀신*』도 포함되는데 최종편의 전편이라고 토머스 씨가 공지한 바 있었다. 그는 최종편을 통해 죽음의 늪에서 시작한 최초의 모험 때부터 충성스러운 독자들이 품어온 모든 질문에 답을 하겠노라고 약속했다. 또한 최종편은 로아노크 시리즈 중에서 가장 두꺼운 책으로 약 700장 분량이 될 터였다. (그 덕에 출판사는 구매 가격을 1달러에서 2달러 정도 더 올릴 수 있게 된 셈이다.) 일단 로아노크와 모든 미스터리에 대한 건이 정리되자 그는 뉴욕 북부의 자택으로 찾아간 어머니에게 *메리 셀레스트*에 관한 시리즈를 시작할 계획을 털어놓았다.

그가 필생의 역작 완결편을 고작 서른 장 남짓 써놓고 책상에 앉은 채 죽어버리기 전까지는 만사가 순조로웠다. 고료는 선불로 300만 달러를 받았는데 책이 나오지 않으면 고료를 토해내야 할 판이었다. 거기에는 우리의 몫도 들어있었다. 우리가 받을 돈이 사라지느냐 마느냐의 문제였다. 아마도 예상했겠지만 여기서부터 내 이야기가 이어질 것이다.

좋다, 다시 이야기로 돌아가 보자.

9

어머니와 내가 경찰 마크 없는 수사용 차량으로 다가가자 (위장 순찰차는 눈에 익었다. 경광등과 '공무 수행 중'이라는 작은 푯말을

---

* Mary Celeste 호. 1872년 12월 4일 선원 모두가 실종된 채 대서양 표류 중 발견된 미국 국적의 선박.

계기판 위에 올려놓은 차가 우리 아파트 건물 앞에 주차한 걸 많이 봤다.)
리즈가 파카 안쪽을 열어 어깨에 찬 빈 권총집을 보여주었다. 우리끼리 하던 장난이었다. 내 아들 근처에선 총기 금지, 그게 어머니의 융통성 없는 철칙이었다. 리즈는 권총집을 차고 있을 때마다 항상 비어있는 권총집을 내게 보여주었다. 나는 우리 집 거실 커피 테이블 위에 벗어놓은 권총집을 자주 봤다. 뿐만 아니라 어머니가 쓰는 반대쪽 침대 협탁 위에 벗어놓은 권총집을 본 적도 있었다. 그리고 아홉 살 무렵, 나는 그게 무슨 의미인지 제법 잘 이해하게 되었다. 『로아노크의 죽음의 늪』 중에 로라 군휴와 마틴 베탄코트의 아내이자 과부 퓨리티 베탄코트 (이름처럼 순수하진 않았던) 두 사람 사이의 에로틱한 관계 덕분이었다.

"저 사람은 왜 왔어요?" 나는 차에 다다르자마자 어머니에게 물었다. 리즈가 바로 앞에 있었으니 아주 무례하지는 않더라도 다소 버릇없는 질문이었겠지만 수업 중에 난데없이 끌려 나와 학교를 채 빠져나오기도 전에 우리 밥줄이 끊겼다는 말을 들은 쪽은 다름 아닌 나였다.

"타야지, 챔프." 리즈는 늘 나를 챔피언이라고 불렀다. "시간 없어."

"가기 싫어요. 점심때 피시 스틱 나온단 말이에요."

"안 돼." 리즈가 말했다. "우리 와퍼랑 감자튀김 먹자. 내가 살게."

"어서 타렴." 어머니가 나를 재촉했다. "제이미, 어서."

그래서 나는 뒷좌석에 탔다. 바닥 위에 타코벨 포장지가 두어 개 나뒹굴고 전자레인지 팝콘 비슷한 내음이 났다. 해리 외삼촌 면회로 다녀본 여러 군데의 요양 시설을 연상시키는 다른 냄새도 났다. 어머니가 보는 (어머니는 유독 「더 와이어(The Wire)」*를 좋아했다.) 경찰 드라마에서처럼 앞 좌석과 뒷좌석 사이의 철제 안전망은 없었다.

어머니도 운전석 옆 보조석에 탔고 리즈가 차를 몰았다. 빨간 불에 멈춰서더니 경광등을 켰다. 사이렌 없이 불빛만 *깜박-깜박-깜박* 켜고 달려서 후딱 FDR** 고속도로에 진입했다.

심각한 표정의 어머니가 몸을 뒤로 돌려 좌석 틈새로 내 쪽을 바라보는 통에 나는 겁이 났다. 어머니의 얼굴에는 간절함이 가득했다.

"제이미, 그 사람이 자기 집에 머물러 있을까? 시신은 시체 안치소나 장의사로 옮겼을 텐데 아직 집에 남아있을 수 있으려나?"

나는 답을 알지 못했다. 하지만 처음에는 모른다는 말이나 다른 어떤 말도 하지 않았다. 나는 너무 놀랐다. 그리고 속상했다. 화가 났던 것도 같다. 정확하게 기억이 나지 않지만 놀

---

* 범죄 스릴러 드라마.

** Franklin D. Roosevelt Drive. 뉴욕 맨해튼의 이스트 리버를 따라 이어진 고속도로.

라고 속상했던 기억은 아주 분명하다. 죽은 사람들을 본다는 사실을 누구에게도 말하지 말라고 해서 나는 입 밖에 낸 적이 한 번도 없는데 정작 *어머니가* 말을 한 것이다. 리즈에게 말을 했겠지. 그래서 리즈가 왔을 테고, 리즈는 깜박이는 경광등을 이용해 곧 스프레인 브룩 파크웨이를 빠져나갈 수 있게 길을 열 참이었다.

마침내 내가 물었다.

"저 사람은 언제부터 알게 된 거야?"

리즈는 백미러를 통해 내게 윙크를 날렸다. '*우리만의 비밀이야.*'하는 의미의 윙크였다. 싫었다. 그 비밀은 어머니와 나만의 비밀이어야 했다.

어머니는 좌석 너머로 손을 뻗어 내 손목을 잡았다. 어머니의 손이 차가웠다.

"염려하지 않아도 돼, 제이미. 그 사람이 아직 거기 있을지 어떨지만 말해줘."

"네, 아마도요. 거기서 죽었다면 그렇겠죠."

내 팔을 놓은 어머니가 리즈에게 더 속력을 내라고 했지만 리즈는 고개를 저었다.

"그러지 않는 게 좋을걸. 경찰이라도 붙으면 대체 무슨 큰 사건이 났나 궁금해할 텐데. 죽은 남자가 사라지기 전에 가서 할 말이 있어 그런다고 해도 괜찮겠어?"

리즈의 말투를 보아하니 어머니의 말을 전혀 믿지 않고 그냥 맞장구쳐 주면서 놀리는 것이 분명했다. 나는 리즈가 믿지 않아도 상관없었다. 어머니는 리즈가 우리를 크로톤-온-허드슨까지 데려다주기만 한다면 그녀의 생각이야 어떻든 개의치 않는 듯 보였다.

"최대한 빨리 가, 그럼."

"알았어, 티-티."

리즈가 어머니를 티-티라고 부르는 건 결코 마음에 들지 않았다. 우리 반 애들이 화장실 갈 때나 쓰는 말인데도 어머니는 상관이 없는 모양이었다. 그날은 리즈가 어머니를 '보니 붑스어랏"이라고 불러도 무심했을 것이다. 그렇게 부른 줄 눈치도 못 챌 것 같았다.

"어떤 사람들은 비밀을 잘 지키는데 어떤 사람들은 비밀을 지킬 줄 몰라."

내가 불쑥 말했다. 도저히 참을 수가 없었다. 그러고 보면 화가 났던가 싶다.

"그만해." 어머니가 외쳤다. "엄마가 지금은 너 토라진 거 풀어줄 정신이 없어."

"토라진 거 아닌데요." 나는 골을 내며 말했다.

어머니가 리즈와 가까운 사이인 줄은 알지만 나하고 훨씬 더 가까워야 옳았다. 적어도 사전에 내 의견도 물어볼 수 있었

---

* Bonnie Boobsalot. 가슴을 놀리는 의미의 별명.

을 텐데, 어머니는 아마도 리지스 토머스가 '정열의 사다리'라
고 부르는 걸 리즈와 같이 오르던 밤, 침실에서 그녀에게 우리
사이의 최대 비밀을 누설해버린 것이 분명했다.

"너 마음 상한 것 알겠고 나중에 엄마한테 화내도 좋은데 지
금은 날 좀 도와줘, 아가."

어머니는 리즈가 옆에 있다는 걸 잊고 있는 사람처럼 말했
다. 하지만 백미러에 비친 리즈의 눈은 우리의 모든 대화를 빠
짐없이 듣고 있었다.

"알았어요." 어머니 때문에 나는 약간 겁이 났다. "진정해
요, 엄마."

어머니는 손가락으로 머리를 쓸어올리다 덤으로 앞머리를
휙 잡아당겼다.

"이건 너무 불공평해. 우리에게 일어난 일 모두가…… 지금
벌어지고 있는 일도…… 망할 전부 다 엉망이야!" 어머니가
내 머리칼을 헝클었다. "넌 못 들은 거다."

"들었는데요." 내가 대꾸했다.

아직 화가 난 상태라서 그렇게 말했지만 어머니의 말이 맞
았다. 찰스 디킨스 소설 속을 사는 것 같다던 내 말이 기억날
지 모르겠는데, 욕만 추가하면 된다던 말도 기억이 나려나?
사람들이 왜 그런 소설을 읽는 걸까? 다들 너무 행복에 겨운
데다가 당최 엿 같은 일을 당하는 법이 없기 때문일 테지.

"엄만 2년째 청구서만 저글링하듯 갚으면서 단 한 번도 미

납 없이 살았어. 가끔은 큰 걸 갚느라고 작은 것들을 미루고, 또 어떤 때는 작은 것들 한 무더기를 갚느라 큰 걸 미뤄 놓기도 했지. 그래도 전기 끊긴 적이 없고 밥 굶은 적도 한번 없어. 내 말 맞지?"

"그래 그래 그래요."

나는 어머니를 웃게 하려고 그렇게 대답했지만 미소는 돌아오지 않았다.

"하지만 이젠……." 어머니가 이마를 다시 한번 후려치면서 앞머리가 완전히 헝클어졌다. "*이젠* 여섯 개 고지서를 한꺼번에 내야 하는데 무엇보다 지옥 같은 회사 수입으로 어떻게 해. 빨간 잉크의 바다에 익사할 지경이라 리즈가 날 구해주길 바라고만 있었단 말이지. 그런데 이 망할 인사가 죽어버렸어! 쉰아홉밖에 안 된 사람이! 몸무게가 45킬로그램 과체중도 아니고 마약도 안 하는데 쉰아홉에 죽는 사람이 어디 있어?"

"암 걸린 사람들은요?"

내가 말했다.

어머니는 묽은 코웃음을 치고 가엾은 앞머리를 또 잡아당겼다.

"진정해, 티."

리즈가 웅얼거리듯 말했다. 그리고 어머니의 목 언저리로 손바닥을 갖다 댔지만 어머니는 그 손길조차 인식하지 못한 것 같았다.

"그 책이 우리를 구할 수 있을 텐데. 그 책, 온전한 완결편, 그 책만 있으면 되는데." 어머니가 거칠게 소리 내어 웃는 바람에 나는 한층 더 겁이 났다. "리지스가 두어 챕터 밖에 완성 못 했다는 건 아무도 모르겠지. 그 사람이 해리가 아프기 전에는 유일하게 해리한테 말했는데 이젠 나한테만 말해주거든. 전체 줄거리 구상은커녕 메모도 남긴 게 없어, 제이미. 메모를 하면 자기의 창작 과정이 구속된다나. 그리고 그럴 필요가 없어서 메모를 안 했다고 하지 뭐야. 소설의 흐름은 늘 자기가 명확히 안다면서." 어머니는 내 손목을 재차 붙잡고 짜듯이 꼭 쥐었다. 그날 밤에 보니 그 자리에 멍 자국이 나 있었다. "아마 *아직도 기억하고 있겠지.*"

10

우리는 태리타운에 있는 버거킹에서 드라이브 스루를 했고 나는 약속받은 대로 와퍼를 주문했다. 초콜릿 셰이크도 추가했다. 차를 멈추고 싶지 않았던 어머니도 리즈의 고집을 이기진 못했다.

"티, 얘는 성장기 남자애야. 자기는 필요 없다고 해도 애는 먹여야지."

그런 점에서는 리즈가 마음에 들었다. 그 외에도 마음에 드는 점이 있지만 싫은 점들도 있었다. 큰 문제들이 있다. 그 얘기는 곧 할 테고, 할 수밖에 없는 이야기지만 지금으로선 뉴욕시 경찰청 2급 형사 엘리자베스 더튼에 대해서 내가 복잡미묘한 감정을 느낀다는 것만 말해두겠다.

크로톤-온-허드슨에 다다르기 전에 리즈가 했던 말을 언급해야겠다. 그저 대화를 해보려고 꺼낸 말이지만 아주 중요한 이야기였다는 걸 '나중에' (거 봐, 자꾸 이 표현을 쓰지.) 알게 되었기 때문이다. 리즈는 텀퍼가 결국 살인을 저질렀다고 말했다.

스스로를 텀퍼라고 부르는 이 남자는 지난 몇 년간 때때로 지역 뉴스에, 주로 NY1 채널에 등장하던 자였다. 어머니는 밤마다 저녁 식사를 준비하면서 그 채널을 본다. (흥미로운 기사가 뜨는 날이면 저녁 식사 중에도 밥을 먹으면서 뉴스를 봤다.) 텀퍼의 '공포 시대'(감사하게도 NY1에서 가르쳐준 표현)는 내가 태어나기도 전부터 시작된 일이었고 그는 일종의 도시 전설 같은 존재였다. 알다시피 '슬렌더 맨'이나 '후크 맨'처럼. 다만 폭발물을 쓴다는 점이 달랐다.

"누구요?" 내가 물었다. "텀퍼가 누구를 죽였는데요?"

"도착하려면 얼마나 남았어?"

전혀 텀퍼에 관심이 없는 어머니가 리즈를 닦달했다. 어머니에게는 명백히 더 중대한 일이 있었다.

"한 남자가 맨해튼에 몇 개 남지도 않은 공중전화 부스를 쓰려다 당했어." 리즈는 어머니의 질문을 못 들은 척 대답했다.

"폭발물 전담반 얘기로는 수화기를 드는 순간 터졌을 거래. 다이너마이트를 두 개나 써서……."

"지금 꼭 이 이야기를 해야겠어?" 어머니가 역정을 냈다. "게다가 어째서 신호마다 빨간불에 걸리고 그래?"

"다이너마이트 두 개를 사람들이 보통 잔돈을 올려놓는 자그마한 선반 밑에 붙인 거야." 리즈는 굴하지 않고 말을 이어갔다. "텀퍼 그 재주 좋은 개새끼가 사람 하나 골로 보냈지. 특별 수사팀을 또 꾸릴 거래. 1996년 이래로 세 번째 팀인데. 나도 지원할 거야. 지난번 수사팀에서 일한 경력이 있으니까 차출될 가능성이 커. 그러면 시간 외 근무도 쓸 수 있고."

"초록불이야." 어머니가 말했다. "출발해."

리즈가 차를 달렸다.

11

코블스톤 레인이라는 막다른 골목을 들어설 때까지도 나는 몇 개 남지 않은 감자 튀김을 (이미 차갑게 식었지만 상관 않고) 먹고 있었다. 한때 조약돌이 깔려있어서 그런 이름이 붙었겠지만 지금은 매끈하게 포장된 길이었다. 골목 끝에 코블스톤 코티지라는 저택이 보였다. 호화로운 무늬가 새겨진 문과 창문, 이끼 덮인 지붕으로 된 커다란 석재 건물이었다. 여러분도 제대로 들었으려나, 이끼를 덮은 지붕이라니. 정말, 장난이 아니겠지? 대문이 나왔다. 열린 채였다. 건물과 똑같은 종류의 회색 돌로 된 안내문이 대문 기둥에 하나씩 붙어 있었는데 하나는 **통행 금지. 시체 숨기기도 지침**이라고 쓰여있었고, 다른 쪽 기둥 안내문에는 으르렁거리는 저먼 셰퍼드 그림과 함께 **맹견 조심**이라는 글이 보였다.

리즈는 운전을 멈추고 어머니를 향해 눈썹을 치켜떴다.

"리지스가 묻은 시체는 애완 잉꼬 프랜시스가 전부야."

어머니가 항변했다.

"탐험가 프랜시스 드레이크의 이름을 땄대. 그리고 리지스는 개 키운 적 없어."

"알레르기가 있거든요."

뒷좌석에 있던 내가 거들었다.

리즈의 차가 저택으로 다가가 멈춰 섰고 경광등이 꺼졌다.

"차고 문은 닫혀있고 차는 안 보이는데. 누구 있어?"

"아무도 없지." 어머니가 대답했다.

"가정부 퀘일 부인이 리지스를 발견했어. 이름은 다비나. 시간제 정원사하고 같이 둘이서만 이 집에서 일해. 사람 좋은 부인이야. 구급차부터 부른 다음에 바로 나한테 연락해 줬어. 구급차 불렀단 말에 리지스가 정말 죽었냐고 물었더니 그렇다는 거야. 여기 오기 전에는 요양원에서 일했거든. 사망했더라도 우선 병원부터 가는 법이라 하더라고. 병원으로 옮기는 것만 보고 바로 집으로 가시라고 내가 그랬지. 충격이 제법 컸던 모양이야. 나한테 리지스의 사업 매니저인 프랭크 윌콕스에 대해서 물어보길래 내가 직접 말하겠다고 했어. 늦지 않게 전하겠다고. 그런데 내가 리지스와 마지막으로 통화했을 때 들은 게 있거든. 프랭크가 부인 동반으로 그리스에 가 있다고 말이지.”

“기자들은?” 리즈가 물었다. “베스트셀러 작가였잖아.”

“맙소사, 왔을지도 모를 일이지.”

어머니는 덤불 속에 숨어있는 기자라도 찾는 사람처럼 다급하게 주위를 두리번거렸다.

“아무도 안 보여.”

“아직 소식을 못 들었겠지.” 리즈가 말했다. “알았다면, 무전기를 엿듣거나 했으면 경찰하고 응급구조원을 먼저 찾아갈 거야. 시신은 여기를 떠났으니 여긴 기삿거리가 없어. 우리한테 아직 시간이 있으니까 진정해.”

“파산이 목전인데 앞으로 30년은 더 요양원에서 살 오빠도 있고 장차 대학에 가려고 할 아들도 있다고. 그러니 진정하라는 소리 집어치워. 제이미, 리지스가 보여? 어떻게 생겼는지 알잖아, 그렇지? 보이면 말해.”

“어떻게 생긴 줄은 아는데 안 보여요.”

내가 답했다.

어머니는 괴로운 듯 낮게 탄성을 지르며 손바닥으로 애먼

이마를 쳤다.

나는 문을 열려고 손을 뻗었다가 깜짝 놀랐다. 차 문에 손잡이가 없었다. 리즈에게 내리게 해달라고 말하니 문을 열어주었다. 우리 모두 차에서 내렸다.

"문을 두드려 봐." 리즈가 제안했다. "아무도 대답을 안 하면 건물 뒤로 돌아가서 제이미가 창문을 들여다볼 수 있게 들어 올려야지."

화려한 조각으로 장식된 창의 덧문이 모두 열려있었기에 가능한 방법이었다. 어머니가 달려가서 현관문을 두드릴 동안 나는 리즈와 단둘이 남았다.

"너 정말 영화에 나오는 그 꼬마처럼 유령을 볼 수 있다고 믿는 건 아니지, 챔프?"

리즈가 믿든 안 믿든 관심 없지만 (이건 전부 쇼라는 식의) 말투가 왠지 날 화나게 만들었다.

"버켓 부인 반지 이야기도 엄마한테 들었잖아요, 아닌가?"

리즈가 어깨를 들었다 놓았다.

"그야 운이 좋았을 수도 있지. 여기 오는 길에는 죽은 사람들 못 봤을 거 아니야, 봤어?"

못 봤다고 말했지만 그냥 봐서는 구별하기 어렵기 때문에 말을 걸어봐야 안다. 혹은 그쪽에서 먼저 말을 걸어 오거나 해야겠지. 한번은 어머니와 버스를 탔다가 손목을 깊게 베여서 빨간 팔찌를 찬 것 같은 여자애를 본 적이 있다. 센트럴 파크의 남자만큼 소름 끼치는 느낌은 전혀 아니었지만 그 애는 분명 유령이었다. 그리고 아까 뉴욕을 빠져나오는 길에 8번 가 모퉁이에서 본 분홍색 목욕 가운을 입은 나이 든 부인도 그랬다. 부인은 횡단보도 보행자 신호등이 녹색불로 바뀌었는데도 우두커니 서서 관광객처럼 주위를 두리번거리고 있었다. 죽은 사람일 수도 있고, 어쩌면 거리를 방황하는 산 사람일 수도 있겠지. 해리 외삼촌이 자주 그렇게 배회하는 통에 요양원에 보낸 거라고 어머니한테 들은 기억이 났다. 해리 외삼촌이 그렇게 헤매고 다니기 시작할 무렵에는 이따금 잠옷 바람으로 나가기까지 해서 어머니는 회복에 대한 기대를 접었다고 말했었다.

"점쟁이들은 늘 운을 잘 맞추잖아." 리즈가 말을 이었다. "옛말에 고장 난 시계도 하루에 두 번은 맞는다는데."

"그래서 지금 우리 엄마가 정신이 나갔고 엄마를 돕는 게 미친 짓이라는 거죠?"

리즈가 박장대소했다.

"그런 걸 방조라고 해, 챔프. 그건 그렇고 아니야. 그런 생각 안 해. 네 엄마는 속상하니까 지푸라기라도 잡으려고 저러는 거지. 그게 무슨 뜻인지 아니?"

"네. 엄마가 정상이 아니란 말이죠."

리즈는 한층 동정 어린 표정으로 재차 고개를 가로저었다.

"엄마가 엄청난 스트레스에 시달린다는 뜻이야. 충분히 이

해해. 하지만 허황된 말을 지어내는 건 엄마한테 도움이 안
돼. 네가 그걸 알아들으면 좋겠다."

어머니가 우리 쪽으로 돌아왔다.

"아무도 대답이 없고 현관은 잠겨 있어. 내가 확인해 봤어."

"알았어." 리즈가 말했다. "창문 엿보러 가 볼까."

우리는 저택을 둘러 걸었다. 부엌 창문은 바닥까지 길게 닿
아있었기 때문에 그쪽을 통해서 안을 들여다볼 수 있었지만
나는 그 저택의 다른 대부분의 창문이 달린 위치에 비해 훨씬
키가 작았다. 그래서 리즈가 두 손으로 내 발을 계단처럼 받쳐
주었다. 대형 스크린 TV와 고급 가구들이 즐비한 넓은 거실이
한눈에 들어왔다. 식당에는 메츠 선발팀은 물론 불펜 투수들
까지 앉을 수 있을 만큼 긴 식탁이 놓여있었다. 사람들과 어울
리기를 혐오한다면서 그런 걸 사다니, 정말 터무니없는 짓이
었다. 어머니가 소(小) 응접실이라고 부르는 방도 보였다. 그
뒤쪽이 주방이었다. 토머스 씨는 어디에도 없었다.

"위층에 있나 봐요. 위층은 가 본 적이 없는데 침대에서
나…… 욕실에서 돌아가셨으면…… 아마 아직 거기에 있을
텐데……."

"설마 엘비스 프레슬리처럼 왕좌에서 죽었겠냐 마는 어쩌
면 그럴지도 모르겠어."

나는 그 말에 웃음이 터졌다. 변기를 두고 왕좌라고 할 때면
매번 웃음을 참을 수가 없었다. 하지만 어머니의 표정 때문에

이내 멈춰야 했다. 이건 심각한 사안이었고 어머니는 희망을 잃어가고 있었다.

주방 뒷문으로 간 어머니가 손잡이를 돌렸지만 현관문과 마찬가지로 여지없이 잠겨 있었다.

어머니가 리즈에게 말했다.

"혹시 우리……."

"말도 안 되는 생각 하지 마." 리즈가 딱 잘라 말했다. "티, 무단침입은 안 돼. 죽은 베스트셀러 작가 집에 경보가 울리면 브링크스나 ADT에서 경비 업체 사람이 올 거야. 그도 아니면 이 지역 경찰이 오겠지. 그럼 여기서 뭐 하는 짓인지 설명해야 할 거 아니야. 골칫거리라면 경찰청 일만 해도 차고 넘쳐. 경찰 얘기가 나와서 말인데…… 혼자 있다가 죽은 거, 맞지? 가정부가 발견했다고?"

"그래. 퀘일 부인이. 나한테 전화가 왔어, 내가 말했……."

"경찰에서 그 사람을 심문하려고 할 거야. 어쩌면 지금 심문 중이겠지. 검시관이 부검을 할 수도 있고. 웨스트체스터 카운티는 일을 어떤 식으로 하는지 나야 모르지만."

"리지스가 유명인이라서? 리지스가 살해됐을 가능성이 있다고 보는 거야?"

"원래 사건이 생기면 그런 순서로 진행되는 거야. 그리고 아무래도, 유명인이니까 그럴 가능성도 열어두겠지. 요점은 경찰이 오기 전에 우리 모두 여길 떴으면 좋겠단 말이야."

어머니의 어깨에 힘이 빠졌다.

"안 보여, 제이미? 흔적이라도?"

나는 고개를 절레절레 흔들었다.

어머니는 한숨을 내쉬고 리즈를 쳐다봤다.

"차고를 확인해 볼까?" 리즈가 어깨를 으쓱했다. 좋을 대로 하라는 뜻이었다. "제이미? 넌 어떻게 생각해?"

토머스 씨가 차고에서 서성이고 있을 이유를 도저히 상상할 수는 없지만 가능성은 있었다. 생전에 아끼던 차가 있었는지도 모를 일이다.

"가봐요. 여기까지 왔으니까."

다 같이 차고로 향하던 중 내가 걸음을 멈췄다. 토머스 씨 댁의 물 빠진 수영장 너머로 멀리 뻗어있는 자갈길이 눈에 들어왔다. 길을 따라 가로수가 줄지어 있었는데 잎은 거의 다 져서 나무 사이로 자그마한 초록색 건물이 드러났다. 나는 그 건물을 가리켰다.

"저건 뭐죠?"

어머니는 또 이마를 딱 쳤다. 그러다가 뇌종양이나 뭐든 생기지 않을까 슬며시 걱정이 되기 시작했다.

"오 맙소사. 숲속의 작은 집! 내가 어쩌다 처음부터 저걸 생각 못 한 거야?"

"그게 뭔데요?"

내가 다시 물었다.

"서재야! 작품을 쓰는 곳이지! 리지스가 있을 데라고는 저기뿐이야! 서둘러!"

어머니는 내 손을 잡고 수영장의 얕은 쪽 끝을 지나 달렸다. 하지만 나는 자갈길이 시작하는 지점에 이르러 두 다리가 바닥에 붙은 듯 멈춰 섰다. 리즈가 내 어깨를 붙잡지 않았다면 달리고 있던 어머니에게 이끌려 그대로 얼굴이 바닥에 곤두박질쳤을 것이다.

"엄마? *엄마!*"

초조한 얼굴의 어머니가 나를 돌아보았다. 아니, 그건 적절한 표현이 아니었다. 어머니의 얼굴은 반쯤 정신 나간 사람 같았다.

"어서! 아직 여기에 있다면, 있을 곳은 *저기*뿐이야!"

"티, 진정 좀 해." 리즈가 말했다.

"같이 서재 오두막을 확인한 다음에 얼른 여길 떠나는 편이 좋을 것 같아."

"*엄마!*"

내 말이 들리지도 않는지 어머니는 울기 시작했다. 결코 어머니답지 않은 모습이었다. 국세청에서 요구한 추징금이 얼마인지를 알게 된 날에도 어머니는 울지 않았다. 울기는커녕 두 주먹으로 책상을 내려치고서 피 빨아먹는 개새끼들이라고 그 사람들한테 욕을 퍼부었다. 그랬던 어머니가 울고 있었다.

"가고 싶으면 너나 가. 난 제이미가 보기에 망했다고 확신이

들 때까지는 여기 남아있을 거야. 너한텐 이게 즐거운 소풍이 겠지. 미친 여자라고 조롱이나 하면서……."

"그런 뜻 아닌 거 알잖아!"

"…… 하지만 이건 내 인생이 걸린 일이라고……."

"그건 나도 알지……."

"……제이미의 삶도, 그리고……."

"엄마!"

어린애라는 처지가 정말 최악이라고 느껴질 때, 어쩌면 이보다 나쁠 신세는 없다고 느껴질 때는 바로 내가 말을 좀 들어보라고 해도 어른들이 하찮게 여기고 듣지 않는 순간일 것이다.

"엄마! 리즈! 둘 다! 그만하라고요!"

둘은 싸움을 멈추고 나를 바라봤다. 그렇게 두 여자와 뉴욕 메츠 후드티를 입은 꼬마애 하나, 세 사람이 물 빠진 수영장 옆에 서 있는 흐린 11월의 어느 날이었다.

나는 토머스 씨가 로아노크 소설을 쓰는 작은 집으로 이어진 자갈길을 손가락으로 가리켰다.

"바로 저기 있어요." 내가 말했다.

12

리지스가 우리 쪽으로 걸어왔다. 이제 내겐 놀랄 일도 아니었다. 모두가 그렇지는 않지만 죽은 이들은 대개 한동안은 산 사람들에게 이끌려 오게 마련이다. 곤충 퇴치용 램프로 달려 드는 곤충처럼 말이다. 이렇게 말하니까 좀 끔찍한데 비슷한 예가 그것밖에 떠오르지 않는다. 내가 토머스 씨의 죽음을 알지 못했더라도 그가 유령이라는 건 눈치챌 수 있었을 것이다. 그가 입고 있는 옷이 확실한 근거였다. 추운 날이었는데 하얀 민 무니 티셔츠에 배기 반바지, 그리고 어머니가 예수 신발이라고 부르는 끈으로 된 샌들 차림이었다. 게다가 복장에 뭔가 이상한 게 더 있었다. 파란색 리본을 핀으로 달아놓은 노란 장식용 어깨띠였다.

리즈는 어머니에게 어째서 내가 아무도 없는 곳을 보며 누가 있는 시늉을 하냐고 묻는 것 같았는데 나는 전혀 그 말에 귀 기울이고 있지 않았다. 나는 어머니에게 잡힌 손을 빼내고 토머스 씨를 향해 다가갔다. 그가 걸음을 멈추었다.

"안녕하세요, 토머스 씨." 내가 인사를 건넸다. "전 제이미 콘클린이에요. 티아의 아들이요. 처음 뵙네요."

"세상에, 제발 좀."

뒤에서 리즈가 투덜댔다.

"조용히 해."

어머니가 리즈를 다그쳤지만 리즈의 회의적인 성질머리가 도저히 참지 못하고 불쑥 튀어나왔다. 리즈는 내게 정말로 토머스 씨가 거기 있다고 믿는지 물었다.

나는 그 질문도 무시했다. 토머스 씨가 두르고 있는 장식용 어깨띠가 어찌 된 영문인지 알고 싶었다. 분명 돌아가실 때 착용하고 있었다는 뜻이었기 때문이다.

"난 책상에 앉아있었어." 그가 말했다. "글 쓸 때는 늘 이 띠를 두르거든. 이게 내 행운의 부적이야."

"파란 리본은 뭔데요?"

"내가 6학년 때 지역 철자 맞추기 대회에서 받은 상이지. 20개 학교 참가자와 겨뤄서 이겼어. 주 대회에서는 졌지만 지역 대회에서 이 파란 리본을 딴 거야. 우리 어머니가 어깨띠를 만들어서 리본을 달아주셨어."

아직도 그걸 착용한다니 내가 보기엔 좀 괴이했다. 6학년 때라면 토머스 씨에게는 아득한 과거의 일일 것이다. 하지만 나는 그에게서 어떠한 겸연쩍음이나 민망함도 느끼지 못했다. 어떤 유령들은 (버켓 씨의 뺨에 키스했던 버켓 부인을 떠올려보면 알겠지만) 사랑도 느끼고 (내가 조만간 알게 될 사례지만) 증오도 느낀다. 하지만 그 외의 다른 감정들 대부분은 그들의 죽음과 동시에 사라져버리는 것 같았다. 심지어 사랑조차도 결코 늘 강력하지만은 않다. 이런 얘긴 하고 싶지 않지만 증오야말로 아주 강렬하고 아주 오래 남는 감정이다. 사람들이 그들을 (죽은 사람으로 보지 않고) 악령으로 보는 이유는 그들 자신이 증오에 가득 차 있기 때문이다. 유령을 무서운 존재라고 여기는 것도 사실 본인들이 무서운 존재인 탓에 고수하는 믿음이다.

나는 어머니와 리즈를 향해 말했다.

"엄마, 토머스 씨가 글 쓸 때 어깨띠를 몸에 두르는 거 알고 있었어요?"

놀란 어머니의 눈이 커졌다.

"그건 5년인가 6년 전에 《살롱》과 인터뷰하면서 나온 이야기인데. 지금 그걸 두르고 있는 거야?"

"네. 파란색 리본이 달려있어요. 그게……."

"철자 맞추기 대회에서 땄다는 그 리본! 인터뷰할 때 리지스가 껄껄 웃더니 그걸 '나만의 유치한 뽐내기'라고 불렀었지."

"아마 내가 그렇게 말했던 것 같구나." 토머스 씨가 동의했다. "작가라면 다들 유치한 뽐내기와 미신 같은 게 있어. 그런 면에서 우리는 야구 선수들과 똑같단다, 지미야. 아홉 권 연속 《뉴욕 타임스》 베스트셀러로 꼽힌 작가가 그렇다는데 누가 왈가왈부하겠어?"

"전 제이미예요."

내가 정정했다.

리즈가 끼어들었다.

"티, 챔프한테 그 인터뷰 이야기 미리 한 거잖아. 분명해. 아니면 직접 읽었겠지. 읽기 능력이 탁월하잖아. 알고 있었던 거야, 그뿐이야. 미리 알고서……."

"조용히 하라고."

어머니가 무섭게 소리쳤다. 리즈는 항복의 표시처럼 양손을 들어 올렸다.

어머니는 자기 눈에 텅 빈 자갈길만 보이는 곳을 응시하며 내 곁으로 걸어왔다. 토머스 씨는 반바지 주머니에 양손을 넣은 채 어머니의 바로 앞에 서 있었다. 바지가 헐렁했다. 아무리 봐도 속옷을 입고 있지 않은 것 같았기 때문에 나는 그가 손을 너무 주머니 깊이 밀어 넣지 않기만 바랐다.

"내가 부탁한 대로 전해 줘!"

어머니는 토머스 씨가 우리를 도와야 한다고, 그렇지 않으면 우리가 그간 딛고 있던 얇은 경제적 얼음판이 깨지면서 빚이라는 바다에 익사해버릴 거라고 전해 달라 했다. 또한 몇몇 작가들이 어머니가 재정적으로 곤란을 겪느라 회사 문을 닫게 될 수 있다는 걸 눈치채는 바람에 에이전시가 피 같은 고객들을 잃기 시작했다고도 덧붙였다. 나는 리즈가 없던 날 밤 와인을 네 잔째 마시면서 작가들을 두고 '침몰하는 배를 버리는 쥐'라고 비난하는 어머니의 말을 들었다.

어머니가 부탁한 이야기를 구구절절 늘어놓는 건 어려운 일이 아니었다. 하지만 죽은 이들은 우리의 질문에 반드시 답해야 한다. 적어도 우리 곁에서 사라지기 전까지는. 그리고 죽은 이들은 진실만을 말해야 한다. 그래서 나는 단도직입적으로 물었다.

"엄마는 『로아노크의 비밀』이 어떤 이야기인지 알고 싶어

해요. 전체 이야기를 원한대요. 토머스 씨는 전체 내용을 알고 있으세요?"

"물론이지." 그는 주머니 속의 두 손을 더 깊이 찔러넣었다. 배꼽 아래로 난 털이 보였다. 원치 않았지만 보고 말았다. "난 항상 *뭐든지* 쓰기 전에 전부 구상해둔단다."

"전부 머릿속에 있다는 거죠?"

"그렇게 할 수밖에 없어. 다른 사람이 훔쳐 갈지도 모르니까. 인터넷에 올려놓는다 쳐. 깜짝 이벤트를 망치는 거야."

그가 산 사람이었다면 꽤나 편집증처럼 들릴법한 말이었다.

정말로, 그는 사실대로 말했다. 적어도 그가 사실이라고 믿는 대로 말한 것이다. 그리고 보니 그의 말은 일리가 있었다. 정치적 비밀처럼 지루한 정보에서부터 「프린지(Fringe)」* 마지막 시즌이 어떻게 끝날 것인가 하는 것처럼 아주 중요한 정보에 이르기까지 컴퓨터를 이용한 선동은 늘 네트워크상의 뭔가를 유출 시키게 마련이었다.

리즈는 나와 어머니에게서 떨어져 수영장 가에 있는 벤치 한 곳에 자리 잡고 앉아 다리를 꼬고 담뱃불을 당겼다. 그녀는 미치광이들이 정신병원 놀이를 하도록 내버려 두기로 마음먹은 것 같았다. 나로서는 잘된 일이었다. 리즈가 어머니에 대해 좋은 지적을 하긴 했어도 지금은 방해만 될 뿐이니까 말이다.

---

* 「X파일(The X-Files)」과 비슷한 소재의 FBI 미스터리 수사 드라마.

"엄만 그걸 저에게 전부 다 말해주길 바란대요." 나는 어머니의 바람을 토머스 씨에게 전했다. "제가 엄마에게 전달할게요. 그러면 엄마가 로아노크 시리즈의 최종편을 쓸 수 있어요. 사람들한테는 돌아가시기 전에 엄마에게 원고를 거의 다 완성해서 보낸 걸로 말하면 되니까요. 마지막 두어 챕터를 어떻게 마무리할지 적은 메모와 함께 보냈다고 하는 거죠."

살아있었더라면 남이 자신의 책을 마무리한다는 이야기만 들어도 고함을 질렀을 사람이었다. 그의 삶에서 작품은 무엇보다 중요했고 작품에 대해서만은 독점욕이 엄청났다. 그러나 자신의 존재 대부분이 장의사에 누워있는 지금, 그는 마지막 문장을 적을 때 몸에 둘렀던 노란 어깨띠를 맨 채로 카키색 반바지를 입고 서 있었다. 내게 말하는 그의 눈빛에서는 자신의 소중한 비밀에 대한 어떤 경계심도 소유욕도 읽을 수 없었다.

"티아가 할 수 있을까?"

그 한 마디가 전부였다.

코블스톤 코티지를 향해 나서는 길에 어머니는 자신이 해낼 수 있다고 나(와 리즈)에게 자신 있게 말했다. 생전에 리지스 토머스는 교열 담당자가 한 단어도 고치지 못하도록 고집을 부렸지만 사실 어머니가 수년간 그에겐 말도 없이 책을 교열해왔던 것이다. 그런 역사는 해리 외삼촌이 온전한 정신으로 경영을 맡아 하던 시절까지 거슬러 올라갔다. 어머니는 크게 티가 날 정도로 바꾼 것도 많았는데 리지스가 전혀 눈치채지 못했고, 적어도 그에게 어떤 불만도 들은 적이 없었다고 했다. 세상에 토머스 씨의 문체를 베낄 사람이 있다면 그 사람은 단연 우리 어머니였다. 다만, 이건 문체만 가지고 될 일이 아니었다. 문제는 *이야기*였다.

"할 수 있어요."

나는 간단히 대답했다. 모든 내막을 말해주는 것보다 그편이 간단했다.

"저 여자는 누구지?"

토머스 씨가 리즈를 가리키며 물었다.

"엄마 친구예요. 이름은 리즈 더튼이죠."

리즈가 슬쩍 우리 쪽을 쳐다보더니 새 담배에 불을 붙였다.

"저 여자가 너희 엄마랑 떡 치는 사이냐?"

"네, 그런가 봐요."

"그럴 것 같았어. 서로 쳐다보는 눈빛으로 알 수 있지."

"리지스가 뭐라고 했는데?"

어머니가 초조한 목소리로 물었다.

"엄마랑 리즈가 친한 친구냐고 물었어요." 식상했지만 찰나의 임기응변이었다. "그럼 저희에게 『로아노크의 비밀』을 말해주실 건가요?" 토머스 씨에게 내가 물었다. "제 말은, 비밀뿐만 아니라 그 책 전체 이야기를요."

"그러마."

"말해주겠다고 하셨어."

어머니에게 그의 대답을 전하자 어머니는 곧장 휴대폰과 자그마한 테이프 녹음기를 가방에서 꺼냈다. 리지스의 말을 한 마디도 놓치지 않으려는 의지가 드러났다.

"가능한 상세히 설명해 달라고 해."

"엄마가 가능……."

"나도 들었다." 토머스 씨가 말했다. "내가 죽긴 했어도 귀는 안 먹었어."

그의 반바지는 한층 더 흘러내려 가 있었다.

"좋아요." 내가 답했다. "저기, 토머스 씨. 바지를 올려 입는 게 좋을 것 같아요. 아랫도리 감기 걸리지 않게요."

그가 바지 허리를 추어올렸고 반바지가 앙상한 허리께에 걸렸다.

"날이 춥니? 나는 전혀 그런 줄 모르겠어." 그러고는 단조로운 어조로 말을 이었다. "티아도 이제 나이 든 티가 나기 시작하는구나, 지미."

나는 굳이 내 이름이 제이미란 걸 다시 일러줄 필요가 있을까 싶었다.

대신 잠자코 어머니를 쳐다봤다.

세상에. 어머니가 정말 늙어 보였다. 어쨌든 연세가 들기 시작했으니까.

어느새 그렇게 되어버린 걸까?

"이야기를 해주세요." 내가 부탁했다. "처음부터요."

"당연히 처음부터지 아니면 어디부터 하겠어?" 토머스 씨
가 반문했다.

13

한 시간 하고도 반이 걸렸다. 끝날 무렵이 되자 나는 몸이
완전히 녹초가 되었고 그건 어머니도 마찬가지였을 것이다.
토머스 씨는 마지막 순간까지 처음 시작할 때와 똑같은 모습
으로 서 있었다. 불룩하게 튀어나온 배와 골반에 걸어놓은 반
바지 위로 드리워진 노란 어깨띠가 어쩐지 안쓰러워 보였다.

리즈는 경광등을 켜놓은 차를 대문 기둥 사이에 세워 입구
를 막아놓았었다. 토머스 씨의 사망 소식이 알려지면서 코블
스톤 코티지의 사진을 찍으려는 사람들이 찾아오기 시작했기
때문에 차를 그렇게 세워둔 건 현명한 판단이었다. 멀찍이 있
던 리즈가 다가와 얼마나 더 있어야 하냐고 묻자 어머니는 리
즈에게 현장이든 뭐든 가서 조사라도 하라며 밀쳐냈다. 하지
만 리즈는 내내 우리와 함께 있었다.

토머스 씨의 책에 우리의 미래가 달려있었기 때문에 정신
적으로 압박이 심했던 나는 진이 빠졌다. 고작 아홉 살이었던
내가 그 책임감을 감당하기는 무리였지만 별수가 없었다. 나
는 토머스 씨가 하는 말을 똑같이 반복해서 어머니에게(라기보

단 어머니의 녹음기에 대고) 전했다. 토머스 씨는 할 이야기가 엄청나게 많았다. 모두 자기 머릿속에 있다고 한 건 결코 허풍이 아니었다. 그리고 어머니는 계속 명확한 설명을 요구하는 질문을 던졌다. 토머스 씨는 그걸 불쾌하게 여기지 않는 것 같았지만 (사실 그러든가 말든가 상관없어 보였고) 어머니 때문에 진행이 더뎌지는 바람에 나로서는 짜증이 났다. 게다가 내 입은 아주 바짝 말라 갔다. 리즈가 남아있던 자신의 버거킹 콜라를 내게 건넸을 때 나는 고작 몇 모금밖에 안 되는 걸 벌컥벌컥 마시고 포옹으로 보답할 정도였다.

"고마워요." 나는 빈 종이컵을 건네며 진심을 담아 말했다. "간절했어요."

"천만에."

리즈의 얼굴은 지루함이 가시고 뭔가 골똘히 생각하는 표정이었다.

리즈는 토머스 씨를 볼 수 없었고 물론 그가 거기 있다는 걸 완전히 인정하진 않았지만 *뭔가* 있다는 걸 아는 것 같았다. 아홉 살짜리 아이가 대여섯 명의 주인공과 적어도 수십 명의 조연들이 등장하는 완결된 이야기를 능숙하게 읊다니, 아, 게다가 조지 드레드길, 퓨리티 베탄코트 그리고 로라 군휴가 (노토웨이 족 아메리카 원주민이 제공한 둥글납작한 카나리아 풀에 취해서) 벌인 스리섬까지 묘사했으니 그럴 만했다. 결국 로라는 임신을 하게 된다. 가엾게도 로라는 항상 불운을 떠안는다.

토머스 씨가 들려준 요약의 말미에 엄청난 비밀이 밝혀지는데, 장난이 아니었다. 그게 뭔지는 말하지 않겠다. 직접 책을 읽고 스스로 알아내길 바란다. 아직도 책을 안 읽었다면 말이다.

"이제 마지막 문장을 알려주마."

토머스 씨가 말했다. 그는 변함없이 생생해 보였는데 (죽은 사람에게 '생생'하다는 표현은 적절하지 않겠지만) 다만 목소리는 희미해지기 시작했다. 아주 조금.

"난 항상 마지막 문장부터 써놓는단다. 그 등대를 향해 노를 저어 가는 거지."

"마지막 문장을 말해줄 거예요."

나는 어머니에게 알려주었다.

"하느님 감사합니다."

어머니가 외쳤다.

토머스 씨는 일장 연설을 준비하는 옛날 배우처럼 한 손가락을 치켜들었다.

"'그날 황량한 정착지에 붉은 태양이 질 때, 모두를 혼란에 빠뜨릴 단어 크로아토안은 피로 아로새겨져 발갛게 빛나고 있었다.' 크로아토안은 대문자로 쓰라고 전해 다오, 지미."

나는 그대로 전했고 ('피로 아로새긴다'는 게 무슨 말인지 잘 이해되지 않았지만) 어머니는 이게 끝인지 토머스 씨에게 물었다. 그가 끝났다고 대답하는 순간 멀리 정문 쪽에서 짧은 사이렌 소리가 들렸다.

"오 세상에."

리즈가 말했다.

놀라서 당황한 목소리가 아니라 그럴 줄 알고 기다리고 있었다는 말투에 가까웠다.

"시작하려나 보군."

리즈는 배지를 허리띠에 끼우고 배지가 눈에 띄도록 파카 지퍼를 채웠다. 정문으로 나간 리즈가 다른 경찰 두 명을 데리고 돌아왔다. 둘 다 웨스트체스터 카운티 경찰 패치가 붙은 파카를 입고 있었다.

"경찰이다, *튀어*."

토머스 씨가 말했다.

나는 그게 무슨 뜻인지 전혀 이해할 수 없었는데 나중에 어머니에게 물어보니 1950년대에 쓰던 오래된 표현이라고 했다.

"이분은 콘클린 씨인데," 리즈가 어머니를 소개했다. "제 친구이자 토머스 씨의 저작권 대리인입니다. 누군가 와서 기념품을 서리해가지 못하도록 저에게 여기까지 동행을 요청했어요."

"원고를 가져갈지도 모르고요."

어머니가 리즈의 말을 거들었다.

소형 테이프 녹음기는 어머니의 가방으로 안전하게 피신한 뒤였고 휴대폰은 어머니의 청바지 뒷주머니에 꽂혀있었다.

"특정한 원고인데, 토머스 씨가 쓰던 소설 시리즈의 최종편이에요." 리즈는 그렇게 말하는 어머니를 향해 *그만하면 됐다*는 표정을 지었지만 어머니는 멈추지 않았다. "토머스 씨가 막 집필을 끝낸 작품이죠. 수백만의 독자들이 학수고대하고 있어요. 반드시 제가 책임지고 책을 내야 할 것만 같아서요."

경찰들은 어머니의 말에 딱히 관심이 없었다. 여기까지 온 건 토머스 씨가 사망한 방을 살펴보기 위해서였기 때문이다. 또한 현장에서 구경하던 사람들이 실망하지 않도록 볼거리를 제공하려는 목적도 있었다.

"그분은 서재에서 돌아가신 줄 아는데요."

어머니는 작은 집을 가리키며 말했다.

"네 뭐." 두 경찰 중 한 사람이 입을 열었다. "그렇다고 들었습니다. 저희가 확인해 보도록 하죠." 그는 말이 끝나자마자 양손으로 두 무릎을 짚고 허리를 숙여 나와 얼굴을 마주 보았다. 당시 나는 체구가 아주 자그마했다. "얘야, 이름이 뭐냐?"

"제임스 콘클린이요." 토머스 씨를 흘깃 쳐다보며 내가 대답했다. "*제이미*라고 해요. 이분이 제 엄마예요."

나는 어머니의 손을 잡았다.

"오늘 학교 땡땡이친 거니, 제이미?"

내가 뭐라고 말을 하기도 전에 어머니가 노련하게 끼어들었다.

"늘 제가 차로 하교를 시키는데 오늘은 시간 맞춰서 갈 수 없을 것 같아서 우리가 중간에 데려왔어요. 그렇지, 리즈?"

"그렇고말고." 리즈가 맞장구를 치고 말을 이어갔다. "서재는 확인을 안 했기 때문에 문이 잠겼는지 어떤지 모르겠군요."

"가정부가 시신을 안에 둔 채로 닫아만 놓고 떠났습니다." 내 이름을 물었던 경찰이 말했다. "그 사람이 소지하던 열쇠 꾸러미를 받아 놨으니 신속하게 조사를 마친 뒤에 문단속을 할 겁니다."

"저 사람들한테 살인 같은 건 아니었다고 네가 알려주면 좋을 텐데." 토머스 씨가 말했다. "심장마비였어. 어찌나 아픈지 지옥을 맛봤지."

그런 말을 전할 생각은 추호도 없었다. 나는 고작 아홉 살에 불과한 어린애였지만 바보는 아니었다.

"대문 열쇠도 있나요?" 리즈가 물었다. 이제는 경찰이라는 티가 확연히 났다. "우리가 여기에 도착해 보니 대문이 열린 채였거든요."

"있습니다, 대문도 나중에 철수하면서 잠가놓도록 하겠습니다."

함께 온 다른 경찰이 대답했다.

"대문에 차를 댄 건 훌륭한 조치였습니다, 형사님."

리즈는 그쯤이야 당연한 것 아니냐는 뜻으로 두 손을 펼쳐 보였다.

"다 되셨으면 우린 여기서 이만 비켜드리죠."

내게 이름을 물었던 경찰이 말했다.

"아까 언급했던 중요한 원고가 어떻게 생겼는지 알려주시면 안전을 확보해놓겠습니다."

그건 어머니가 쳐내야 할 공이었다.

"원본은 토머스 씨가 바로 지난주에 저에게 보냈어요. 유에스비에 넣어서요. 사본이 있을 것 같지는 않아요. 성격상 아주 편집증이 심한 분이었거든요."

"그랬지."

토머스 씨도 동의했다. 반바지는 어느새 다시 흘러내리고 있었다.

"여길 지키러 와 계셔서 다행입니다."

다른 경찰이 인사를 건넸다. 경찰들은 어머니와 리즈, 그리고 나와 악수를 나누었다. 그런 뒤에 곧장 토머스 씨가 사망한 작은 초록 건물로 이어진 자갈길을 향해 걷기 시작했다. 나는 책상에 앉은 채로 죽은 작가들이 엄청나게 많다는 걸 나중에 알게 되었다. 작가란 분명 A형* 직업일 것이다.

"가자, 챔프."

리즈가 내 손을 잡으려고 했지만 나는 거부했다.

"저쪽 수영장 옆에 가서 잠시 서 있어요." 내가 말했다. "두 사람 다요."

---

* 성격의 결정 요인과 유형 분석 검사 중 A형과 B형으로 나누는 이론에 따르면, A형 성격 유형은 경쟁심 많고 성급하여 신체적인 면에서는 심장질환에 취약하다고 알려져 있다.

"왜 그러니?"

어머니가 물었다.

나는 이전에 단 한 번도 지어본 적이 없는, 마치 멍청해서 못 견디겠다는 표정으로 어머니를 바라보았다. 그 순간은 어머니가 영락없는 바보 같았다. 리즈도 마찬가지였다. 엿같이 무례하게 군 건 말할 것도 없었다.

"필요한 걸 다 받은 사람은 엄마인데 고맙다는 인사는 내가 하게 생겼으니까요."

"아이고 세상에." 어머니가 또 자기 이마를 때렸다. "내가 이렇게 정신이 없다니까? 고마워요, 리지스. 너무나 고마워요."

어머니는 화단에 대고 감사를 표하고 있었다. 나는 어머니의 팔을 잡고 몸을 돌려세웠다.

"리지스 씨는 이쪽이에요, 엄마."

어머니는 다시 리지스 씨에게 감사 인사를 했지만 그는 아무 대답이 없었다. 전혀 상관하지 않는 듯 보였다. 인사를 마친 어머니는 어느새 수영장 근처에서 담뱃불을 붙이고 서 있는 리즈 곁으로 갔다.

사실 감사 인사를 할 필요는 없었다. 그때 즈음엔 나도 죽은 이들은 그런 데에 쥐똥만큼도 의미를 두지 않는 걸 알고 있었다. 그래도 나는 감사하다는 말을 했다. 예의니까. 게다가 나도 뭔가 알고 싶은 것이 있었다.

"엄마 친구 말인데요." 내가 말했다. "리즈 아시죠?" 그는 잠자코 리즈를 바라보았다. "내가 토머스 씨를 본다는 게 아직도 거짓말인 줄 알아요. 뭔가 예사롭지 않다고는 생각하죠. 그만한 이야기를 지어낼 수 있는 애는 없으니까요. 그건 그렇고, 조지 드레드길이 하는 부분은 정말 끝내줬어요."

"고맙다. 조지는 그럴 자격이 충분해."

"리즈는 이 일을 계속 곱씹을 거예요. 그래서 결국은 자기가 원하는 식으로 받아들이겠죠."

"자기 합리화를 하겠지."

"그런 행동을 그렇게 부르는 게 맞다면요."

"맞아."

"그럼, 토머스 씨가 여기 있다는 걸 리즈에게 보여줄 방법이 없을까요?"

나는 버켓 부인이 남편에게 키스했을 때 버켓 씨가 뺨을 긁었던 일을 떠올리고 있었다.

"글쎄다, 지미. 너 혹시 이제 나한테 어떤 일이 생기는지 알고 있니?"

"미안해요, 토머스 씨. 저도 아는 게 없어요."

"그렇다면야 내가 직접 알아보는 수밖에."

그는 다시는 사용할 일이 없는 자신의 수영장 쪽으로 걸어 갔다. 날씨가 풀리면 누군가 물을 가득 채우겠지만 그때쯤이면 토머스 씨는 이미 가버리고 없을 것이다. 어머니는 리즈와 함께 담배를 번갈아 태우면서 나지막한 목소리로 대화를 나누고 있었다. 내가 리즈를 좋아하지 않는 이유 중 하나가 바로 어머니의 금연을 실패로 되돌린 장본인이라는 사실이다. 어머니는 담배를 아주 조금씩, 리즈와 함께 있을 때만 피울 뿐이지만, 그것도 담배를 피우는 건 맞으니까 말이다.

토머스 씨는 리즈의 앞에 서서 숨을 깊이 들이마시더니 입으로 내뿜었다. 리즈는 바람에 날릴 앞머리가 없었고 머리카락을 바짝 당겨 하나로 묶고 있었다. 하지만 얼굴로 거센 바람이 몰아치자 움찔해서 눈을 가늘게 떴다. 어머니가 리즈를 붙잡지 않았으면 풀장 안으로 떨어졌을 것이다.

내가 말했다.

"그거 느꼈어요?" 바보 같은 질문이었다. 당연히 느꼈지. "토머스 씨가 그런 거예요." 그는 이제 자신의 서재를 향해 저 멀리 걸어가고 있었다. "고마워요, 토머스 씨!"

내가 외쳤다.

토머스 씨는 뒤를 돌아보지 않았지만 나를 향해 한 손을 들었다가 다시 주머니에 집어넣었다. 그의 바지 위로 배관공의 계곡이 훤히 보였다. (엄마는 청바지를 엉덩이골이 보일 만큼 골반 밑으로 걸쳐 입은 남자를 발견할 때마다 그렇게 불렀다.) 혹시 이것도 필요 이상으로 자세한 설명이었다면 안타깝게 생각한다. 그러나 토머스 씨는 우리 때문에 자신이 수개월에 걸쳐 구상하고 만든 이야기를 (고작!) 한 시간 만에 털어놓아야 했다. 그는 우리의 청을 거절할 수도 없었다. 그러니 그만한 일을 해준 입장에서 엉덩이쯤은 우리에게 보여줄 자격이 충분하지 않을까.

물론 그걸 볼 수 있었던 사람은 나 혼자뿐이었다.

14

어느덧 리즈 더튼에 대해서 이야기할 차례가 되었다. 그러니 잘 듣길 바란다. 그 여자가 어떤 사람인지.

리즈는 우리 어머니처럼 키가 170센티미터가 넘고 검은 머리카락은 (경찰에서 허용하는 말총머리로 묶지 않았을 때로 따지면) 어깨까지 닿는다. 그리고 4학년짜리 남자애들이 (뭘 알고서나 하는 말인지 모르겠지만) 수군거리는 소위 '끝내주는 몸매'를 가지고 있었다.

리즈는 멋진 미소와 함께 회색의 따스한 눈빛을 보낸다. 화날 때는 예외다. 리즈가 열 받으면 그 회색 눈이 진눈깨비 내리는 11월의 어느 날처럼 차갑게 돌변하기 때문이다.

나는 리즈의 친절한 면을 좋아한다. 입안이 목구멍까지 바짝 말라 갈 때 내가 굳이 부탁하지 않아도 버거킹 컵에 남은 자신의 콜라를 알아서 건네줄 줄 아는 친절 말이다. (어머니는 그때 토머스 씨가 미처 탈고하지 못한 마지막 책 내용을 속속들이 파악하느라 정신이 없었다.) 또, 이따금 점점 늘어나고 있는 내 수집품 목록에 보태라고 성냥갑 차를 챙겨주는가 하면 바닥에 엎드려 옆에 붙어서 같이 놀아주기도 했다. 나를 안아주고 머리칼을 쓰다듬어 헝클어 놓을 때도 있다. 그만하라고 비명을 지르거나 오줌을 쌀 때까지 나를 간지럽히기도 했는데, 리즈는 그걸 '속옷 물주기'라고 불렀다.

하지만 가끔은, 특히 코블스톤 코티지의 일 이후로, 무심코 고개를 들면 나를 현미경 위의 곤충을 보듯 유심히 관찰하는 리즈의 눈과 마주치곤 했다. 어떤 따스함도 느껴지지 않는 회색 눈빛이었다. 리즈를 좋아하지 않는 이유는 이런 것들이다. 솔직히 내 방이 좀 지저분하긴 하지만 어머니도 안 하는 잔소리를 하며 엉망이라고, '보고 있자니 내 눈이 다 아프다.'고 비난하거나 '너 평생을 그런 식으로 살 생각이야, 제이미?'라는 심한 말을 할 때도 그렇다. 게다가 리즈는 내가 다 컸기 때문에 수면 등을 켜고 잘 나이는 지났다고 주장하는데 어머니는 그런 대화를 끝내고 싶어서 '애 좀 내버려 둬, 리즈. 때 되면 알아서 치우겠지.'하고 말할 뿐이다.

리즈가 싫은 가장 큰 이유는 뭘까? 바로 내 것이었던 어머니의 관심과 애정을 너무 많이 빼앗아 간다는 점이다. 한참 뒤의 일인데, 대학 2학년이었던 나는 심리학 수업 때문에 프로이트의 이론서를 읽고 있었다. 그러다 깨달았다. 어린 시절의 내가 리즈를 라이벌로 두고 전형적으로 어머니에 대해 집착하고 있었다는 걸.

뭐, 새삼스럽지도 않았다.

나는 당연히 질투를 할 수밖에 없었고 그럴 만한 이유도 충분했다. 내게는 아버지가 없었고 어머니는 그 사람에 대해서 말해주지 않았기 때문에 대체 누군지 알지도 못했다. 나중에 어머니가 그럴 수밖에 없었던 이유를 수긍했지만 당시 나는 '세상을 상대로 너랑 나랑 한 팀이야, 제이미.'라는 말을 철석같이 믿고 있었다. 리즈가 나타나기 전까지는 그랬다. 기억해둬야 할 건 리즈가 나타나기 전에도 어머니는 완전한 내 차지가 아니었다. 어머니는 해리 외삼촌과 같이 (나와 이름이 똑같다는 것도 혐오스러운) 제임스 매켄지에게 엿을 먹은 후로 에이전시를 지켜내느라 바빴다. 어딘가의 또 다른 제인 레이놀즈를 찾아 산더미처럼 쌓인 원고 속에서 금을 캐보려 하고 있었다.

우리가 코블스톤 코티지에 갔던 날은 리즈에 대한 호불호가 거의 동등하게 균형을 이루었던 날이었는데 대충 이런 네 가지 이유 때문에 좋은 쪽으로 약간 기울었다. 성냥갑 자동차와 트럭도 리즈를 좋아하게 만드는 데에 큰 몫을 했다. 두 사람 사이에 끼어 소파에 앉아 같이 「빅뱅 이론」을 본 것도 재미있고 편안했다. 어머니가 좋아하는 사람을 나도 좋아하고 싶긴 했다. 리즈는 어머니를 행복하게 해줬다. 나중에는 (또 이 단어를 써버렸네.) 별로 행복하지 못했지만.

그해 크리스마스는 최고로 멋졌다. 두 사람은 내게 멋진 선물들을 주었고 다 같이 '차이니즈 턱시도'라는 음식점에 가서 이른 점심을 먹었다. 그러고 나서 리즈가 '범죄는 휴일이 없다.'라는 말을 남기고 출근을 했기 때문에 어머니와 나는 파크가의 옛집으로 갔다.

어머니는 우리가 이사한 후에도 버켓 씨와 연락을 주고받고 있었다. 그리고 가끔씩 셋이 함께 시간을 보냈다.

"버켓 씨가 외롭잖아." 어머니가 이유를 말했다. "그리고 또 왜인지 아니, 제이미?"

"우리는 버켓 씨를 좋아하니까요."

내가 대답했다. 그건 사실이었다.

우리는 그의 아파트에서 크리스마스 저녁 식사를 (사실 자바스*에서 사 온 칠면조 샌드위치와 크랜베리 소스였지만) 함께 했다. 캘리포니아에 사는 버켓 씨의 딸이 뉴욕에 올 수 없었기 때문이었다. 그 일에 대해서도 나는 나중에 더 자세한 내막을 알게 되었다.

그리고 무엇보다, 그랬다. 우리는 버켓 씨를 좋아했다.

내가 이야기를 했던가, 버켓 씨는 사실 버켓 교수님이었다가 명예교수가 되었다. 그 말은 퇴직을 했지만 뉴욕대에서 어슬렁거릴 수 있게 허락을 받았고 이따금 자신의 아주 특출난 전공인 (이름도 우연찮게 'E 와 E'**인) '영국과 유럽 문학'을 가르친

---

* Zabar's. 맛과 품질이 좋은 제품과 경쟁력 있는 가격으로 정평이 난 미국의 식료품점.
** English and European Literature.

다는 뜻인 줄로 나는 이해하고 있었다. 한번은 내가 그의 전공을 '릿(Lit)'이라고 일컬은 적이 있는데 그때 버켓 씨는 릿(lit)이라는 건 불을 켜거나 술에 취한 상태를 뜻한다고 설명을 곁들여 바로잡아 주었다.

어쨌든 칠면조 스터핑도 없고 채소도 당근뿐이었지만 흡족하고 단란한 식사였으며 식후에는 더 많은 선물이 기다리고 있었다. 나는 버켓 씨 댁에 있는 스노볼 컬렉션에 더할 새로운 스노볼을 선물로 드렸다. 나중에 알고 보니 그건 버켓 부인의 수집품이었으나 그는 기뻐하며 내게 고마워했다. 그리고 다른 스노볼과 함께 난로 위 선반에 올려두었다. 어머니는 버켓 씨를 위해 『주석 달린 셜록 홈즈』라는 아주 두꺼운 책을 준비했다. 과거 전임 교수로 일할 때 '영국 영화 속의 미스터리와 고딕'이라는 강의를 가르쳤던 걸 고려한 선물이었다.

버켓 씨는 어머니에게 버켓 부인의 유품인 로켓*을 건넸다. 어머니는 버켓 씨가 나중에 그의 딸에게 주려면 잘 간직해야 한다며 거절했고, 버켓 씨는 시오반**이 이미 모나의 보석들 중 좋은 건 다 가지고 있다며 '어물거리면 잃는 거다.'라는 말로 무마했다. 그 말의 의미는 (소리만 들어서는 이름이 시본***인 줄 알았던) 버켓 씨의 딸이 명절에 동부로 오는 수고조차 하지 않았

---

* locket. 안에 사진 등을 넣어서 목걸이에 달아 사용하는 작은 갑.
** Siobhan.
*** Shivonn.

다면 로켓은 단념해야 한다는 뜻 같았다. 나도 그 점은 동감했다. 버켓 씨가 딸과 함께 보낼 크리스마스가 얼마나 더 남았을 줄 알고? 하느님보다 더 늙은 분인데. 더군다나 나는 아버지가 없다 보니 아버지들에게 유독 마음이 약했다. 애초에 가져보지 못한 건 그리울 수 없다고들 하는데 일견 맞는 말이지만 내가 뭔가를 그리워했다는 건 무엇보다 명확한 사실이었다.

버켓 씨에게 내가 받은 선물도 『스무 편의 무삭제판 동화』라는 제목의 책이었다.

"무삭제판이 무슨 뜻인지 아니, 제이미?" 한 번 교수는 영원한 교수인가 보다. 나는 고개를 저었다. "무슨 뜻이라고 생각하니?" 버켓 씨는 미소 띤 얼굴로 커다란 두 손을 깡마른 허벅지 사이에 맞잡아 끼우고 상체를 앞으로 숙인 채 물었다. "제목으로 유추해볼래?"

"검열받지 않은 거요? 성인용 영화 등급처럼요?"

"맞았어. 아주 잘했어."

"섹스가 많이 나오지 않는 이야기면 좋겠네요." 어머니가 말했다. "고등학생 수준의 책도 읽을 정도지만 아직 아홉 살이잖아요."

"섹스는 없어. 그냥 전통적인 폭력이 난무한 거야." 버켓 씨가 말했다. (당시에 나는 한 번도 그를 교수님이라고 부른 적이 없다. 어쩐지 그 말이 그를 거만한 사람처럼 보이게 만드는 것 같았다.) "예를 들면, 신데렐라 이야기의 원전처럼, 이 책에도 나와 있지만, 사악한 이복언니들이……."

어머니가 내 쪽을 보고 외쳤다.

"스포일러 조심."

버켓 씨는 물러서지 않았고 본격적인 강의에 돌입했다. 나는 부담스럽지 않았다. 흥미로웠다.

"원전에서는 못돼먹은 이복언니들이 자신들의 발가락을 잘라서 유리구두에 발을 맞추지."

"으웩!"

나는 *끔찍해라, 더 이야기해 주세요.*하는 느낌으로 감탄사를 외쳤다.

"유리구두도 사실 유리가 아니었어, 제이미. 번역상의 오류였는데 월트 디즈니가 동화를 균질화해버리면서 후세에 영원히 전해지게 되었단다. 그 구두는 사실 다람쥐의 털가죽으로 만든 신이었지."

"우와."

내가 감탄했다.

이복언니들이 발가락 자르는 것만큼 흥미롭지는 않았지만 계속해서 그의 설명을 듣고 싶었다.

"개구리 왕자의 원전에 보면 공주는 개구리에게 키스를 하지 않아. 공주는 키스 대신……."

"거기까지요." 어머니가 끼어들었다. "애가 직접 책을 읽고 어떻게 되는지 알아보도록 하죠."

"그러는 게 가장 좋지." 버켓 씨가 어머니의 의견에 동의했다. "그러고 나서 함께 토론해 보자, 제이미."

'그 말씀은 동화에 대한 버켓 씨의 의견을 저에게 들려주시겠다는 거죠.'라고 나는 속으로 생각했다. 하지만 좋은 생각이었다.

"핫초코 마실까요?" 어머니가 물었다. "자바스에서 샀는데 거기가 일품이거든요. 금방 데울 수 있어요."

"덤벼라, 맥더프." 버켓 씨가 말했다. "'그만, 이제 됐어!' 하고 먼저 외치는 자가 끝장을 보리니.'*

그건 좋다는 뜻이었고 우리는 휘핑 크림을 얹어서 코코아를 마셨다.

내 기억에는 그때가 어린 시절 최고의 크리스마스였다. 리즈가 아침에 만들어준 산타 팬케이크로 시작해서 어머니와 내가 살던 곳 발치의 버켓 씨 아파트에서 핫초코로 마무리를 한 하루였다. 새해 전야도 좋았다. 비록 자정이 되기 전에 어머니와 리즈 사이에 끼어 소파에서 잠들어버렸지만 만사가 좋았다. 그러다가 2010년이 되자 불화가 시작되었다.

전부터 리즈와 어머니는 어머니가 '활발한 토론'이라고 부르는 걸 하곤 했다. 주로 책에 관한 대화였다. 둘은 좋아하는 작가 취향도 많이 겹쳤고 (리지스 토머스로 맺어진 인연이라는 걸 기

---

* 윌리엄 셰익스피어 『맥베스(Macbeth)』의 대사를 읊고 있다.

억해 주길 바란다.) 같은 영화를 즐겨봤다. 하지만 리즈는 어머니가 이야기 자체보다 판매량, 계약금, 그리고 여러 작가들의 실적에만 혈안이 되어 있다고 생각했다. 그리고 실제로 어머니와 계약한 몇몇 작가들의 작품을 '수준 미달'이라며 비웃기도 했다. 어머니는 그 수준 미달의 작가들 덕에 집세도 내고 전깃불도 켠 채로 (릿(lit)) 지내는 줄 알라고 맞받아쳤다. 해리 외삼촌이 자기 오줌에 절여지고 있을 요양원 비용을 대는 건 말할 것도 없다고 말이다.

그러자 언쟁의 대상이 책이나 영화같이 비교적 안전한 분야에서 훨씬 과열된 주제로 옮겨갔다. 정치도 그에 속했다. 리즈는 존 보이너(Boehner)라는 하원의원을 열렬히 지지했다. 어머니는 그 사람을 존 보너(Boner)라고 불렀는데 그건 내가 아는 애들 몇몇이 빳빳하게 선 고추를 부를 때 쓰는 말이었다. 어쩌면 어머니가 '실수한다"는 뜻으로 썼을 수도 있지만 그런 뜻은 확실히 아닌 것 같았다. 어머니는 낸시 펠로시(익히 들어 알겠지만 이 사람도 정치인인데)를 '남탕'에서 일하는 용감한 여성으로 꼽았고 리즈는 그 여자를 자유당 똥꼬 털의 말라붙은 똥으로 여겼다.

두 사람이 정치 때문에 가장 심하게 싸운 건 리즈가 오바마는 미국 태생이 아니라서 영 믿음이 안 간다고 말했을 때였다.

---

* pull a boner

어머니는 리즈를 멍청한 인종차별주의자라고 불렀다. 침실 문은 닫혀 있었지만 (거기는 가장 말다툼을 자주 벌인 장소로) 언성을 높이면 거실까지 한마디 한마디가 전부 들렸다. 몇 분 후, 리즈가 현관문을 세게 닫고 집을 나갔고 거의 일주일간 돌아오지 않았다. 그리고 리즈가 마침내 집에 돌아오자 둘은 화해를 했다. 침실에서. 문을 닫아놓고 말이다. 화해하는 과정도 꽤나 시끄러웠기 때문에 나는 그 소리도 다 들어야 했다. 신음 소리와 커다란 웃음소리, 그리고 삐걱거리는 침대 스프링 소리가 이어졌다.

둘은 경찰의 전술을 두고도 언쟁을 했는데, '흑인의 목숨도 소중하다' 시위가 있기 몇 년 전의 일이었다. 예상했겠지만 그 주제는 리즈의 아킬레스건이었다. 어머니는 '인종 프로파일 링'이라고 부르는 걸 가지고 리즈를 비난했고 리즈는 특징이 명확해야 몽타주를 그릴 수 있는 거라고 반박했다. (나는 그 뜻을 그때도 이해할 수 없었고, 지금도 마찬가지다.) 어머니는 만약 흑인과 백인이 같은 유형의 범죄로 형을 선고받는다면 여지없이 흑인이 더 가혹한 처벌을 받게 되는 반면 백인의 경우에는 심지어 형을 살지 않는 경우도 있다고 주장했다. 그러자 리즈가 말했다.

"어느 도시든 마틴 루터 킹 이름을 딴 거리를 찾아와 봐. 거기가 범죄율 높은 지역이라는 걸 보여줄 테니까."

말싸움은 점차 잦아져서 어느새 한참 철없어야 할 나이의 내가 두 사람이 싸우는 가장 중대한 원인을 파악할 정도가 되어버렸다. 둘은 술을 너무 자주 마셨다. 보통 어머니가 일주일에 두세 번씩 차려주던 따끈한 아침 식사는 아예 사라져버린 지 오래였다. 아침에 일어나서 보면 창백한 얼굴에 벌건 눈을 한 두 사람이 똑같은 목욕 가운을 입고 커피잔 위에 엎드린 채 앉아있는 광경이 펼쳐졌다. 쓰레기통에는 담배꽁초가 담긴 빈 와인 병이 세 병, 어떤 때는 네 병까지 들어있기 일쑤였다.

어머니가 '제이미, 엄마 옷 입을 동안 알아서 주스랑 시리얼 챙겨 먹어.'라고 하면 리즈는 아직 진통제 약효가 돌지 않아서 머리가 깨질 것 같으니까 소리 좀 많이 내지 말라고 내게 말했다. 불시 점호를 받았거나 무슨 사건의 잠복근무를 했을 것이다. 텀퍼 수사팀 때문이 아니었다. 리즈는 팀에 차출되지 못했다.

그런 아침이면 나는 생쥐처럼 재빠르게 주스를 마시고 시리얼을 삼켰다. 어머니는 옷을 갈아입고 (내가 이젠 혼자 등교할 수 있을 만큼 컸다는 리즈의 말을 무시하면서) 학교까지 걸어갈 준비를 했다. 어머니는 그때부터 점차 술이 깨기 시작했다.

그 모든 것이 내겐 정상으로 느껴졌다. 세상이 명료하게 눈에 들어온 건 열다섯이나 열여섯 살이 되면서부터였던 것 같다. 그전까지는 주어진 대로 여건에 맞춰 사는 거다. 커피잔 위로 엎드려 있는 숙취에 절은 두 여자의 모습은 이따금씩 보던 아침 풍경에서 마침내 일상적인 아침 풍경이 되었다. 나도 모르는 사이에 와인 냄새가 사방에 스며들기 시작했다. 그럼에도 불구하고 나의 일부분은 그런 것을 내내 감지하고 있었음이 분명했다. 몇 년 뒤, 대학에 다닐 때, 룸메이트가 진판델 한 병을 우리가 사는 아파트 거실에 쏟은 적이 있다. 그 냄새를 맡는 순간, 나는 마치 널빤지로 얼굴을 얻어맞는 기분이 들었다. 리즈의 헝클어진 머리카락. 어머니의 초점 없는 시선. 내가 시리얼을 넣어놓는 찬장을 *천천히 그리고 재빨리* 닫는 법을 어떻게 터득하게 되었는가 하는 것까지 모든 기억이 한꺼번에 몰려왔다.

룸메이트한테는 세븐일레븐에 담배 한 갑 (맞다. 결국 나도 그 고약한 습관을 배우고 말았다.) 사러 간다고 말했지만 사실 나는 그 냄새로부터 멀리 달아나야만 했던 것이다. 그 냄새가 일깨워준 기억과 맞닥뜨리느냐, 아니면 죽은 이들을 보느냐 중에 하나만 택하라고 하면 (그렇다. 나는 아직도 그들을 본다.) 나는 죽은 이들을 보는 편을 택할 것이다.

언제 물어도 내 답은 똑같다.

15

어머니는 믿음직한 테이프 녹음기를 항상 옆에 끼고서 『로아노크의 비밀』을 넉 달에 걸쳐 완성했다. 나는 토머스 씨의 책을 쓰는 일이 그림 그리는 것과 비슷하지 않은가 하고 어머니에게 물었다. 어머니는 잠시 생각해 보더니 그보단 번호를 따라 색칠하는 그림 그리기 키트 같다고 했다. 안내대로 따르기만 하면 '액자에 넣기 적당한' 뭔가가 완성되는 점이 똑같다고 말이다.

어머니는 조수를 한 명 고용했기 때문에 오롯이 책 쓰기에 모든 시간을 할애할 수 있었다. 학교를 마치고 어머니와 집으로 걸어가는 길에 (2009년 겨울부터 2010년까지 어머니가 바깥 공기를 마신 건 그때가 유일했다.) 들었는데 조수를 쓸 형편이 아니지만 조수를 두지 않을 수 없는 상황이었다. 바사 대학교 영문학 프로그램을 갓 이수한 바버라 민스는 경력을 쌓는 차원에서 최저 수준의 임금만 받고 에이전시의 고된 노동에 시달리기를 마다하지 않았다. 실제로 일도 제법 잘해서 큰 도움이 되었다. 나는 바버라의 아름답고 큰 초록색 눈을 좋아했다.

어머니는 리지스 토머스의 문체에 몰두하기 위해 몇 달간 책을 쓰고 고치고 로아노크 시리즈를 읽는 일 외에 다른 일을 전혀 하지 않았다. 녹음된 내 목소리를 듣느라 테이프를 되감기도 하고 빨리 감기도 했다. 그림을 채워나가는 작업이었다. 어머니와 리즈가 함께 와인을 두 병째 마시던 어느 날 밤, 리즈에게 '장밋빛 젖꼭지가 달린 탱탱하게 솟은 가슴'이라는 문구가 들어간 문장을 또 쓰라고 하면 차라리 미쳐버리고 말겠다고 하소연하는 걸 들었다. 게다가 어머니는 토머스 씨의 마지막 책이 어떻게 되어가는지 궁금해하는 출판업계로부터 (한 번은《뉴욕 포스트》의 칼럼 페이지 식스로부터도) 왕왕 문의 전화를 받아야 했다. 온갖 추측성 루머가 난무하고 있었기 때문이었다. (수 그래프턴*이 알파벳 미스터리 시리즈의 최종편을 완성하지 못하고 사망했을 때의 기억이 생생하게 되살아났다.) 어머니는 거짓말도 넌더리가 난다고 했다.

"아, 그렇지만 자긴 거짓말을 너무 잘하잖아."

리즈가 그렇게 말했다가 어머니에게 싸늘한 시선을 받았다. 두 사람의 관계가 파국에 이를 무렵에는 어머니가 그런 표정을 짓는 일이 점점 더 많아졌다.

어머니는 리지스의 편집자에게도 거짓말을 했었다. 그가 사망하기 전에 『로아노크의 비밀』 원고는 2010년까지 (어머니를 제외한) 누구에게도 유출하지 말 것을 지시했다는 거짓말이었는데 명목상 '독자의 호기심 유발'을 위해서라고 포장했다. 리즈는 그런 말이 먹힐까 의심했지만 어머니는 잘되리라 믿었다.

"어쨌든 피오나는 리지스의 원고를 편집한 적이 었었으니까."

어머니는 그렇게 말했다.

피오나 야브로는 토머스 씨의 출판사 '더블데이'의 편집자였다.

---

* Sue Grafton(1940-2017) '알파벳 시리즈'의 저자로 유명한 미국의 탐정 소설 작가.

"그 여자가 하는 일이라고는 원고를 받을 때마다 이번 책도 전작을 뛰어넘는다고 리지스한테 편지를 쓰는 것뿐이야."

마침내 책이 완성되자 어머니는 한 주 내내 초조해했고 (예민하게 군 건 물론) 눈에 보이는 모든 사람에게 딱딱거렸으며 혹시 피오나가 이 원고 리지스 작품 같지 않아요. 전혀 그 사람 문체가 아닌데, 티아 당신이 썼군요.라고 말할까 봐 전전긍긍 전화만 기다렸다. 하지만 결과는 좋았다. 피오나는 전혀 눈치를 채지 못했거나 아예 신경 쓰지 않았던 것이다. 2010년 가을에 책이 나왔고 당연히 리뷰어들도 전혀 짐작하지 못했다.

《퍼블리셔스 위클리》: '최고의 소설을 최후에 선사한 토머스!'

《커커스 리뷰》: '달콤살벌한 역사 소설 팬들, 또 한 번 횡재하다.'

《뉴욕 타임스》의 드와이트 가너: '토머스 특유의 진중한 속도로 담백하게 써내려간 작품. 수상한 길가 음식점에서 무한 리필 뷔페를 만나 음식을 산처럼 쌓고 먹는 기분에 비견할 만해.'

어머니는 리뷰에 관심도 없었다. 거액의 계약금과 로아노크 시리즈 이전 작의 로열티 갱신이 중요했다. 원고는 자기가 다 쓰고 고작 15퍼센트를 받는다는 데에 화가 나 엄청난 욕을 퍼부었지만 책의 헌사를 자신에게 바치는 내용으로 적음으로써 조금이나마 위안을 삼았다.

"난 그럴 자격이 있어." 어머니가 말했다.

"난 잘 모르겠는데." 리즈가 받아쳤다. "티, 생각해 보면 말이야, 자기는 한낱 서기에 불과해. 어쩌면 헌사는 제이미에게 해야 맞는 것 같아."

어머니가 리즈에게 또 차가운 눈빛을 쏘았다. 그래도 리즈는 중요한 걸 지적했다. 정말로 아주 깊이 생각해 보면 나 또한 서기에 불과하다는 것을 말이다. 토머스 씨가 죽은 사람이라 해도 책은 변함없이 그의 작품이었다.

16

정리해 보자. 내가 리즈를 좋아했던 이유는 벌써 몇 가지 말해줬다. 아마 좀 더 있겠지만. 리즈를 싫어한 이유는 있는 대로 다 말한 것 같다. 그것도 아마 더 있을 거다. 그때는 간과하고 있었지만 나중에 (그렇지, 또 이 단어가 나왔네.) 어쩌면 리즈가 나를 싫어했을 수도 있다는 생각에 이르렀다. 당시에는 내가 뭐하러 그런 생각을 했겠는가? 난 사랑받는 게 너무 익숙해서 고마운 줄도 모르는 아이였다. 나는 어머니의 애정은 물론 선생님의 애정도 듬뿍 받고 자랐다. 특히 3학년 담임 윌콕스 선생님은 방학식 날 나를 꼭 안고 보고 싶을 거라고 말할 정도였다. 단짝 친구들인 프랭키 라이더와 스콧 애브라모위츠도 나를 사랑했다. (물론 좀 다른 의미로서의 사랑은 그 애들과 얘기한 적도 전혀 생각해 본 적도 없었다.) 또한 내 입에 진하게 뽀뽀를 했던 릴리 라인하트를 빼먹으면 섭섭하다. 전학을 간다니까 내게 카드까지 써서 줬다. 슬픈 표정의 강아지 얼굴이 그려진 카드를 여니 네가 떠나면 매일 널 그리워할 거야.라고 적혀있었다. 자기 이름을 쓸 때도 *i* 위에 있는 점을 하트로 그리고 x와 o들로 마무리하는 것도 잊지 않았다.[*]

리즈는 모르긴 해도 한동안은 나를 좋아해 줬다. 그건 확실하다. 하지만 코블스톤 코티지 일 이후로 달라지기 시작했다. 그때부터 리즈는 나를 괴물처럼 보게 된 것 같다. 내 생각엔 (생각이라기보다 알고 있던 사실인데) 나를 무서워하게 된 거다. 자기가 무서워하는 사람을 좋아하긴 어려운 법이다. 불가능했을 것이다.

아홉 살이면 혼자 하교할 수 있을 만큼 다 컸다고 생각했으면서도 리즈는 이따금 어머니 대신 나를 데리러 왔다. 리즈가 '교대 근무'라고 부르는 일을 할 때였는데 보통 새벽 4시에 시작해서 정오에 끝이 났다. 다들 꺼리는 일이었지만 리즈는 그런 일이 꽤 잦았다. 당시에는 전혀 궁금해하지 않았고 나중에 (이 단어를 또 썼네. 응 응 응, 그래 그래 그래.) 깨달았지만 리즈는 그다지 상사들의 마음에 들지 않는 직원이었던 모양이다. 신임을 못 얻었거나 했겠지. 어머니와의 관계 때문은 전혀 아니었

---

* XOXO. 포옹과 키스를 보낸다는 의미로 편지나 메모 끝에 쓰는 줄임말.

다. 뉴욕시 경찰청은 섹스에 관해서라면 시나브로 21세기를 향해 전진하고 있었다. 음주도 이유가 되진 못했다. 과음하는 경찰은 리즈 혼자만이 아니었다. 사실 문제는 바로 리즈의 동료들이 그녀를 부패 경찰로 의심하기 시작했다는 것이었다. 그리고 (스포일러 조심!) 그들의 생각은 옳았다.

17

리즈가 나를 학교로 데리러 왔던 날들 중에 유독 기억에 남는 때가 두 번 있다. 두 날 모두 리즈는 차를 타고 왔고 그건 코블스톤 코티지에 몰고 갔던 것과 다른 리즈의 자가용 차량이었다. 첫 번째 날은 어머니와 리즈가 아직 함께였던 2011년도였다. 두 번째 날은 2013년으로 두 사람이 헤어진 지 일 년쯤 지난 시기였다. 그 부분도 차차 설명하겠지만 지금 하고 있는 중요한 이야기부터 먼저 말해야겠다.

첫 번째 날은 3월이었고 나는 (당시 잘 나가는 6학년 남자애들이 다 하듯이) 가방을 한쪽 어깨에 걸치고 학교를 나섰는데 리즈가 혼다 시빅을 연석에 세워놓고 나를 기다리고 있었다. 노란색 연석은 사실 장애인용 공간이었다. 공무 수행 중이라는 작은 푯말을 이용해서 그 자리를 차지한 모습을 보는 순간 (물론 반론을 펼 사람이 있겠지만) 11살의 순진한 머리로도 리즈가 어떤 사람인지 읽을 수 있었다.

차에 타자 백미러에 걸어놓은 자그마한 공기 청정용 소나무도 어쩌지 못하는 퀴퀴한 담배 냄새가 진동했다. 나는 코를 찌푸리지 않으려고 애썼다. 당시 우리는 『로아노크의 비밀』 덕에 아파트를 사서 에이전시에서의 더부살이를 면했던 때라 당연히 집으로 가는 길인 줄 알았다. 그런데 리즈가 시내로 차를 돌렸다.

"어디 가는 거예요?" 내가 물었다.

"가벼운 현장학습이야, 챔프." 리즈가 대답했다. "가 보면 알아."

현장학습 장소는 브롱크스에 있는 우드론 공동묘지였다. 엘링턴 공작, 허먼 멜빌, 그리고 바르톨로뮤 '밧' 마스터슨을 비롯한 이들이 잠들어있는 곳이다. 학교에서 우드론 공동묘지에 관해 보고서를 쓰느라 조사를 해 봐서 알고 있었다. 리즈는 웹스터 가에서 묘지로 진입하더니 통행로 여기저기로 차를 유유히 몰고 다녔다. 구경하기 좋았지만 동시에 으스스했다.

"너, 여기에 얼마나 많은 사람이 묻혀있는지 아니?" 리즈의 물음에 나는 고개를 저었다. "30만 명이야. 탬파시 인구보다 적어. 아주 약간 못 미치지. 위키피디아를 검색해 봤거든."

"여긴 왜 왔어요? 재미있긴 한데 숙제를 해야 되거든요."

거짓말이 아니었다. 30분 정도 걸리는 간단한 거였지만 숙제가 있긴 했다. 햇살이 밝게 비치는 날이었고 리즈도 평소와 다를 바 없이 (어머니의 친구 리즈로) 보였다. 하지만 그 현장학습에는 여전히 뭔가 께름칙한 느낌이 있었다.

리즈는 나의 숙제 핑계를 아예 들은 척도 안 했다.

"여기는 일 년 내내 사람이 묻히는 곳이야. 왼쪽을 봐."

리즈는 왼쪽을 가리켰고 시속 25킬로미터 정도로 달리던 차가 서서히 멈추기 시작했다.

리즈가 가리킨 곳에는 파 놓은 무덤에 안착한 관 주변으로 사람들이 둘러서 있었다. 무덤 머리맡에 책을 손에 펴들고 선 목사 같은 사람도 보였다. 비니를 쓰지 않은 걸로 보아 랍비는 아니었다.

리즈가 차를 세웠다. 장례식에 참석한 사람들 누구 하나 우리에게 관심을 두는 이가 없었다. 모두 목사가 하는 말을 경청하는 중이었다.

"넌 죽은 사람을 보잖아." 리즈가 말했다. "이젠 인정할게. 토머스 씨 저택에서의 일을 겪고도 안 믿을 수는 없지. 여긴 보이는 게 있어?"

"아뇨."

나는 불안하기 짝이 없었다. 리즈 때문이 아니라 30만 명의 시신에 둘러싸여 있다는 말 때문이었다. 비록 죽은 지 며칠이 지나면 사라지는 존재들이라 해도 — 최대 일주일까지 남아 있으니까 — 무덤 옆이나 위에 서 있는 모습을 보게 될 것만 같았다. 망할 놈의 좀비 영화에서처럼 우리를 향해 달려들지 않을까 하는 망상까지 들었다.

"확실해?"

나는 아까 그 장례식(인지 묘지 예배인지를 하는 곳)으로 시선을 돌렸다. 목사가 기도를 시작하자 추모객들이 일제히 고개를 숙였다. 딱 한 사람을 빼고. 한 남자가 우두커니 서서 무심하게 하늘을 올려다보고 있었다.

"저 파란 양복 입은 남자요."

나는 가까스로 입을 열었다.

"넥타이 안 매고 있는 사람. 죽은 사람인가 봐요. 근데 확실하진 않아요. 죽을 때 크게 잘못되지 않으면, *외견상* 뭔가 심하게 다치지 않으면 산 사람들이랑 똑같아 보이거든요."

"넥타이 안 맨 사람은 없는데?"

리즈가 말했다.

"뭐 맞네요, 그럼. 죽은 사람이네요."

"죽은 사람은 자길 매장하는 것도 꼭 보러 가니?"

리즈가 물었다.

"무슨 수로 알겠어요? 저도 묘지엔 처음이에요, 리즈. 버켓 부인은 장례식에 가서 봤지만 묘지에도 갔는지는 몰라요. 저랑 엄마도 장지까지는 안 따라갔거든요. 바로 집에 돌아갔죠."

"하지만 넌 *저 남자*가 보이잖아." 리즈는 넋이 나간 사람처럼 장례식 행렬을 쳐다보았다. "가서 말을 걸 수도 있을 거 아니야. 저번에 리지스 토머스에게 했던 것처럼."

"난 저기 안 갈 거예요!" 꽥꽥댔다는 표현은 쓰고 싶지 않지만 확실히 나는 꽥꽥 소리를 질렀던 것 같다. "저 사람 친구들이 다 모인 데서요? 부인과 아이들이 보는 앞에서요? 나한테 그런 걸 시킬 순 없어요!"

"진정해, 챔프." 리즈는 내 머리카락을 쓰다듬으며 말했다. "난 그저 내 머릿속을 정리하려는 거야. 어떻게 저 사람이 여기까지 온 걸까, 넌 아니? 분명 우버 택시를 잡아타고 오진 않았을 텐데."

"몰라요. 집에 갈래요."

"곧 갈 거야."

우리는 계속해서 안치소와 기념비들, 그리고 엄청나게 많은 보통 묘비 사이를 배회했다. 도중에 묘지 예배 중인 무덤을 세 군데나 발견했다. 처음에 본 것처럼 소규모로 진행 중인 곳이 두 군데, 엄청나게 성대한 곳이 한 군데였다. 세 곳 중 어디에도 주인공의 모습은 보이지 않았다. 거의 200명의 추모객이 운집한 성대한 장례는 언덕에 자리한 무덤이었는데 (비니뿐 아니라 멋진 숄까지 두른) 랍비가 마이크를 동원해서 장례식을 진행하고 있었다. 리즈는 매번 내게 망자가 보이는지를 물었고 나는 코빼기도 보이지 않는다고 답했다.

"보여도 나한테 말 안 할 거잖아." 리즈가 말했다. "너 화난 거 다 알아."

"나 화 안 났어요."

"그래도 화났는걸. 티한테 내가 여기 데려왔단 얘길 하면 엄마랑 나는 싸우게 돼. 같이 아이스크림 먹으러 갔었다고 말해주면 좋은데, 그렇게 해줄래?"

어느덧 우리는 웹스터 가에 가까워지고 있었고 나는 기분이 좀 누그러졌다. 리즈도 다른 사람들처럼 호기심에 그럴 수 있다고 스스로를 타일렀다.

"정말로 아이스크림 사주면 그렇게 할게요."

"뇌물이라니! 그거 B급 중범죄야!"

리즈가 내 머리를 쓰다듬으며 큰 소리로 웃었다. 그리고 우리 사이는 다시 괜찮아졌다.

공동묘지를 나가는데 검은 드레스를 입은 젊은 여자 하나가 버스를 기다리며 벤치에 앉아있었다. 여자의 바로 옆에는 새하얀 원피스를 입고 반짝이는 검은 구두를 신은 여자애가 앉아있었다. 금발에 장밋빛으로 물든 뺨, 목에 나 있는 구멍이 눈에 띄었다. 내가 그 애를 향해 손 인사를 건넸다. 리즈는 도로에 차를 멈추고 회전 신호를 기다리느라 내가 손 흔드는 걸 보지 못했다. 나는 방금 본 걸 리즈에게 알려주지 않았다.

그날 밤 리즈는 우리와 저녁 식사를 마친 후 일하러 가는지 아니면 자기 집에 가는지 어딘가로 길을 나섰다. 그날 있었던 일을 하마터면 어머니에게 이야기할 뻔했지만 결국 그러지 않았다. 그 금발 여자아이 이야기는 혼자 간직하기로 했다. 나중에 든 생각이지만 목에 있던 구멍은 애가 음식에 질식을 하는 바람에 숨을 쉬게 하려고 낸 구멍이었고 아이를 살리기엔 너무 늦었던 것이다. 아이는 엄마 옆에 앉아 있었지만 엄마는 그런 줄도 몰랐을 것이다. 하지만 나는 알고 있었다. 나는 봤다. 내가 그 애를 향해 손을 흔들자 그 애도 내게 손을 흔들어 주었다.

18

리즈와 같이 리키티 스플릿에서 아이스크림을 먹던 중에 (리즈는 미리 어머니에게 전화를 걸어 우리가 어디에 있고 뭘 하는지 말을 해 놓았다.) 리즈가 물었다.

"기분이 이상할 것 같아, 네 능력 말이야. 너무 섬뜩하잖아. 넌 소름 끼치지 않니?"

나는 리즈에게 밤하늘의 별을 올려다보면 소름이 끼치는지 물어볼까 생각했다. 별들은 영원히 저렇게 빛날 텐데 모두가 알면서도 그걸 기이하게 여기는 사람은 아무도 없다. 나는 그저 소름 끼치지 않는다고 간단히 대답하고 말았다.

놀라운 것들에 익숙해지면 어느새 그걸 당연하게 여긴다. 무뎌지지 않기 위해 노력할 수 있지만 굳이 애쓰지 않는다. 경이로운 일들이 차고 넘쳐서 그렇다. 어딜 가나 마찬가지다.

19

리즈가 나를 학교로 데리러 왔던 또 다른 날 이야기도 곧 마저 할 것이다. 그 전에 어머니와 리즈가 어떻게 헤어졌는지부터 말해야 할 것 같다. 정말이지 무시무시한 아침이었다. 난리도 아니었다.

그날 나는 알람이 울리기도 전에 어머니의 고함소리를 듣고 잠에서 깼다. 어머니의 화난 목소리는 전에도 들어봤지만 그렇게 화낸 적은 처음이었다.

"어떻게 집에 갖고 들어와? 나랑 내 *아*들이 사는 집에?"

리즈가 뭐라고 대답했지만 웅얼대는 소리밖에 들리지 않았다.

"내가 그래서 이러는 거 같아?" 어머니가 고함을 쳤다. "경찰 드라마 보면 '중대 마약'이라고 하잖아! 나까지 덩달아 감옥 갈 수도 있었어!"

"좀 과장하지 마." 리즈도 약간 언성을 높였다. "그렇게 될 가능성은 전혀⋯⋯."

"*가능성이 문제가 아니야!*" 어머니가 소리를 질렀다. "여기에 놔뒀다면서! 아직도 여기 있잖아! 이렇게 여기 망할 설탕 그릇 옆, 씨발 탁자 위에! 감히 내 집에 마약을 들여와! 중대 마약을!"

"그 말 좀 안 쓸 수 없어? 무슨 「로 앤 오더(Law and Order)」* 찍는 줄 착각하지 말라고."

이젠 리즈도 화가 나서 목소리가 커졌다. 나는 한쪽 귀를 내 방문에 대고 잠옷을 입은 채 맨발로 서 있었다. 심장이 요동치기 시작했다. 논쟁이나 언쟁의 수준을 넘는 사태였다. 더 심했다. 최악이었다.

"애초에 내 주머니를 안 뒤졌으면……."

"물건을 뒤져? 그렇게 생각한 거야? 난 너한테 호의를 베풀려고 그랬어! 내 울 스커트 드라이클리닝 맡기는 김에 네 여분 제복 코트까지 갖다 맡기려고. 대체 얼마나 된 거야?"

"얼마 안 됐어. 물건 주인이 시외로 나가서. 내일이면 돌아오……."

"얼마나 됐냐고?" 리즈의 목소리가 다시 작아져서 나는 알아들을 수가 없었다. "그런데 왜 여기 갖다 놨어? 난 이해가 안 돼. 너희 집 총기 금고에 넣어 뒀어야지?"

"사실 우리 집에 그게……."

리즈가 말을 잇지 못했다.

"그게 뭐?"

"사실은 집에 총기 금고가 없어. 우리 건물에는 빈집털이가 계속 기승이고. 게다가 내가 여기서 지낼 거였잖아. 이번 주는

---

* 법정 드라마.

같이 시간 보내기로 했으니까. 굳이 왔다 갔다 할 필요 없겠다고 생각한 거야."

"굳이 왔다 갔다 할 필요 없다?" 리즈는 이 말에 아무 대꾸도 하지 못했다. "너희 집에 총기 금고가 없었네? 나한테 대체 얼마나 많은 거짓말을 하고 있었던 거야?"

어머니는 이제 화가 난 게 아니었다. 적어도 그 순간은 그랬다. 상처받은 목소리, 당장이라도 울어버릴 것 같은 목소리였다. 비록 어머니가 그 중대 마약인가 하는 걸 발견하는 바람에 싸움이 시작됐지만 어머니를 좀 내버려 두고 나가라고 리즈에게 외치고 싶었다. 그러나 나는 가만히 서서 듣기만 했다. 몸을 떨면서.

리즈가 무슨 말을 더 웅얼거렸다.

"이것 때문에 경찰청에서도 문제가 생겼구나? 너도 이런 거 하면서…… 뭐라더라, 운반책이야? 공급책이야?"

"난 이런 거 안 해. 공급책도 아니고!"

"무슨! 이거 전달해주려고 했잖아!" 어머니의 목소리가 다시 커졌다. "그게 공급책이지 뭐야." 그쯤에서 어머니는 자신을 화나게 했던 문제로 돌아갔다. 문제가 그것만은 아니었지만 어머니가 제일 심각하게 여기는 문제였다. "내 집에 가지고 들어오다니. 내 아들이 집에 있는데. 총도 차에 잘 잠가 두라고 내가 항상 말하잖아. 그런데 여벌 재킷에서 *코카인 1킬로그램*이 나왔어." 어머니의 웃음소리가 크게 들렸다. 즐거워서 웃는 웃음이 아니었다. "여벌 경찰 재킷에서!"

"1킬로그램 아니야." 골이 난 목소리의 리즈였다.

"난 우리 아버지 가게에서 고기 근수를 재면서 컸어." 어머니가 말했다. "1킬로그램은 손에 들어보면 바로 알아."

"내가 치울게." 리즈가 말했다. "지금 당장."

"어서 해, 리즈. 최대한 빨리. 그리고 네 물건 챙기러 나중에 다시 와. 약속 잡고 와. 제이미는 없고 나만 있을 때로. 그럴 거 아니면 오지 마."

"진심으로 하는 말 아니잖아."

문을 통해 들려오는 리즈의 목소리는 이미 그렇지 않다는 걸 알고 있는 것 같았다.

"전적으로 진심이야. 호의를 베푸는 뜻으로 내가 오늘 찾아낸 건 네 상사한테 제보하지 않겠어. 단, 짐 가지러 올 때 외에 이 집에 낯짝 보였다가는 바로 신고할 거야. 그건 내가 장담해."

"지금 날 내쫓는다고? 정말이야?"

"정말이야. 네 마약 갖고 꺼져."

리즈가 울기 시작했다. 아주 심하게 울었다. 그러고 나서 리즈가 떠나자 어머니가 훨씬 더 심하게 울기 시작했다. 나는 주방으로 나가서 어머니를 껴안았다.

"어디까지 들은 거야?" 어머니는 내가 뭐라 하기도 전에 자답했다. "아마 전부 다 들었겠지. 너한테 거짓말은 하지 않을

게, 제이미. 숨기지도 않을 거야. 리즈가 마약을 가지고 있었어. 아주 많이. 그 일은 절대 입도 뻥긋하면 안 돼, 알았지?"

"진짜 코카인이었어요?"

나는 어느새 울고 있었고 쉬어버린 목소리를 내 귀로 듣고 나서야 내가 울고 있음을 깨달았다.

"그래. 너도 이미 너무 많이 알고 있으니까, 말을 해줘야겠다. 엄마도 대학 다닐 때 마약을 해봤어, 두어 번. 아까 찾은 봉지에 든 걸 맛보니까 혀에 마비가 왔어. 코카인이었어, 맞아."

"근데 이제 없는 거죠? 리즈가 가져가서?"

어머니들은 자신의 자녀가 뭘 무서워하는지 안다. 좋은 어머니라면 그렇다. 낭만적인 생각이라고 내 말을 비판할지도 모르겠다. 하지만 이건 실제적인 사실일 따름이다.

"리즈가 가져갔고 우리는 괜찮아. 아침부터 험악했다만 이제 끝났어. 이미 끝난 일은 잊어야지."

"알았어요. 그런데…… 리즈는 이제 정말 엄마 친구가 아닌 거예요?"

어머니는 접시 닦는 수건으로 얼굴을 훔쳤다.

"이제 보니까 리즈는 제법 오랫동안 엄마 친구가 아니었던 것 같아. 내가 모르고 있었어. 이제 학교 갈 준비하렴."

그날 밤, 내가 숙제를 하는데 주방에서 콸-콸-콸 하는 소리와 함께 와인 냄새가 풍겼다. 평소보다 냄새가 지독했다. 어머니와 리즈가 와인을 진탕 마셨던 날보다도 심하게 진동했다.

나는 혹시 어머니가 (유리 깨지는 소리는 없었지만) 와인 병을 쏟았는지 살펴보러 나갔다. 한 손에 레드 와인 다른 손에 화이트 와인 한 주전자씩을 들고 싱크대에 서 있는 어머니가 보였다. 어머니는 하수구에 와인을 들이붓고 있었다.

"왜 그걸 버려요? 상했어요?"

"어떤 의미에서 보면," 어머니가 대답했다. "거의 8개월 전부터 상하기 시작했다고 할 수 있지. 그만둘 때가 됐어."

나중에 알게 되었지만 어머니는 리즈와 헤어진 후 한동안 알코올 중독자 갱생 모임에 다녔다. 그 후 모임에 다닐 필요가 없다고 결정을 내리고 그만뒀는데 ("30년 전에 마신 술 때문에 열 내고 괴로워하는 늙은 남자들이라니." 하고 어머니는 진저리를 쳤다.) 내가 보기에 완전히 술을 끊은 건 아니었다. 잘 자라고 뽀뽀를 해주는 어머니의 입김에서 이따금 와인 냄새가 났다. 고객과의 저녁 식사 자리에서 마신 걸지도 모르겠다. 혹시라도 어머니가 집에 술병을 숨겨둔 거라면 어디에 감췄는지 절대 찾지 못했을 것이다. (사실 나는 아주 샅샅이 찾아보기까지 했다.) 다만 이듬해가 되면서 어머니의 취한 모습이나 숙취에 시달리는 모습을 한 번도 본 적이 없는 건 확실하다. 나로서는 그거면 충분했다.

20

나는 그 이후로 리즈 더튼을 오랫동안 보지 못했다. 일 년이
좀 넘는 기간이었다. 처음에는 그리워도 했지만 별로 오래가
지 않았다. 보고 싶은 생각이 들 때면 나는 리즈가 우리 어머
니의 뒤통수를, 그것도 아주 심하게 쳤던 그 사건을 떠올렸다.
어머니가 또 다른 잠자리 친구를 구하길 기다렸지만 리즈 이
후로 그런 일은 없었다. 단 한 번도. 언젠가 내가 물었을 때 어
머니는 이렇게 대답했다.

"한 번 데이면 두 번째는 겁이 나는 법이지. 우린 문제없어,
그게 중요해."

우린 문제없었다. 리지스 토머스 덕분이었다. 그의 책은 27주
연속 《뉴욕 타임스》 베스트셀러 목록에 이름을 올렸고 두어
명의 신규 고객(중 하나는 어느덧 정규 직원이자 2017년에는 자기 사무
실도 가지게 된 바버라 민스가 발굴한 작가였다.)들을 얻으면서 에이
전시의 공고한 기반을 회복했다. 해리 외삼촌도 ── 똑같은 시
설에 경영진만 바뀐 ── 베이온의 요양 시설로 돌아갔는데 굉
장한 변화는 아니지만 전보다 발전한 셈이었다. 어머니는 이
제 아침에 짜증을 내지 않았고 옷도 새로 사게 되었다. 어머니
는 어쩔 수 없이 '사야만 했다.'라고 그해 언젠가 내게 털어놓
은 적이 있다.

"술로 찐 살이 7킬로그램이나 빠졌거든."

나는 당시 중학생이었다. 그건 어떻게 보면 구렸지만 괜찮은 점도 있었다. 그리고 한 가지 멋진 특전이 딸려왔다. 매일 마지막 교시에 수업이 없는 학생 선수들은 체육관이나 미술실, 음악실에서 원하는 활동을 하거나 이른 귀가를 할 수 있었다. 나는 2군 농구팀에서만 뛰었고 시즌은 끝났지만 여전히 특전은 유효했다. 어떤 날에는 미술실을 확인하러 갔었다. 이따금 거기에 오는 마리 오말리, 그 섹시한 여자애 때문이었다. 나는 그 애가 미술실에 수채화를 그리러 오지 않은 날이면 곧장 집으로 갔다. 날씨가 좋을 땐 (말할 필요도 없이 혼자서) 걸었고 날이 궂으면 버스를 탔다.

리즈 더튼이 다시 내 인생에 나타난 날, 나는 마리를 찾으러 미술실에 가 보지도 않았다. 생일 선물로 받은 엑스박스 게임기 때문에 빨리 집에 가려고 마음이 바빴기 때문이다. 책가방을 어깨에 메고 한참을 걸어 나오는데 (6학년은 이미 선사시대 과거라서 한쪽 어깨로 메는 건 졸업했다.) 리즈가 나를 불렀다.

"이봐, 챔프, 잘 지냈어, 얘?"

청바지에 가슴골이 드러나는 블라우스 차림의 리즈가 자기 차에 기대어 두 발목을 꼰 채 서 있었다. 경찰 파카 대신 가슴에 NYPD가 새겨진 블레이저를 블라우스 위에 걸치고 있었다. 리즈는 옛날처럼 블레이저를 열어 어깨에 찬 권총집을 내게 보여주었다. 총이 들어있다는 점이 옛날과 달랐다.

"안녕, 리즈."

우물거리며 인사를 건넨 나는 눈을 내 신발 쪽으로 내리깔 았다. 그리고 오른쪽으로 몸을 돌려 대로로 향했다.

"잠깐만, 너한테 할 말이 있어."

나는 걸음을 멈췄지만 리즈를 향해 돌아서지는 않았다. 마치 리즈가 메두사라서 얼굴을 한 번 보기만 해도 몸이 돌로 변할까 봐 두려워하는 사람 같았다.

"그러면 안 될 것 같아요. 엄마가 화내요."

"엄마한테 말할 필요 없어. 이리 돌아서 봐, 제이미. 부탁할게. 네 등만 보고 있으니 속상해 죽겠어."

정말 마음이 아픈 듯한 목소리였다. 듣고 있기 미안했다.

나는 몸을 돌려 리즈를 향해 섰다. 블레이저 단추를 다시 채워 놓아도 안에 차고 있는 총이 불룩하게 티 나는 건 매한가지였다.

"나랑 같이 갈 데가 있어."

"별로 좋은 생각이 아닌 것 같아요."

나는 라모나 셰인버그라는 여자애를 문득 떠올렸다. 올해 초만 해도 나와 똑같은 수업 두어 개를 같이 듣다가 돌연 사라져 버린 애였다. 내 친구 스콧 애브라모위츠에게 들으니 양육권 소송 중에 아버지한테 납치되어 범죄인 인도 조약 없는 곳으로 끌려갔다고 했다. 스콧은 딴 건 몰라도 야자수가 있는 곳이길 바란다고 말했었다.

"네 능력이 필요해, 챔프." 리즈가 말했다. "정말 간절히."

나는 아무 대답도 않고 있었는데 리즈는 내 마음이 흔들리는 걸 알아채고 미소를 지었다. 갈색 눈이 빛나는 아름다운 미소였다. 그날은 리즈의 눈이 차갑게 보이지 않았다.

"아무 소득이 없을 수도 있지만 시도는 해보려고. *네가* 해줬으면 좋겠다."

"뭘 해요?"

리즈는 말없이 내게 한 손을 내밀기만 했다.

"리지스 토머스가 죽었을 때 내가 엄마를 도와줬잖아. 이젠 네가 날 도와줄래?"

엄밀히 말해서 그날 어머니를 도운 건 나였다. 리즈가 한 일이라곤 재빨리 차를 몰아 스프레인 브룩스 파크웨이를 달린 게 전부였다. 물론 어머니가 계속 가자는 걸 뿌리치고 나에게 와퍼를 사주려고 차를 멈춘 건 사실이다. 그리고 내가 너무 말을 많이 해서 입이 타들어 갈 때 남아 있는 콜라를 건네주기도 했었다. 그래서 나는 리즈의 차에 올랐다. 마음이 편치는 않았지만 그렇게 했다. 힘을 가진 쪽은 늘 어른들이다. 아이에게 부탁을 할 때 특히 그렇다. 리즈의 전략도 그런 거다.

나는 어디로 가는 거냐고 물었고 리즈는 우선 센트럴 파크 먼저, 그러고 나서 몇 군데 더 갈 거라고 했다. 다섯 시까지 집에 못 들어가면 어머니가 걱정한다고 했더니 리즈는 그때까지 데려다주도록 해보겠지만 이건 정말 중요한 일이라고 강조했다.

그리고 그제야 무슨 일인지 내게 설명을 하기 시작했다.

21

자칭 텀퍼라는 자는 해리 외삼촌의 오두막집(말장난이다.)이 있던 스피언크에서 그리 멀지 않은 롱 아일랜드 이스트포트에 첫 번째 폭탄을 설치했다. 그게 1996년의 일이었다. 텀퍼는 타이머를 단 다이너마이트 하나를 킹 컬렌 슈퍼마켓 화장실 앞에 있는 쓰레기통에 넣었다. 싸구려 알람 시계로 만든 타이머였지만 작동을 했고 다이너마이트가 슈퍼마켓 폐점시간인 저녁 9시 정각에 터지면서 세 명뿐인 매장 직원이 모두 부상을 입었다. 두 명은 상처가 깊지 않았지만 한 명은 폭발 순간 남자 화장실에서 나오던 중이었다. 그 남자는 한쪽 눈을 잃었고 오른쪽 팔이 팔꿈치까지 날아갔다. 이틀 뒤, 서포크 카운티 경찰청에 IBM 셀렉트릭 타자기로 작성한 메모 하나가 도착했다. 메모의 내용은 이러했다.

지금까지의 내 솜씨가 마음에 드나? 앞으로도 기대해! 텀퍼
텀퍼는 실제로 사망 피해를 내기 전까지 무려 열아홉 개의 폭탄을 설치했다.

"*열아홉 개나 말이야!*" 리즈가 분개했다. "아주 기를 쓰고 달려든 거야. 뉴욕의 다섯 개 구 전체에 나누어 폭탄을 뿌렸어. 뉴저지에도 두 개(뉴저지 시티와 포트 리에 각각 하나)를 설치했지. 모두 캐나다에서 제조된 다이너마이트였어."

많은 사람들이 신체 불구가 되고 부상을 입었다. 끝내 렉싱턴 에비뉴의 공중전화기를 잘못 고른 한 남자가 사망했을 때는 피해자가 50명에 육박했다. 폭탄이 터지고 나면 그 지역의 관할 경찰서로 메모가 날아들었다. 내용은 늘 똑같았다.

지금까지의 내 솜씨가 마음에 드나? 앞으로도 기대해! **텀퍼**

리차드 스칼리스(공중전화기 폭발로 사망한 남자) 사건 전에는 폭탄 사건이 오랜 간격을 두고 터졌었다. 가장 짧게는 6주가 지난 뒤에야 새로운 폭발이 일어났던 것이다. 하지만 스칼리스 사건 이후로 텀퍼는 박차를 가했다. 폭탄은 더 묵직해졌고 타이머도 훨씬 정교해졌다. 1996년과 2009년 사이에 열아홉 개의 폭탄이 터졌다. 공중전화기 폭탄 사건까지 따지면 스무 개가 된다. 2010년부터 2013년 5월의(리즈가 다시 내 삶에 등장한) 어느 예쁜 날까지 텀퍼가 설치한 열 개의 폭탄에 20명이 부상을 당하고 3명이 사망했다. 당시의 텀퍼는 NY1 채널이 한낱 도시 전설로 다루는 수준을 넘어 전국적으로 유명세를 타고 있었다.

그는 능숙하게 보안 카메라를 피했고 피할 수 없는 경우에는 선글라스에 뉴욕 양키스 팀 야구모자를 눌러쓴 코트 차림으로 나타났다. 항상 고개를 푹 숙이는 건 말할 것도 없었다. 모자 밑에 삐져나온 백발은 가발일 수도 있었다. 17년 넘게 이어진 '공포 시대'에 그를 잡으려고 특별 수사팀을 만든 것만 세 번이었다. 첫 번째 수사팀은 그의 '치세' 중에 있었던 긴 휴식기에 해산했다. 경찰은 그렇게 텀퍼 사건이 끝난 줄로만 알았던 것이다. 두 번째 수사팀은 경찰 내부의 대대적인 개편에 따라 해체되었다. 세 번째 수사팀은 텀퍼가 발동이 제대로 걸린 2011년에 조직됐다. 리즈는 센트럴 파크로 가는 도중 자세한 설명을 생략했지만 나중에 내가 직접 조사해 보니 아주 많은 걸 알 수 있었다.

그리고 이틀 전, 경찰은 마침내 기다리고 염원했던 전환점을 맞았다. '선 오브 샘'*은 주차 영수증 때문에 꼬리가 밟혔다. '테드 번디'**도 전조등 켜는 걸 잊었다가 덜미를 잡힌 바 있다. 텀퍼(본명 케네스 앨런 테리올트)는 쓰레기 수거일에 건물 관리자가 당한 가벼운 사고를 계기로 정체가 탄로 났다. 관리인이 쓰레기통을 짐수레에 싣고 골목에 있는 수거 장소까지 밀고 가던 중 움푹 파인 구덩이에 수레바퀴가 걸려 쓰레기통 하나가 쓰러진 사고였다. 쓰레기를 치우려고 보니 전선 꾸러미 하나와 CANACO라고 찍힌 노란 종잇조각이 관리인의 눈에 띄었다. 그것뿐이었다면 아마 관리인은 경찰에 신고하지 않았을 것이

---

* Son of Sam. 데이비드 버코위츠(David Falco Berkowitz)는 1976년부터 1977년까지 뉴욕 일대에서 주로 44구경 리볼버를 사용해 연쇄살인을 자행. 샘이 그렇게 하라고 시켰다는 법정 증언 때문에 '샘의 아들'로 불림.

** 시오도어 로버트 번디(Theodore Robert Bundy)는 1970년대 젊은 여성을 폭행 살인, 시간한 연쇄살인범. 고속도로에서 전조등을 끄고 곡예 운전을 하다가 체포됨.

다. 그는 한 가지 더, 어느 전선에 달린 다이노 노벨 사의 폭파용 뇌관을 발견하게 된다.

우리는 센트럴 파크로 들어가 평범한 경찰차들이 아주 많이 서 있는 곳에 주차를 했다. (센트럴 파크 안에 22번가 지구라고 부르는 관할 경찰서가 따로 있다는 건 나중에 알게 되었다.) 리즈는 작은 경찰 푯말을 계기판 위에 올려놓았고 우리는 86번 가를 조금 걸어서 알렉산더 해밀턴 기념비가 나오는 길로 접어들었다. 그 동상에 대해서는 나중에 찾아볼 필요가 없었다. 거기 있던 푯말을 읽었기 때문이다. 그런 걸 명판이라고 하나? 어쨌든.

"관리인은 휴대폰으로 전선 뭉치와 종잇조각, 폭파용 뇌관의 사진을 찍었어. 그런데 다음날이 되어서야 그 사진이 수사팀에게 닿은 거야."

"어제군요."

내가 말했다.

"맞았어. 우리는 사진을 보자마자 그놈이라는 걸 직감했지."

"당연하죠. 폭파용 뇌관이 있잖아요."

"뭐, 그것 때문만은 아니었어. 종잇조각 기억나? 캐나코는 다이너마이트를 만드는 캐나다 회사 이름이야. 우리는 그 건물의 거주자 명단을 받아서 관련 없는 대부분을 제외시켰어. 현장에 가서 조사도 안 했지. 우리가 찾는 사람은 남자에, 아마도 독신이며, 백인일 가능성이 컸거든. 그 조건에 맞는 사람은 6명뿐이었고 그중에서 딱 한 사람만이 캐나다에서 일한 경력을 가졌더구나.”

“인터넷에 검색해 봤군요, 그렇죠?”

나는 리즈의 이야기가 점점 흥미진진하게 느껴졌다.

“네 말이 맞아. 여러 가지 있지만 케네스 테리올트가 미국과 캐나다 이중국적자라는 걸 알아냈어. 캐나다에서 온갖 종류의 건축 일은 물론 석유와 셰일 가스 시추 현장에서도 일했더구나. 그자가 텀퍼였어. 그자일 수밖에 없었지.”

나는 급히 알렉산더 해밀턴 동상을 감상했다. 푯말을 읽고 바지가 화려하구나 하고 인식할 수 있는 정도의 시간이었다. 리즈가 내 손을 잡더니 동상 너머로 멀리 나 있는 길을 향해 발걸음을 재촉했다. 아니, 정확히 말하면 나를 끌고 갔다.

“SWAT팀과 함께 쳐들어갔는데 집이 비어있는 거야. 뭐, 텅 텅 빈 게 아니라 물건들은 그대로 두고 놈만 사라졌다고. 알고 보니 관리인이 자기가 발견한 엄청난 것들을 떠벌인 거였어. 아무에게도 발설하지 말라고 했는데 정말 안타까운 일이지. 그 사람이 건물에 사는 다른 입주자들에게 주저리주저리 떠들었고 소문이 퍼졌겠지. 그 집에서 여러 가지 증거가 나왔어. 증거물 중에 IBM 셀렉트릭도 있었고.”

“타자기요?”

리즈가 고개를 끄덕였다.

“IBM 셀렉트릭은 다양한 글자체를 쓸 수 있도록 공모양의 다양한 활자가 달린 글쇠를 갈아 끼울 수 있거든. 본체에 끼어 있던 활자와 텀퍼의 메모가 일치했어."

리즈와 내가 벤치도 없는 그 길에 들어서기 전에, 내가 나중에야 알게 된 다른 이야기를 미리 말해둬야 할 것 같다. 리즈는 테리올트가 제 발에 걸려 넘어진 내막을 설명할 때 계속 *우리가* 이랬고 *우리가* 저랬고 하며 *우리*라는 표현을 사용했다. 하지만 리즈는 현재 텀퍼 특별 수사팀의 일원이 아니었다. 두 번째 수사팀에서 일을 했었지만 대대적인 부서 개편에 따라 팀원들 모두 목 잘린 닭처럼 허둥지둥하는 신세로 전락했다. 2013년 무렵 리즈 더튼은 NYPD에 겨우 발끝만 걸치고 있던 상태였다. 그건 순전히 아주 끗발 날리는 경찰 노조 덕분이었다. 발끝을 제외하면 리즈는 이미 문밖으로 퇴출된 신세나 다름없었다. 내사과는 갓 로드킬 당한 시체 위를 빙빙 도는 대머리독수리처럼 리즈를 노렸기에 나를 학교까지 데리러 왔던 그날, 그녀는 연쇄 폭탄 투기범의 수사팀에 배정되지 못한 게 뻔했던 것이다. 리즈는 기적이 필요했다. 나를 이용해 기적을 만들어야 했다.

"오늘까지," 그녀가 말을 이었다. "뉴욕 5개 구의 모든 대원이 케네스 앨런 테리올트의 이름과 인상착의를 알게 되었어. 뉴욕시를 빠져나가는 모든 길목을 육안은 물론 카메라로 감시하고 있었지. 물론 너도 알겠지만 카메라가 정말 많잖아. 사살하든 생포하든 그자를 잡는 게 최우선 과제였어. 혹시라도 그자가 영광의 불꽃으로 사라져버리지 않을까 불안했거든. 삭스 피프스 에비뉴 백화점이나 그랜드 센트럴 터미널에서 폭탄을 터뜨리지 않을까 염려했지. 그런데 놈이 우리에게 호의를 베풀었더구나."

리즈는 말을 멈추고 길가를 가리켰다. 많은 사람들이 밟고 서 있었는지 잔디가 푹 꺼진 곳이 눈에 띄었다.

"그자는 공원으로 들어와 벤치 하나에 자리를 잡고 앉더니 루거 권총으로 제 머리에 45구경 탄을 날려버렸어." 나는 너무 놀라 그 자리를 뚫어지게 쳐다보았다. "벤치는 자메이카의 NYPD 법의학 수사실로 옮겨졌지만 놈이 일을 벌인 곳은 여기잖아. 그러니까 하나 물어보자. 그자가 보여? 놈이 여기 있니?"

나는 사방을 둘러보았다. 케네스 앨런 테리올트가 어떻게 생겼는지는 전혀 모르지만 머리를 총으로 쐈다면 알아볼 수밖에 없었다. 개에게 프리즈비를 던지며 놀아주는 아이들이 보였다. (센트럴 파크에서 개 목줄을 풀어놓다니 몹쓸 짓이다.) 조깅 중인 여자들이 몇 명, 스케이트 보드를 타는 사람들도 몇 명, 저 멀리 길가에 신문을 읽고 있는 연로한 어른들이 두어 명 있었다. 하지만 머리에 구멍이 뚫린 남자는 어디에도 보이지 않았다. 나는 리즈에게 그대로 전했다.

"씨발." 리즈가 욕을 뱉어냈다. "뭐, 됐어. 두 군데가 더 있으니까. 적어도 내가 생각하기에는 그래. 놈은 70번가에 있는 시티 오브 엔젤스 병원에서 잡역부로 근무했어. 공사장 시절보다 별 볼 일 없지만 칠십 줄에 들었으니 어쩌겠어. 그리고 살던 아파트 건물은 퀸즈에 있어. 둘 중 어디에 있을 것 같아, 챔프?"

"저는 집에 돌아가고 싶은데요. 그 사람은 어디든 있을 수 있잖아요."

"정말이야? 죽은 사람들은 살아있을 때 시간을 보내던 곳에 머문다며? 완전히 세상 하직하기 전에 지내던 곳 말이야. 아니야?"

내가 그런 말을 리즈에게 했는지 확실히 기억이 나지 않았지만 그건 사실이었다. 그래도 어쩐지 나는 라모나 셰인버그가 된 기분이 들었다. 다른 말로 해서, 납치당한 느낌이 들었다는 말이다.

"뭐 하러 신경을 써요? 죽은 사람인데, 안 그래요? 사건 종결이라고요."

"그렇지도 않아."

리즈는 허리를 숙여 내 눈을 정면으로 바라보았다. 2013년 당시 내 키는 지금의 182센티미터에서 고작 5센티미터 모자랐기에 그녀가 굳이 허리를 굽힐 정도로 작지는 않았다.

"쪽지 하나를 써서 셔츠에 핀으로 달아놓고 죽었단 말이지. *하나가 더 있다. 큰 거야. 엿 먹어라. 지옥에서 보자. 텀퍼*"

흠. 그러면 상황이 좀 달라질 수밖에 없었다.

22

우리는 우선 비교적 가까운 시티 오브 엔젤스 병원으로 향했다. 건물 앞에는 담배를 피우는 사람들뿐, 머리에 구멍 뚫린 남자는 보이지 않았다. 그래서 우리는 응급실 입구로 들어갔다. 응급실 안에는 아주 많은 사람들이 앉아있었다. 머리에서 피를 철철 흘리고 있는 남자가 보였는데 상처는 총상보다 열상에 가까웠다. 그리고 리즈가 알려줬던 케네스 테리올트의 나이보다 젊어 보였다. 그래도 확실히 하기 위해서 혹시 그 남자가 보이는지 리즈에게 물어보았다. 리즈는 자기 눈에도 그 남자가 보인다고 했다.

리즈는 안내 데스크로 가서 배지를 보여주며 NYPD 형사 신분을 밝혔다. 그리고 관리인들이 소지품을 두거나 옷을 갈아입는 방이 있는지 물었다. 안내 데스크에 있던 여자분은 관리인실이 있긴 한데 이미 다른 경찰들이 와서 테리올트의 사물함을 비워갔다고 말했다. 리즈가 아직도 그 경찰들이 남아있는지 묻자 여자는 몇 시간 전에 마지막으로 남아있던 경찰까지 모두 철수했다고 답했다.

"어쨌든 제가 아주 잠깐만 살펴봤으면 합니다." 리즈가 말했다. "어딘지 좀 알려주시겠어요?"

여자는 엘리베이터를 타고 B층까지 내려가서 오른쪽으로 돌면 된다고 안내해주었다. 그러고 나서 내게 미소를 지으며 물었다.

"오늘 어머니 수사를 돕는 거야, 젊은 청년?"

어, 제 엄마는 아닌데요. 이분이 테리올트 씨가 아직 여기에 있으면 제가 볼 수 있을 거라 생각하기 때문에 돕는 중이에요. 라고 말할까 했지만 입이 떨어지지 않아서 가만히 있었다.

리즈는 나와 달랐다. 내가 단핵구증에 걸렸을 거라 생각한 학교 보건교사 때문에 진료도 볼 겸 테리올트의 일터도 살펴볼 겸 왔다고 주워섬겼다. 일석이조인 셈이었다.

"주치의에게 보이는 편이 나을 거예요." 여자가 말했다. "오늘은 너무 정신없이 바빠서 몇 시간을 기다려야 진료를 받을 수 있어요."

"그러는 편이 낫겠네요."

리즈가 맞장구를 쳤다.

어찌나 천연덕스럽게 거짓말을 잘하던지, 그걸 역겨워해야 할지 감탄해야 할지 갈피를 못 잡을 정도였다. 두 가지 감정이 조금씩 섞였던 것 같다.

여자가 우리 쪽으로 상체를 숙였다. 나는 서류 더미를 밀치며 드러난 여자의 큰 가슴을 넋 놓고 바라보았다. 영화에서 본 쇄빙선이 생각났다. 여자가 목소리를 낮췄다.

"솔직히 말해서 모두 충격을 받았어요. 케네스는 나이도 가장 많고, 제일 사람 좋은 관리인이었거든요. 일도 열심히 하고 비위도 잘 맞췄죠. 누가 뭘 좀 하라고 시키면 언제나 기분 좋게 해줬답니다. 미소까지 지으면서 말이에요. 우리가 살인마와 함께 일을 했다니! 그걸 보고 뭘 깨달은 줄 알아요?" 리즈는 고개를 저었다. 어서 우리 갈 길을 가고 싶은 표정이 역력했다. "사람 일은 절대 모른다는 거죠." 안내 데스크의 여자는 위대한 진리라도 전해주는 사람처럼 말했다. "절대 알 수가 없지!"

"그자가 사람 속이는 데 용했죠. 그럼 이만."

리즈의 말에 나는 *사돈 남 말 하고 있네.*하고 생각했다.

엘리베이터 안에서 내가 물었다.

"수사팀 소속이라고 말하면 팀원들과 *함께* 다니지 않는다고 의심할 텐데요?"

"바보 같은 소리 마, 챔프. 그럼 내가 *너를* 팀원들에게 데려가는 중이라고 할까? 아까 안내 데스크에서 네 이야기를 지어낸 것만도 충분히 힘들었어." 엘리베이터가 멈췄다. "누가 물으면 네가 왜 여기에 왔는지 아까 내가 한 말 잘 기억해."

"단핵구증요."

"그렇지."

그러나 내게 질문을 할 이는 아무도 없었다. 관리인실은 텅비어있었다. 문에 쳐진 **경찰 수사 접근 금지**라고 쓰인 노란 띠가 보였다. 우리는 그 아래로 몸을 숙여 문을 통과했다. 리즈가 내 손을 잡아주었다. 방 안에는 수십 개의 사물함, 여러 개의 벤치, 그리고 의자가 몇 개 놓여있었다. 또한 냉장고 하나, 전자레인지 하나, 오븐 토스터도 하나 있었다. 마침 오븐 토스터 옆에 팝 타르트박스 하나가 개봉되어있었기 때문에 누가 권했다면 그때 팝 타르트 하나 정도는 마다하지 않았을 것이다. 어쨌든 케네스 테리올트는 보이지 않았다.

다이모 테이프로 찍어낸 이름표가 라커마다 붙어 있었다. 리즈는 손수건을 꺼내 들고 조심스럽게 지문 채취 파우더가 남아 있는 테리올트의 사물함 문을 잡았다. 그리고 천천히 사물함을 열었다. 애들 옷장에 숨은 부기맨처럼 그자가 거기 숨었으리라 기대하는 것 같았다. 그는 안에 없었다. 경찰이 소지품을 전부 가져간 뒤라 사물함은 텅 비어있었다.

리즈는 또 한 번 욕을 내질렀다. 나는 몇 시나 되었는지 휴대폰을 확인했다. 3시 20분이었다.

"알아. 안다고."

리즈가 말했다. 그녀의 어깨가 축 처졌다. 비록 나를 무턱대고 데려간 건 억울했지만 조금은 안타까운 마음을 금할 수가 없었다. 토머스 씨가 어머니를 보고 늙어 보인다고 했듯이 내 눈에 어머니의 옛 친구가 늙어 보였다. 여위어 보였다. 솔직히 약간 존경심마저 들었다. 리즈는 옳은 일을 하려고, 목숨을 구하려고 애쓰고 있기 때문이다. 영화에 나오는 영웅처럼, 그녀는 홀로 사건을 해결하려는 외로운 늑대였다. 어쩌면 그녀는 템퍼가 마지막으로 남긴 폭탄에 증발할지도 모를 무고한 사람들을 염려했는지도 모른다. 아마 그랬을 것이다. 그런데 지금 돌이켜보니 직장을 잃을까 봐 염려했다는 것도 알겠다. 그래도 그게 주된 이유였을 거라고 생각하고 싶지는 않다. 하지만 나중에 벌어진 사건에 비추어 보건대 (여러분도 곧 알게 되겠지만) 그게 진짜 이유일 수밖에 없었던 것 같다.

"좋아. 한 군데 더 남았어. 그놈의 휴대폰 좀 그만 들여다봐, 챔프. 몇 시인지 나도 알아. 네 엄마가 귀가하기 전에 데려다주지 않으면 네가 얼마나 곤란할지 모르겠지만 나는 너보다 훨씬 더 곤란해진다는 걸 알아 둬."

"아마 집에 들어가기 전에 바버라한테 한 잔 사주러 갈 거예요. 이제 바버라도 에이전시에서 정식으로 일하거든요."

정말이지 내가 뭣 때문에 그런 말을 했는지 모르겠다. 아마 무고한 생명을 구하고 싶은 마음이 있었겠지. 그래도 당시 내게 그건 다소 현학적인 생각이었다. 그때는 우리가 케네스 테리올트를 찾아낼 줄 몰랐으니까. 리즈가 너무 녹초가 된 것 같아서 그런 생각을 했나 보다. 그래서 내가 한 발짝 물러나 준 것이었다.

"뭐, 그거 참 다행이구나." 리즈가 말했다. "우린 이제 한 군데만 더 가면 돼."

23

프레데릭 암즈는 12층이나 14층쯤 되는 회색 벽돌 건물이었다. 1층과 2층 창문에는 창살이 달려있었다. 파크 가의 궁전에서 자란 나 같은 아이에게는 아파트가 아니라 「쇼생크 탈출」에 나오는 감옥으로 보였다. 그리고 리즈 또한 케네스 테리올트의 집은커녕 건물 안에도 발을 들일 수 없는 상황임을 눈치챘다. 경찰들이 우글거렸고 구경꾼들은 거리 한복판, 경찰바리케이드에 최대한 가까이 붙어 서서 사진을 찍어댔다. 안테나를 세운 TV 뉴스 승합차들도 케이블 선을 사방에 늘어뜨린 채 그 블록 양쪽을 모두 막고 주차되어 있었다. 심지어 아파트 상공에는 채널4 방송국 헬리콥터가 선회하고 있는 것이 보였다.

"보세요." 내가 외쳤다. "스테이시-앤 콘웨이예요! NY1 채널에 나오잖아요!"

"내가 그런 것 따위 신경 쓸 것 같은지 한 번 물어봐 줄래?" 리즈가 말했다.

나는 물어보지 않았다.

센트럴 파크나 시티 오브 엔젤스 병원에서 기자들을 마주치지 않아 운이 좋은 줄 알았는데 그랬던 유일한 이유는 다들 여기에 모여 있었기 때문이었다. 나는 리즈를 바라보았다. 리즈의 한쪽 뺨에서 눈물이 흘러내렸다.

"장례식에 가봐도 되잖아요." 내가 말했다. "어쩌면 거기 있을지도 몰라요."

"놈은 아마도 화장될 거야. 뉴욕시가 비용을 대서 은밀히 이뤄지겠지. 아무런 연고가 없거든. 가족들은 다 죽고 혼자 남았어. 집에 데려다주마, 챔프. 여기까지 끌고 와서 미안하다."

"괜찮아요."

나는 리즈의 손을 도닥이며 말했다. 어머니가 봤다면 좋아하지 않았겠지만 어머니는 그 자리에 없었다.

리즈는 차를 유턴해서 퀸즈보로 다리를 향해 되돌아갔다. 프레데릭 암스에서 한 블록 멀어지자 내가 앉은 차창 밖으로 자그마한 식료품 가게 하나가 스쳐 지나갔다. 내가 말했다.

"세상에. 저기 있어요."

리즈가 눈을 부릅뜨고 나를 쳐다보았다.

"확실한 거야? 제이미, 확실한 거냐고?"

나는 상체를 앞으로 숙이고 신발 사이에 토를 했다. 리즈의 질문에 대한 답은 그걸로 충분했다.

24

그가 센트럴 파크의 남자만큼 끔찍한 몰골이었는지 아닌지는 확실히 말하기가 어렵다. 센트럴 파크에서의 사고는 까마

득한 옛날의 일이다. 어쩌면 그의 몰골이 센트럴 파크의 남자
보다 너 심각했을지도 모르겠다. 사고, 자살, 살인 등 폭력으
로 인해 고통받은 인간의 신체가 어떻게 변하는지 일단 눈으
로 보고 나면 그런 비교는 무의미해진다. 케네스 테리올트, 일
명 텀퍼의 모습은 끔찍했다. 여러분이 내 말뜻을 이해하려나?
정말로 끔찍했다.

  식료품 가게 입구에는 양쪽으로 벤치가 하나씩 놓여있었다.
아마 거기에서 구입한 과자를 먹을 수 있도록 설치한 모양이
었다. 카키 바지를 입은 테리올트는 두 손을 허벅지 위에 올린
채 그중 한 벤치에 앉아있었다. 사람들은 그를 지나쳐 제 갈
길을 오고 갔다. 겨드랑이에 스케이트보드를 낀 흑인 남자애
가 가게 안으로 들어갔고 한 여자는 종이컵에 담긴 따끈한 커
피를 들고 가게를 나왔다. 누구 하나 테리올트가 앉아있는 벤
치에 눈길을 주는 이가 없었다.

  그는 오른손잡이인 것 같았다. 왜냐하면 그의 오른쪽 머리
가 너무나도 심각한 상태였기 때문이다. 관자놀이에 난 10센
트 동전 크기의 (어쩌면 그보다도 작은) 구멍은 멍이나 화약으로
보이는 시커먼 자국으로 둘러싸여 있었다. 피가 모여서 멍이
들 시간은 없었을 테니 아마 화약 자국일 것이다.

  총알이 관통하고 나온 왼쪽 머리는 실로 심각한 상태였다.
거의 디저트 접시만 한 구멍이 나 있고 그 가장자리는 송곳니
가 돋아난 듯 두개골이 불규칙하게 깨어져 있었다. 머리는 엄

청난 감염증에 걸린 것처럼 부어올랐고 왼쪽 눈이 옆으로 밀려 안와에서 빠져나와 있었다. 무엇보다 끔찍했던 건 그의 한쪽 뺨에 흘러내린 회색 물질이었다. 바로 그의 뇌였다.

"차 세우지 마요." 내가 외쳤다. "계속 가요." 토사물의 냄새가 내 코를 찔렀고 입안이 시큼하면서 끈적끈적했다. "제발요, 리즈. 못하겠어요."

리즈는 개의치 않고 블록 끄트머리에 있는 소화전 앞 연석에 차를 댔다.

"넌 이걸 해야만 돼. 나도 꼭 해야만 하고. 미안하다, 챔프. 우리가 꼭 알아내야 해. 사람들이 내가 널 학대한다고 생각하고 쳐다보면 안 되니까 이제 정신 좀 차려."

학대하는 것 맞잖아요. 나는 속으로 생각했다. *게다가 원하는 걸 얻기 전까지 그만두지 않을 거잖아요.*

입안에 학교 식당에서 먹은 라비올리 맛이 났다. 그걸 깨닫자마자 나는 차 문을 열고 몸을 내밀어 구토를 좀 더 했다. 호화롭기 짝이 없는 웨이브 힐에서 열린 릴리의 생일 파티에 가지 못했던, 센트럴 파크의 남자를 본 그날과 똑같은 상황이었다. 겪고 싶지 않았던 데자뷔였다.

"챔프? *챔프!*"

리즈가 나에게 크리넥스 뭉치를 건네고 있었다. (핸드백에 크리넥스 안 넣고 다니는 여자가 있으면 내 손에 장을 지진다.)

"입 닦고 차에서 내려. 평상시처럼 행동하고. 어서 끝내자."

진심으로 하는 말이었다. 리즈는 원하는 걸 얻기 전까지는 여기를 뜨지 않을 작정이었다.

남자답게 굴어. 나는 생각했다. *할 수 있어. 해야만 해. 목숨이 달린 일이야.*

나는 입을 닦고 차에서 내렸다. 리즈가 (경찰용 감옥 탈출 카드라 할 수 있는) 작은 경찰 푯말을 계기판 위에 올려놓고 차의 반대편, 내가 서 있는 쪽으로 다가왔다. 나는 빨래방 창문 너머로 빨래를 개고 있는 아주머니를 바라보고 있었다. 아주 흥미로운 광경은 아니었지만 적어도 길에 있는 엉망진창이 된 남자에게서 시선을 돌릴 수 있었다. 어쨌든 그것도 잠시였다. 곧 나는 그 남자를 쳐다봐야만 했다. 더 괴로운 건 (아이고 세상에) 그 남자와 대화를 나누어야 한다는 사실이었다. 그가 말을 할 수나 있어야 가능한 일이겠지만.

나는 아무 생각 없이 리즈에게 손을 내밀었다. 열세 살은 사람들이 내 어머니라고 여길만한 사람의 손을 잡기엔 너무 늦은 나이겠지만 (사람들이 우리를 신경 쓰기라도 한다면 그렇겠지.) 리즈가 내 손을 맞잡았을 때 나는 기뻤다. 말할 수 없이 기뻤다.

우리는 식료품 가게를 향해 차로 지나왔던 방향을 거슬러 걸었다. 몇 킬로미터 정도 떨어진 곳이면 좋았으련만, 고작 반 블록 거리였다.

"그자가 정확히 어디에 있어?"

리즈가 나직이 물었다.

나는 각오 끝에 그가 다른 곳으로 가지 않았는지 눈으로 확인했다. 아니었다. 그는 아직 벤치에 앉아 있었다. 그리고 나는 한때 그자의 생각이 머물던 자리에 난 분화구를 정면으로 바라보게 되었다. 비록 비뚤어지긴 했지만 귀도 붙어 있었다. 그 모습이 내가 네댓 살 때 가지고 놀던 미스터 포테이토 헤드를 연상시켰다. 다시 속이 울렁거렸다.

"정신 좀 차려, 챔프."

"이제 그렇게 부르지 마세요." 내가 가까스로 입을 열었다.

"싫으니까."

"잘 알아모시겠습니다. 그놈은 어디에 있어?"

"벤치에 앉아있어요."

"입구에서 우리가 있는 쪽으로 가까이 있는 거야, 아니면……."

"네, 우리 쪽이요."

나는 다시 그를 쳐다봤다. 이제는 거리가 가까워서 쳐다보지 않을 수가 없었는데 뭔가 흥미로운 것이 눈에 띄었다. 겨드랑이에 신문을 끼고 핫도그 하나를 손에 든 남자가 가게에서 나왔다. 핫도그는 온기를 유지해줄 (거라고 믿는 사람이라면 달이 생치즈로 만들어졌다는 것도 믿을 것이 분명하다.) 포일 주머니에 담겨 있었다. 남자는 어느덧 핫도그 포일을 벗기면서 건너편 벤치에 자리를 잡으려다가 멈칫거렸다. 나와 리즈를 바라본 건지 아니면 또 이쪽 벤치를 본 건지 어쨌든 우리 쪽을 쳐다보던 남자는 그대로 핫도그를 먹을 다른 장소를 물색하러 유유히 사라졌다. 그 남자는 테리올트를 보지 못했지만 (봤다면 목청껏 비명을 지르며 달아났을 테니) 그의 존재를 느꼈을 거라고 나는 생각했다. 아니, 생각이 아니라, 엄연한 사실이었다. 그 당시에 내가 조금 더 주의 깊게 관찰했다면 좋았겠지만 아시다시피 나는 화가 난 상태였다. 그런 내 기분을 이해하지 못한다면 여러분이야말로 멍청이다.

테리올트가 이쪽으로 고개를 돌렸다. 덕분에 총알이 뚫고 나온 부분이 내 시야에서 사라져서 다행이었지만 불행히도 얼굴의 반쪽은 정상이면서 다른 쪽은 잔뜩 부풀어 올라 배트맨 만화에 나오는 투페이스처럼 보였다. 무엇보다도 그가 나를 쳐다보고 있다는 점이 최악이었다.

내가 그들을 보면 그들도 눈치를 챈다. 늘 그런 식이었다.

"폭탄이 어디 있는지 물어봐."

리즈가 코미디 프로그램에 나오는 스파이처럼 이를 다물고 티 나지 않게 말했다.

파푸스 유아차에 아기를 태운 여성이 우리 쪽으로 다가왔다. 여자는 의심스러운 눈길로 나를 곁눈질했다. 나의 표정이 우스꽝스러웠거나 토사물 냄새가 났기 때문일지도 모른다. 아마 둘 다였을 수도 있다. 나는 신경 쓸 겨를이 없었다. 나의 관심은 오로지 리즈 더튼이 여기까지 나를 끌고 온 목적을 달성하고 이 자리를 당장 떠나는 것뿐이었다. 나는 아기와 여자가 가게 안으로 사라질 때까지 기다렸다.

"폭탄은 어디에 있죠, 테리올트 씨? 마지막 폭탄이요."

처음엔 대답이 없길래 나는 이렇게 생각했다.

좋아, 뇌가 날아가서 말을 못 하는구나. 그럼 어쩔 수 없지 뭐.

바로 그때, 그가 입을 열었다. 그가 하는 말은 입 모양과 정확히 맞아떨어지지 않았고 목소리는 어딘가 다른 곳에서 말하는 것처럼 들렸다. 마치 지옥에서 여기까지의 시간차를 반영한 듯한 목소리였다. 나는 무서워 죽는 줄 알았다. 그에게 어떤 끔찍한 것이 들어가 그를 지배한 줄을 진작 알았더라면 더욱 진저리쳤을 것이다. 그렇다고 해서 지금의 내가 놈에게 어떤 일이 일어났던 건지 알고 있나? 명확하게? 아니다. 하지만 대략은 안다.

"너한테 말 안 해."

나는 놀라서 말문이 막혔다. 죽은 이들에게 그런 대답을 들은 건 처음이었다. 내 경험이 일천한 건 사실이지만 그때까지만 해도 나는 죽은 이들은 단번에 진실을 털어놓아야만 하는 줄 알았다. 언제나 말이다.

"놈이 뭐래?"

리즈가 여전히 이를 다문 채 물었다.

나는 그 말을 무시하고 재차 테리올트에게 물었다. 주위에 아무도 없었기 때문에 더 큰 목소리로 청각 장애인이나 영어 이해 능력이 불안정한 사람들에게 말할 때처럼 단어 하나하나를 또박또박 발음했다.

"마지막, 폭탄, 어디, 있어요?"

누군가 내게 물었다면 나는 죽은 이들은 고통을 느끼지 못한다고 답했을 것이다. 그들은 고통을 초월해 존재하며 테리올트도 확실히 대격변을 자초한 머리의 부상으로 고통스러워 보이지는 않았다. 그런데 내 말을 들은 그의 반만 부어오른 얼굴이 일그러졌다. 마치 내가 그를 불태우거나 배를 칼로 찌르기라도 한 것처럼 질문을 듣고 괴로워하고 있었다.

"너한테 말 안 한다고!"

"대체 뭐라고 대답하……."

리즈가 나를 채근하려는데 아까 아기와 함께 가게로 들어갔던 여성분이 밖으로 나왔다. 여자의 손에는 복권이 한 장 들려 있었다. 파푸스 유아차에 앉은 아기의 손에는 온 얼굴에 범벅이 된 킷캣 핑거가 쥐어 있었다. 테리올트가 앉아있는 벤치를 바라보던 아기가 소리 내어 울기 시작했다. 아기 엄마가 엄청나게 의심스러운 눈초리로 나를 쳐다보더니 걸음을 재촉했다. 여자는 분명히 아기가 나를 보고 울었다고 생각했을 것이다.

"챔프…… 제이미, 대체……."

"입 다물어요." 그렇게 쏘아붙인 나는 즉각, 어머니가 있었다면 내가 어른에게 그런 식으로 말하는 걸 싫어했을 거라는 생각이 들어, "제발요."를 덧붙였다.

나는 다시 테리올트를 바라보았다. 고통으로 표정을 찡그리자 망가진 얼굴이 더욱 처참하게 변했다. 나는 갑자기 그런 것 따위 신경 쓰지 않겠다는 결심이 섰다. 그는 수많은 사람을 불구로 만들어 병동을 메웠고 살인까지 저질렀다. 게다가 셔츠에 핀으로 꽂아 남긴 쪽지가 거짓말이 아니라면 더 많은 사람을 죽이기 위해서 죽음을 불사한 셈이다. 나는 그가 고통받기를 *바라기로* 했다.

"어디, 있냐고, 이, 씨발 놈아!"

그는 아픈 사람처럼 배를 두 손으로 움켜쥐며 상체를 숙이더니 신음을 질렀다. 이윽고 그가 항복했다.

"킹 컬렌. 이스트포트에 있는 킹 컬렌 슈퍼마켓."

"어째서?"

"시작한 곳에서 마무리를 해야 맞다 싶었지." 그는 손가락 하나를 들어 허공에 원을 그렸다. "원이 되도록."

"아니, 어째서 그 모든 일을 벌였냐고? 왜 그렇게나 많은 폭탄을 설치한 거야?"

테리올트가 미소를 지었다. 미소 때문에 부풀어있는 얼굴 반쪽이 벌컥거렸다. 아직도 그 모습을 또렷하게 기억한다. 결코 잊기 어려운 몰골이다.

"그냥."

"그냥 뭐?"

"그냥 그러고 싶어서." 그가 대답했다.

25

테리올트의 말을 리즈에게 전해 주자 리즈는 오직 신나서 한껏 들떴다. 얼굴 절반이 날아가 버리다시피 한 남자를 볼 수 있는 건 나뿐이었으니 그럴 법도 했다. 리즈는 뭘 좀 사러 가게에 들어가야겠다고 말했다.

"나더러 *이자*랑 같이 있으라고요?"

"아니, 저리 가 있어. 차 옆에서 기다려. 잠깐이면 돼."

테리올트는 여전히 그나마 정상에 가까운 한쪽 눈과 빠져버린 다른 쪽 눈알로 나를 바라보고 있었다. 그의 시선이 느껴졌다. 캠프에 참가했다가 벼룩이 옮아 냄새가 고약한 특수 샴푸로 다섯 번이나 머리를 감고 겨우 퇴치했던 옛일이 떠올랐다.

그 샴푸로도 테리올트의 시선을 쫓아버리진 못했을 것이다. 그에게서 멀어지는 것만이 유일한 방법이었다. 그래서 나는 리즈가 시킨 대로 빨래방 근처까지 멀찍이 걸어갔다. 아직도 빨래를 개고 있는 아주머니가 보였다. 아주머니는 나를 발견하고 손 인사를 건넸다. 그 모습이 꼭 목에 구멍이 뚫려 있던 그 여자애가 내게 손 흔들던 모습을 연상시켰다. 나는 순간 소름이 끼치며 빨래방 아주머니도 죽은 사람이라는 걸 깨달았다. 유령이라고 빨래만 개지 않는다. 서 있거나 테리올트처럼 앉아 머문다. 나도 아주머니에게 손을 흔들어 주었다. 심지어 애써 웃으면서.

그런 다음 나는 식료품 가게로 되돌아갔다. 리즈가 나오지 않았나 확인차 가는 거라고 혼잣말을 했지만 사실 그런 이유가 아니었다. 테리올트가 여전히 나를 쳐다보고 있는지 알고 싶었다. 예상은 맞았다. 그가 손바닥을 위로 뒤집은 채 한 손을 들어 올렸다. 세 손가락은 손바닥에 접어 붙이고 나머지 한 손가락을 내 쪽으로 가리키는가 싶더니 한 번, 그리고 두 번 구부렸다. *이리 오렴, 얘야.* 하는 아주 느린 손짓이었다.

나는 아까의 자리로 되돌아갔다. 다리가 제멋대로 움직였다. 가고 싶지 않았지만 별다른 수가 없었다.

"저 여자는 네가 안중에도 없어." 케네스 테리올트가 말했다. "쥐똥만큼도 없지. 쥐똥 한 알만큼도. 저 여잔 널 이용하고 있어, 이 녀석아."

"좋 까요. 우리가 목숨을 구하려고 하잖아요."

지나가는 사람이 아무도 없었지만 누가 있었더라도 내 말을 듣지 못했을 것이다. 나는 제대로 된 목소리를 내지 못하고 작게 속삭이고 있었다.

"저 여잔 제 직장을 잃지 않으려는 거야."

"당신이 뭘 알아, 별 미친 사이코 주제에."

말은 그렇게 했지만 나는 너무 무서워서 오줌을 지리기 일보 직전이었다. 테리올트는 씨익 웃기만 할 뿐 더는 말이 없었다. 그 미소가 그자의 대답이었다. 리즈가 가게 밖으로 나왔다. 손에는 옛날에 상점마다 무료로 제공하던 싸구려 비닐봉지가 여러 개 들려 있었다. 그녀는 자기 눈에 보이지 않는 너덜너덜한 남자가 앉아있는 벤치를 한 번, 또 나를 한 번 번갈아 쳐다보며 물었다.

"여기서 뭐 해, 챔…… 제이미? 차에 가 있으라고 했잖아." 그리고 내가 뭐라고 대답하기도 전에 TV 경찰 드라마에서 범인을 취조하듯 빠르고 냉혹한 말투로 몰아붙였다. "그놈이 너한테 다른 말한 것 있어?"

리즈는 일자리를 잃지 않으려고 이러는 것뿐이라는 말요? 라고 쏘아붙일까 싶었지만 어쩌면 나도 진작부터 그런 줄 알고 있었는지 모른다.

"아뇨." 나는 그렇게만 답했다. "집에 가고 싶어요, 리즈."

"갈 거야. 갈 거라고. 하나만 더 처리하고 바로 가자. 사실 두 개지. 네가 차 안에 엉망으로 토한 것도 치워야 하니까."

리즈는 (좋은 어머니들이 하듯) 한 팔로 내 어깨를 감싸고 빨래방을 지나 걸음을 재촉했다. 빨래 개는 아주머니에게 다시 한 번 손을 흔들어 주려고 보니 아주머니는 뒤돌아 서 있었다.

"내가 준비해둔 일이 있었어. 그걸 써먹을 기회가 없을 줄 알았더니 네 덕분이지……."

차 옆에 다다르자 리즈가 비닐봉지에서 폴더폰을 하나 꺼냈다. 포장도 뜯지 않은 새 휴대폰이었다. 나는 신발 수선 가게의 진열창에 기대어 서서 휴대폰을 켜려고 만지작거리는 리즈를 지켜보았다. 4시 15분이었다. 어머니가 정말로 바버라와 같이 술을 한잔하러 갔다면 아직 내가 먼저 집에 도착할 가능성이 있었다. 하지만 오늘 일을 어머니에게 말하지 않을 수 있을까? 알 수 없었다. 당시 이미 그런 문제는 중요하지 않아 보였다. 나는 그저 리즈가 이 블록의 모퉁이를 돌아 차를 몰고 가주었으면 했다. 내가 자기를 위해 한 일이 있는데 토사물 냄새 정도는 참아줄 수 있지 않을까 생각했지만 리즈는 아주 들떠 있었다. 게다가 폭탄 문제도 해결해야 했다. 여태껏 영화에서 본 대로라면 시계가 0을 향해 달려가는 동안 주인공은 빨간 선을 자를지 파란 선을 자를지 고뇌하고 있어야 했다.

하지만 리즈는 어느새 진지하게 통화를 하는 중이었다.

"콜튼? 그래, 나……닥치고 듣기나 해. 네가 나설 차례야. 너 나한테 신세 진 것 있잖아. 그것도 엄청 크게. 이걸로 갚아. 내가 뭐라고 말할지 알려줄 테니 그대로 똑같이 말해. 그걸 녹음한 다음……*내가 입 닥치라고 했지!*" 나는 포악한 리즈의 말투에 놀라 뒷걸음질을 쳤다. 리즈의 그런 말투는 이전에 한 번도 들어본 적이 없었다. 처음으로 리즈의 또 다른 삶, 인간쓰레기들에 대처하는 경찰의 삶을 목격한 셈이었다. "지금 녹음하고 나서 받아적어. 끝나면 나한테 전화해. 지금 당장 시작해."

리즈는 기다렸다. 식료품 가게 쪽을 슬쩍 확인해 보니 벤치가 둘 다 비어있었다. 그러면 안심해도 좋을법한데 나는 마음이 놓이지 않았다.

"준비했어? 좋아." 리즈는 자신이 하는 말에 집중하려는 듯이 두 눈을 감았다. 그리고 천천히 신중하게 입을 열었다. "'켄 테리올트가 진짜 텀퍼였다면……' 그때 내가 끼어들 거야. 이걸 녹음해야겠다고 말하면서. 넌 내가 '어서, 다시 처음부터 말해봐.'라고 할 때까지 기다려. 알아들었어?" 리즈는 콜튼(인지 뭔지 하는 작자)의 알았다는 대답을 잠자코 기다렸다가 말을 이었다. "이렇게 말해. '켄 테리올트가 진짜 텀퍼였다면, 시작한 곳에서 마무리를 할 거라는 말을 늘 했었어요. 2008년에 당신이 탐문 수사차 나하고 얘기를 나눈 적이 있어서 전화하는 겁니다. 그때 받은 명함을 가지고 있거든요.' 알았지?" 또 침묵이 흘렀다. 리즈가 고개를 끄덕였다. "좋아. 내가 누구냐고 물으면 넌 전화를 끊는 거야. 지금 바로 해, 시간이 없어. 이 일 망치면 나한테 아주 크게 좆될 줄 알아. 내가 그렇게 할 수 있는 거 너도 알잖아."

리즈가 전화를 끊고 초조한 듯 인도를 서성거렸다. 나는 다시 벤치 쪽을 슬며시 쳐다보았다. 여전히 비어있었다. 아무래도 테리올트(의 남은 존재)는 옛정이 든 프레데릭 암스의 현장을 확인하러 집에 가버린 모양이었다.

리즈의 블레이저 주머니에서 「루머 해즈 잇」의 도입부 드럼 소리가 울렸다. 그녀는 자신의 진짜 휴대폰을 꺼내 전화를 받았다. 잠자코 듣고 있던 리즈가 말했다.

"잠깐만요. 이거 녹음해야겠어요." 그러고 나서 말을 이었다. "말해봐요. 처음부터 다시." 대본대로 연극이 끝나자 리즈는 휴대폰을 집어넣었다. "기대했던 것만큼 강렬하지가 않은데." 리즈가 중얼거렸다. "뭐 저희들이 그런 것 따지겠어?"

"일단 폭탄을 찾으면 아마 신경 쓰지 않을 거예요."

내가 말했다.

나는 리즈가 흠칫하는 모습을 보고서야 그녀가 혼잣말을 하고 있었다는 걸 깨달았다. 이제 원하는 대로 다 해줬으니 그녀에게 나는 귀찮은 짐 덩어리에 불과한 것이다.

비닐봉지에는 주방용 휴지 두루마리 하나와 스프레이 공기청정제가 들어있었다. 토사물을 닦아내서 배수로에 던진 (나중에 알고 보니 무단투기 과태료는 백 달러였다.) 그녀가 꽃내음이 나는 스프레이를 차에 뿌렸다.

"타."

리즈가 말했다.

나는 점심으로 먹은 라비올리의 잔여물을 보지 않기 위해서 시선을 피하고 있었는데 (토사물을 치워주었으니 그건 리즈에게 빚을 진 셈이다.) 차에 타려고 돌아보니 트렁크 바로 옆에 케네스 테리올트가 서 있었다. 그는 손을 뻗으면 닿을 만큼 가까운 거리에서 얼굴에는 여전히 미소를 띠고 있었다. 비명을 지를 뻔했지만 그를 보는 순간 숨이 턱 막혀서 소리를 내지를 수가 없었다. 마치 온몸의 근육이 마비된 것 같았다.

"또 보자." 테리올트가 말했다. 미소가 한층 커지면서 이와 뺨 사이에 굳어있는 핏덩이가 드러났다. "챔프."

26

차는 고작 세 블록을 달린 후에 멈췄다. 리즈는 휴대폰(대포폰 말고, 진짜 자기 휴대폰)을 꺼내 놓고 마침 몸을 떨고 있던 나를 쳐다봤다. 나를 한 번 안아줘도 좋았을 텐데 리즈는 동정 어린 태도로 내 어깨를 다독이기만 했다.

"아까 받은 충격의 지연 반응이야, 애야. 어떤 건지 나도 잘 알아. 괜찮아질 거야."

리즈가 전화를 걸었다. 더튼 형사라고 자신의 신원을 밝히고 고든 비숍을 바꿔 달라고 청했다. 아마 외근 중이라 자리에 없다고 들었는지 리즈가 발끈했다.

"화성에 있든 어디 있든 상관없으니까 연결해 달라고. 긴급한 사안이야." 리즈는 다른 손으로 잡은 운전대를 손가락으로 초조하게 두드리며 기다렸다. 그러다가 자세를 바로 펴며 말했다. "더튼이야. 고든…… 아니, 내가 수사반이 아닌 건 알아. 하지만 내 말은 들어 봐야 해. 방금 옛날에 수사반 시절 인터뷰했던 사람에게 테리올트에 대한 정보를 입수했는데, 아니. 누군지 몰라. 이스트포트에 있는 킹 컬렌 슈퍼마켓을 수색해 봐…… 놈이 처음 폭탄을 터트린, 맞아. 생각해 보면 어느 정도 말이 되잖아." 그러고 나서 상대편의 말을 듣고 있던 리즈가 버럭 화를 냈다. "장난해? 당시 우리가 인터뷰한 사람이 몇 명이냐고? 백 명? 이백 명? 이봐. 내가 통화 내용을 들려줄게. 녹음해 놨어. 내 휴대폰에 문제가 없었다면야 뭐 잘 땄겠지." 리즈는 녹음이 잘 된 걸 알고 있었다. 세 블록을 달려오는 동안 이미 확인했기 때문이다. 그녀는 녹음 파일을 틀었고 재생이 끝나자 다시 통화를 시작했다. "고든? 이거 들었…… 젠장." 리즈가 통화를 종료했다. "전화를 끊었어." 리즈는 기분 나쁜 미소를 지으며 나를 쳐다봤다. "내 근성을 싫어해. 그래도 수색은 해볼 거야. 안 그러면 자기 책임인 걸 아니까."

비숍 형사는 정말로 수색을 했다. 당시 케네스 테리올트의 과거부터 캐기 시작하던 그들은 리즈가 알려준 '익명의 제보' 덕에 중요한 단서를 얻었다. 건축일을 하던 테리올트가 퇴직 후 시티 오브 엔젤스 병원 관리인이 되기 한참 전으로 거슬러 올라갔더니 그가 자란 웨스트포트가 나왔다. 웨스트포트는 당연히 이스트포트 바로 옆에 있다. 고등학교 졸업반 때 그는 킹 컬렌에서 백 보이*와 진열대 담당자로 일했다. 물건을 훔치다 잡힌 곳도 거기였다. 처음 걸렸을 때는 경고만 받았다. 두 번째 발각되자 가게에서 잘렸다. 하지만 아무래도 도벽을 끊기가 힘들었던 모양이다. 그 습관으로 후에 다이너마이트와 폭파용 뇌관을 훔치기에 이른다. 퀸즈 아파트 창고 보관함에서도 충분한 물량의 다이너마이트와 뇌관이 발견되었다. 모두 오래된 캐나다산 제품이었다. 옛날에는 국경 수색이 훨씬 느

---

* bag boy. 계산대에서 계산을 마친 물품을 가방에 담아 손님에게 건네주는 일을 하는 직원.

슨했던 모양이다.

"이제 집에 가도 되죠?" 내가 리즈에게 물었다. "제발요?"

"그래. 넌 엄마한테 오늘 일을 다 말하겠지?"

"모르겠어요."

리즈가 미소를 지었다.

"대답이 필요 없는 질문이었어. 당연히 엄마한테 말하겠지. 그래도 괜찮아. 난 전혀 신경 안 써. 왠지 아니?"

"아무도 믿지 않을 테니까요?"

그녀가 내 손을 토닥였다.

"맞았어, 챔프. 잘 맞혔어."

27

리즈는 길모퉁이에 나를 내려주고 서둘러 멀어졌다. 나는 우리 집이 있는 건물을 향해 걸었다. 예상과 달리 그날 어머니와 바버라는 술을 마시러 가지 않았다. 감기에 걸린 바버라가 퇴근 후 곧장 귀가하겠다고 했던 것이다. 어머니는 손에 휴대폰을 쥔 채 계단에 서 있었다.

집으로 걸어오는 나를 본 어머니는 단숨에 달려와 제정신이 아닌 사람처럼 숨 막힌 포옹을 했다.

"대체 어디 갔었니, 제임스?" 눈치챘겠지만 어머니는 엄청나게 열받을 때 나를 제임스라고 불렀다. "어째서 이렇게 철없이 굴어? 오만 *사람*들한테 다 전화해보고 있었어. 납치됐단 생각이 들기 시작해서 경찰에 신고까지 하려고……."

어머니는 포옹을 풀더니 나와 팔 길이만큼 거리를 두고 마주 보았다. 울었던 흔적이 역력한 어머니의 얼굴에 다시 울음이 터지려고 했다. 나는 전혀 내 잘못이 아님에도 불구하고 너무 미안한 마음이 들었다. 우리를 고래 똥만도 못하게 처참한 기분이 들도록 만드는 존재는 어머니가 유일한 것 같다.

"리즈였어?" 어머니는 내 대답을 기다리지도 않았다. "그랬구나." 또한 낮고 독기어린 목소리로 말했다. "*나쁜 년.*"

"같이 가야만 했어요, 엄마." 내가 두둔했다. "꼭 가야 했어요."

그렇게 말하고 나서 나도 울기 시작했다.

28

우리는 위층으로 올라갔다. 어머니는 커피를 끓여 내게 한 잔 건넸다. 나의 첫 커피였다. 그 후로 나는 커피에 푹 빠지고 말았다. 어머니에게는 있었던 일을 거의 다 말했다. 나는 리즈가 학교 밖에서 기다리고 있었던 일, 텀퍼의 마지막 폭탄을 찾는 데에 사람들의 목숨이 달렸다고 한 리즈의 말, 그리고 병원과 테리올트의 아파트 건물까지 갔던 일을 이야기했다. 심지어 머리 절반이 형체도 없이 날아가 버린 테리올트의 몰골이 얼마나 끔찍했는지도 말해주었다. 그러나 리즈의 차에 타려고 몸을 돌렸을 때 테리올트가 차 뒤에, 내 팔을 낚아챌 수 있을 정도로 가까이 서 있었다는 건 말하지 않았다. 죽은 이들이 뭘 쥐는 게 가능한지는 모르겠지만 어떻게든 결코 알고 싶지 않은 사안이었다. 나는 테리올트가 했던 말도 어머니에게 이야기하지 않았지만, 그날 밤 자려고 누웠을 때 그의 말이 깨진 종소리처럼 머릿속에서 쨍하고 맴돌았다.

'또 보자……챔프.'

어머니는 연신 그랬구나, 그럴 수 있지 라는 말만 되풀이했고 이야기를 들을수록 괴로워했다. 하지만 나도 물론이고 어머니 또한 롱 아일랜드에서 무슨 일이 벌어지고 있는지 알 필요가 있었다. 어머니가 나와 함께 소파에 앉아 TV를 켰다. NY1 채널의 루이스 더들리는 경찰 바리케이드로 가로막힌 길에 서서 보도를 하고 있었다.

"경찰은 이 제보를 매우 진지하게 받아들이고 있는 걸로 보입니다." 그가 말을 이었다. "서포크 카운티 경찰청 내부의 소식통에 의하면……"

문득 프레데릭 암스 아파트 상공을 선회하던 뉴스 헬리콥터를 떠올린 나는 그 헬리콥터라면 롱 아일랜드까지 너끈히 도착하고도 남았을 거란 생각이 들었다. 그래서 어머니의 무릎 위에 놓여있던 리모컨을 집어 채널4로 돌렸다. 그러자 당연히 킹 컬렌 슈퍼마켓의 지붕이 내려다보였다. 주차장이 경찰차로 가득 찬 데다가 슈퍼마켓 입구 옆에 폭발물 전담반 소속으로 보이는 커다란 승합차도 하나 서 있었다. 헬멧을 쓴 경찰 두 명이 가슴줄을 채운 탐지견 두 마리와 함께 건물 안으로 사라졌다. 헬리콥터가 너무 높이 날았기 때문에 폭발물 전담반 소속 경찰들이 헬멧뿐 아니라 방탄 조끼와 방폭 조끼도 착용했는지 육안으로 확인할 수는 없었다. 하지만 당연히 착용했을 것이다. 물론 개들한테는 입히지 않았겠지. 혹시 그들이 안에 있을 때 텀퍼의 폭탄이 터진다면 개들은 산산조각날 것이 확실했다.

헬리콥터에 탄 기자가 말을 하기 시작했다.

"저희가 듣기로는 슈퍼마켓에 있던 손님들과 직원들 모두 안전하게 대피했다고 합니다. 그러나 이 또한 허위 경보로 끝날 가능성은 있습니다. 텀퍼의 공포 시대……"(그렇다. 기자는 분명히 공포 시대라는 표현을 썼다.) "……에 그런 사례가 많았습니다만 이런 상황일수록 모든 가능성에 대비하는 것이 가장 현명한 방법입니다. 이제는 여러분도 아시다시피 여기는 텀퍼가 최초로 폭탄을 터뜨렸던 현장이며 발견된 폭탄은 아직 없습니다. 스튜디오 나와주십시오."

뉴스 진행자의 뒤쪽 스튜디오 배경에 테리올트의 사진이 떠 있었다. 꽤 나이 든 모습으로 보아 시티 오브 엔젤스 병원 신분증 같았다. 영화배우까지는 아니더라도 벤치에 앉아있던 몰 골에 비하면 훨씬 인물이 나왔다. 리즈가 조작한 제보는 부서 의 나이 든 형사들 중 한 명이 어린 시절에 유명했던 사건을 떠올리지 않았더라면 별로 진지하게 받아들여지지 못했을 것 이다. 바로 조지 메테스키, 언론이 '미친 폭파범'이라고 불렀 던 자의 사건이었다. 메테스키는 1940년부터 1956년까지 지 속된 자신의 공포 시대를 통틀어 서른세 개의 폭탄을 설치했 다. 사건의 발단은 비슷한 원한이었지만 그의 경우에는 '콘솔 리데이티드 에디슨'* 때문이었다.

보도국의 재빠른 누군가도 메테스키와의 관련성에 주목하 여 그의 얼굴을 테리올트 다음으로 띄웠다. 어머니는 별로 관 심을 두지 않았지만 내가 보기에 그 늙은 남자는 관리인 유니 폼을 입은 테리올트와 묘하게도 닮아있었다. 어머니는 휴대폰 을 집어 들더니 투덜거리며 주소록을 찾으러 침실로 향했다. 아마 중대 마약에 관한 말다툼 후 리즈의 번호를 지워버렸기 때문인 듯했다.

마침 무슨 의약품 광고가 나왔고 나는 엿듣기 위해 어머니 의 침실 문으로 살금살금 다가갔다. 통화가 길지 않았기 때문 에 조금 늦었더라면 아무런 소득이 없을 뻔했다.

"리즈, 티아야. 입 다물고 내 말 들어. 이번 일은 누구에게도

---

* Consolidated Edison. 뉴욕과 근방의 전력, 난방 및 가스를 공급하는 기업.

말하지 않겠어. 이유는 너도 잘 알겠지. 하지만 한 번만 더 우리 애 귀찮게 하면, 그 애 눈앞에 얼쩡거리기라도 하면 네 인생 내 손으로 작살 내버리겠어. 내가 그럴 수 있다는 건 너도 알잖아. 내가 한 번만 밀어버리면 넌 끝이야. *제이미한테 접근 하지 마.*"

나는 몰래 소파로 돌아와 앉아 다음 광고를 집중해서 보는 척했다. 하지만 결국 쓸데없는 노력이었다.

"너 들었지?" 어머니의 눈빛이 거짓말 말라며 이글거리고 있었다. 내가 고개를 끄덕였다. "좋아. 그 여자가 또 나타나면 힘을 다해 달려서 집에 와. 그리고 나한테 말해. 알아들었니?" 나는 다시 고개를 끄덕였다. "됐어. 그래 그래 그래. 엄마가 배달 음식 시킬게. 피자 먹을래, 아니면 중국 음식?"

29

수요일 밤 8시 무렵, 경찰은 텀퍼의 마지막 폭탄을 찾아 해체했다. 어머니와 함께 TV에서 방영하는 「*퍼슨 오브 인터레스트(Person of Interest)*」*를 보던 중이었다. 방송이 중단되고 특별 뉴스 게시판이 송출되었다. 탐지견들이 아무리 수색을 해

---

* AI 전쟁을 주제로 한 SF 드라마.

도 나오는 게 없자 폭발물 전담반 조련사들이 개들을 철수시
키려 했다고 한다. 그때 한 마리가 가정용품 코너에서 경고 신
호를 보냈다. 이미 몇 번의 확인 끝에 폭탄을 숨길만 한 공간
이 전혀 없다고 결론을 내린 곳이었다. 그런데 경찰 하나가 우
연히 위를 올려다봤다가 아주 약간 비뚤어져 있는 천장 패널
을 발견했다. 바로 거기, 지붕과 천장 사이의 공간에 폭탄이
숨겨져 있었다. 놈은 번지 점프할 때 쓰는 줄처럼 신축성이 있
는 주황색 끈을 이용해 폭탄을 대들보에 묶어 놓았던 것이다.

테리올트는 그 폭탄에 가진 모든 걸 쏟아부었다. 다이너마
이트 열여섯 개와 폭파용 뇌관 열두 개. 알람 시계에서 훨씬
진보하여 (내가 본 영화에서처럼 폭탄이라고 하면 바로 머릿속에 떠오르
는) 디지털 타이머까지 사용했다. (어느 경찰이 해제 후에 찍어둔 폭
탄 사진이 다음날 《뉴욕 타임스》에 실려서 알 수 있었다.) 타이머는 가게
가 제일 붐비는 시각인 금요일 오후 5시에 맞추어져 있었다.
NY1 채널(우리는 어머니가 애청하는 채널로 돌렸다.)에서는 폭발물
처리반의 한 대원이 나와 그 정도 화력이면 지붕 전체가 날아
갔을 거라고 설명을 하고 있었다. 실제로 폭발이 일어났을 경
우 사망자는 어느 정도였겠냐는 물음에 그는 대답을 못 하고
고개만 가로저었다.

목요일 밤, 저녁 식사를 하던 중 어머니가 말했다.

"넌 좋은 일을 한 거야, 제이미. 훌륭한 일이지. 대체 무슨 속
셈이었는지 모르겠지만 리즈도 마찬가지고. 마티가 언젠가 했

던 말이 생각나는구나.”

버켓 씨, 정확히 말하자면 명예교수로 여전히 버티고 있는 버켓 교수님을 일컫는 말이었다.

“뭐라고 하셨는데요?”

“'때때로 신은 망가진 도구를 사용하신다.' 그분이 학생들에게 가르쳤던 옛날 영국 작가들 중 한 사람의 명언이래.”

“교수님은 저한테 항상 학교에서 뭘 배우고 있냐고 물어보시는데,” 내가 말했다. “그때마다 내가 형편없는 교육을 받고 있다는 듯이 고개를 절레절레 흔드셨어요.”

어머니가 큰 소리로 웃었다.

“당신이야말로 교육으로 꽉 찬 분이면서, 아직도 빈틈없이 예리하고 흥미를 잃지 않으셨구나. 버켓 씨와 함께했던 크리스마스 저녁 식사 기억나니?”

“그럼요, 칠면조 샌드위치에 크랜베리 드레싱을 곁들여 먹었죠. 최고로 맛있었어요! 핫초코도 마시고!”

“맞아. 기분 좋은 밤이었지. 돌아가시면 참 서운할 거야. 어서 먹어. 디저트는 애플 크리스프야. 바버라가 만들었어. 그리고 제이미?” 나는 어머니를 쳐다봤다. “우리 이제 이런 이야기 그만할 수 있을까? 그냥 좀…… 지나간 일로 잊어버리는 거 어때?”

어머니는 리즈나 테리올트 이야기만을 뜻하는 것이 아니었다. 내가 죽은 사람들을 보는 것도 포함해서 하는 말이었다.

학교 컴퓨터 선생님이라면 글로벌 *리퀘스트*라고 이름 붙였을 요청이었고, 나로서도 문제없는 요청이었다. 오히려 문제없는 것 이상이었다.

"그럼요."

그날, 밝게 불이 켜진 주방 한편에서 어머니와 피자를 먹으며 나는 정말로 우리가 지나간 셈 치고 다 잊을 수 있을 줄 알았다. 하지만 결국 그건 틀린 생각이었다. 그 사건 이후 2년간 리즈 더튼을 보지 못했기에 그녀에 대해 생각할 일은 거의 없었다. 하지만 켄 테리올트는 바로 당일 저녁부터 내 앞에 나타나기 시작했다.

처음부터 말했듯이, 이건 공포물이다.

30

거의 잠이 들었던 나는 고양이 두 마리가 사력을 다해 울부짖는 소리에 놀라 벌떡 깨어났다. 우리 집은 5층에 있었기 때문에 환기를 위해 창문을 약간 열어두지 않았더라면 — 뒤이어 들린 쓰레기통의 덜컹거림을 비롯해 — 아무런 소리도 듣지 못했을 것이다. 나는 창문을 닫으러 일어났다가 알루미늄 창틀에 손을 얹은 채 그대로 얼어붙고 말았다. 가로등 불빛이 넓게 비추는 길 건너편에 테리올트가 서 있었다. 고양이들이

처절하게 울어댄 이유를 알 것 같았다. 고양이들은 서로 싸우는 게 아니라 함께 공포의 비명을 지르던 중이었다. 낮에 식료품 가게 앞에서 만난 파푸스 유아차의 아기와 마찬가지로 고양이들도 그를 보았기 때문이다. 그는 일부러 고양이들을 겁먹게 만들었을 것이다. 내가 창가로 갈 줄 알고서 한 짓이었다. 리즈가 나를 챔프라고 부르는 걸 알고 나를 그렇게 불렀던 것처럼.

머리 절반이 날아가고 없는 그자의 얼굴이 씨익 웃었다.

그리고 나를 향해 손짓을 했다.

창문을 닫은 나는 어머니 방에 가서 같이 잘까 생각했지만 그러기엔 너무 커버린 건 둘째치고 이유를 추궁당할 것이 뻔했다. 그래서 어머니 방으로 달려가는 대신 창문 블라인드를 내렸다. 그러고 나서 침대로 돌아가 누운 채로 칠흑 같은 허공을 올려다보았다. 이런 경우는 처음이었다. 망할 놈의 떠돌이 개도 아니고, 죽은 이들이 우리 집까지 나를 따라온 적은 처음이었다.

신경 쓰지 말자. 나는 속으로 되뇌었다. *사나흘 후면 저자도 다른 유령들처럼 영영 사라질 테니까. 길어봐야 일주일이야. 나한테 직접 해코지를 할 수도 없어.*

그런데 정말 그럴까?

어둠 속에 누워 생각해 보니 확신이 들지 않았다. 죽은 이들을 '본다'해서 죽은 이들에 대해 '안다'고는 할 수 없다.

결국 나는 다시 창가로 가서 블라인드 가장자리로 바깥을 몰래 내다봤다. 놈은 당연히 아까 그 자리에 남아있겠지. 또 한 번 내게 손짓을 할 것만 같았다. 한 손가락을 들어 올리고 까딱까딱…… *이리 오렴. 내게로 와, 챔프.* 라고 나를 부를지도 모른다.

하지만 가로등 아래에는 아무도 보이지 않았다. 놈은 가고 없었다. 나는 다시 침대로 돌아갔지만 한참 후에야 겨우 잠들 수 있었다.

31

내가 그자의 모습을 다시 본 건 금요일, 학교 밖에서였다. 금요일만 되면 아이를 기다리고 있는 학부모들이 제법 많아진다. 아마 주말을 맞아 함께 나들이를 가기 때문이었을 것이다. 그들은 테리올트를 보지 못했지만 그의 존재를 느끼는 것이 분명했다. 그렇지 않고서야 테리올트가 서 있는 곳만 그렇게 휑하니 비워놓을 수는 없는 일이다. 유아차를 밀고 온 부모는 없었지만 아기가 인도 위의 유독 비어있는 그곳을 보았다면 분명히 목청 터지게 울었을 것이다.

나는 다시 학교 안으로 들어가 사무실 밖에 붙은 포스터 같은 것들을 쳐다보며 어떻게 할까 고민했다. 아무래도 그자와 대화를 해 뭘 원하는지 알아내는 게 좋을 것 같아서 주변에 사람이 많은 지금 바로 실행에 옮기기로 마음먹었다. 나를 해코지할 수 없을 거라고 생각했기 때문인데 정말 그런지는 알 수 없는 일이었다.

갑자기 너무 쉬가 마려워져 우선 화장실부터 갔다. 하지만 변기 앞에 섰는데도 소변을 한 방울도 눌 수가 없었다. 그래서 그냥 밖으로 나왔다. 책가방을 메는 대신 어깨끈을 쥐고서. 죽은 이들이 내게 손을 댄 적은 여태 한 번도 없었다. 혹시라도 테리올트가 나를 건드리면 (나를 붙잡기라도 한다면) 책이 꽉 차 있는 가방으로 후려칠 심산이었다.

그자는 사라지고 없었다.

한 주가 가고, 또다시 한 주가 갔다. 나는 테리올트가 유령으로서의 수명이 다했으리라 생각하고 안심했다.

YMCA 청소년 수영팀 소속이었던 나는 5월 말 토요일, 다음 주말에 열릴 브루클린 대회에 대비한 최종 연습에 참가했다. 어머니는 연습 끝나면 뭐든 사 먹으라고 내게 10달러를 주면서 (늘 말했듯이) 다른 사람이 내 돈이나 시계를 훔쳐 가지 않도록 사물함을 잘 잠그라고 당부했다. (대체 누가 내 후진 타이맥스 시계를 훔쳐 간다는 건지 난 도통 이해할 수 없었다.) 나는 어머니에게 대회를 보러 올 건지 물었다. 원고를 읽고 있던 어머니가 고개를 들어 나를 바라보며 말했다.

"제이미, 엄마가 벌써 네 번째 대답하는데, 갈 *거야.* 대회 보러 간다니까. 달력에도 적어놨어."

내가 물어본 건 고작 두 번이었지만 (어쩌면 세 번이었던가.) 그 말은 하지 않고 그냥 어머니의 뺨에 키스를 한 뒤 복도를 걸어 엘리베이터로 향했다. 엘리베이터 문이 열리자 테리올트가 모습을 드러냈다. 미소 띤 얼굴로 상태가 좋은 한쪽 눈과 빠져나온 다른 쪽 눈으로 나를 응시하고 있었다. 셔츠에 달린 쪽지도 보였다. 유서를 적은 쪽지였다. 쪽지는 언제나처럼 그렇게 매달려있었고 쪽지의 핏자국은 방금 튄 듯 선명했다.

"네 엄마는 암에 걸렸어, 챔프. 담배 때문이지. 6개월 뒤에 죽을 거야."

나는 입이 딱 벌어진 채로 꼼짝할 수 없었다.

엘리베이터 문이 스르르 닫혔다. 나는 비명인지 신음인지 모를 소리를 뱉었다. 그리고 바닥에 쓰러지지 않기 위해 벽에 등을 기대었다.

저들은 사실만 말하게 되어 있어. 나는 생각했다. *엄마가 돌아가신다니.* 하지만 곧 정신이 또렷해지면서 이런 생각이 들었다. *어쩌면 질문에 답할 때만 진실을 말해야 하는지도 몰라. 그럴 때가 아니면 무슨 거짓말이든 마음대로 할 수 있지 않을까.*

그런 일을 당하고 나자 수영 연습에 가겠다는 마음이 싹 가셨지만 내가 연습을 빼먹으면 코치가 어머니에게 전화해서 내 행방을 물을 것이다. 그러면 *어머니도* 내가 어디에 갔었는지 추궁할 텐데 뭐라고 둘러대지? 텀퍼가 길모퉁이에서 나를 노리고 있을까 봐 무서웠다고 해야 하나? 아니면 YMCA 입구에서 기다릴 것 같아 못 갔다고 할까? 그도 아니면 (어쩐지 가장 두려운 장소인) 샤워실에 있을 것 같았다고 해? 어차피 벌거벗고 수영장 물의 염소를 씻어내는 다른 애들한텐 보이지 않는 존재니 그렇게 말해도 되려나?

그러면 결국 어머니가 빌어먹을 암에 걸린 것도 말하게 되는 걸까?

생각 끝에 나는 수영장으로 향했고, 예상했겠지만 연습은 엉망이 되었다. 코치는 내게 머리를 똑바로 들라고 호통쳤고 나는 눈물이 터지지 않도록 겨드랑이를 꼬집었다. 그것도 아주 세게 꼬집어야 했다.

집에 돌아오니 어머니는 여전히 원고에 푹 빠져있었다. 리즈가 떠난 이후로 어머니가 담배 피우는 모습을 본 적이 없지만 내가 안 보는 곳에서 (작가들이나 여러 편집자들과) 술을 마시는 건 나도 눈치채고 있었다. 그래서 어머니에게 볼 키스로 인사를 하면서 냄새를 맡았는데 술 냄새는 전혀 나지 않고 향수 냄새가 좀 풍겼다. 토요일이었기 때문에 얼굴에 바른 크림 냄새였을 수도 있다. 어쨌든 여자 화장품 냄새였다.

"너 감기 기운 있는 것 아니야, 제이미? 수영 끝나고 물기 잘 닦아야 하는데, 잘 말렸어?"

"네. 엄마, 엄만 이제 담배 안 피우죠, 그렇죠?"

"일은 *다 했네.*" 어머니는 원고를 옆으로 밀어놓고 허리를 폈다. "안 피워. 리즈가 떠난 후로 한 번도 안 피웠어."

리즈를 쫓아낸 후부터 말이죠. 나는 속으로만 생각했다. "최근에 병원에 간 적 있어요? 건강 검진받으러 가 봤어요?"

어머니는 도통 무슨 꿍꿍이인지 모르겠다는 눈빛으로 나를 바라보았다.

"왜 이렇게 심각하지? 너 미간에 주름 생겼어."

"그게." 나는 둘러댔다. "내 보호자는 엄마 하나뿐인데, 혹시 엄마한테 무슨 일이 생겨서 해리 외삼촌이랑 살면 안 되잖아요, 안 그래요?"

그 말에 황당한 표정을 지은 어머니는 큰 소리로 웃으며 나를 껴안았다.

"엄만 괜찮아, 아가. 사실 매년 받는 건강 검진도 두 달 전에 했단다. 훌륭하게 통과했지."

어머니는 겉으로 보기에도 괜찮았다. 상투적인 표현이지만 혈색이 분홍빛으로 좋고, 체중도 줄지 않았고 심하게 기침을 하지도 않았다. 그래도 암이 꼭 목이나 폐에만 생기란 법은 없다. 나도 그 정도는 알고 있었다.

"음……그거 잘됐네요. 다행이에요."

"엄마도 다행이라고 생각해. 그럼 이제 엄마 원고일 좀 끝내게 커피 한 잔 타주렴."

"좋은 작품인가 봐요?"

"그러게나 말이다, 좋은 작품이야."

"토머스 씨의 로아노크 책들보다 더요?"

"훨씬 좋지. 하지만 상업적으로는 그만큼 못하지, 아이."

"저도 커피 한 잔 마셔도 돼요?"

어머니가 한숨을 쉬었다.

"반 컵만이야. 이제 엄마도 원고 좀 읽을게."

32

그해 수학 기말시험을 치던 중, 나는 창밖을 내다보다 농구 코트에 서 있는 케네스 테리올트를 발견했다. 입가의 미소와 손 흔들기는 여전했다. 나는 시험지로 눈을 돌렸다가 재차 창밖을 바라보았다. 놈은 여전히 밖에 있었고 거리는 좀 더 가까워졌다. 테리올트가 고개를 돌리자 시커먼 자줏빛 분화구가 훤히 보였다. 가장자리에 두른 송곳니 같은 뼛조각들은 덤이었다. 나는 다시 시험지를 내려다보았다. 세 번째로 고개를 들었을 때 놈은 사라지고 없었다. 하지만 나는 테리올트가 또 나타나리란 걸 알고 있었다. 그자는 보통 유령과 달랐다. 보통 유령과 비슷한 구석이 전혀 없는 놈이었다.

라그하리 선생님이 시험지를 제출하라는 공지를 할 무렵에 나는 아직 풀어야 할 문제가 다섯 개나 남아 있었다. 그 시험에서 D 마이너스를 받았고 시험지 맨 위쪽에 선생님이 메모를 남겼다.

*'실망했어, 제이미. 넌 더 잘해야 하는데. 거의 매번 수업 시
간에 내가 하는 말 있지?'*

선생님은 수학에서 뒤처지면 절대 따라잡을 수 없다는 말을
했었다.

라그하리 선생님의 생각은 다르겠지만 유독 수학만 그런 게
아니다. 거의 모든 과목이 다 그렇다. 그걸 증명이라도 하듯
나는 그날 늦게 있었던 역사 시험을 제대로 치를 수가 없었다.
테리올트가 칠판 앞에 서 있었다거나 하는 건 아니었지만, 그
자가 칠판 앞에 서 있을지도 모른다는 생각을 떨쳐내기 힘들
었기 때문이었다.

놈은 내가 시험을 망치길 *원하는* 것 같았다. 비웃어도 좋지
만 '사실이라면 편집증이 아니다.'란 말이 있다. 시험 몇 개 망
친다고 해서 학년말에 전 과목을 통과하지 못하는 불상사는
일어나지 않겠지만 곧 여름방학을 보내고 나면 새 학년이 된
다. 그때까지도 테리올트가 내 주변을 떠나지 않으면 어떻게
할까?

게다가, 놈이 점점 강해지고 있는 거라면 어쩌지? 그렇게 믿
고 싶지 않지만 아직도 건재한 걸 보면 정말 강해지고 있을지
도 모른다. 아마도 정말 그런 것 같다.

누군가에게 털어놓으면 도움이 될 것 같았다. 어머니는 내
말을 믿을 사람이라서 당연한 선택지지만 어머니를 불안하게

만들고 싶지 않았다. 에이전시가 도산해서 나와 외삼촌을 부양할 수 없게 된다는 두려움에 시달린 것만으로 충분했다. 어머니는 어쩌면 내가 그 고비를 벗어나도록 돕는 바람에 지금의 일을 당하는 거라고 자책할 수도 있었다. 나는 전혀 터무니없는 논리라고 보지만 어머니는 그렇게 생각할지도 모른다. 게다가, 유령을 보는 것에 관한 이야기를 없었던 일로 덮어두길 원하셨지 않은가. 무엇보다도 내가 어머니에게 말을 *했더라면* 어머니는 애초에 테리올트와 엮이게 만들어 나를 이런 상황에 빠트린 리즈를 탓할 것이 뻔했다. 그리고 그게 어머니가 할 수 있는 최선이었을 것이다.

나는 문득 학교의 생활지도 상담사인 피터슨 선생님에게 말해볼까 생각했지만 헛것을 본다거나 신경쇠약이라는 진단을 받을 것 같았다. 또한, 어머니에게 연락을 할지도 모른다. 그래서 심지어 리즈를 만나러 갈 생각도 해봤는데 리즈라고 별뾰족한 수가 있을까? 총을 뽑아 들어 놈을 쏘려고 할까? 이미 죽은 사람을 상대하겠다면 행운을 빌어줘야겠지. 무엇보다도 나는 리즈를 다시는 보지 않기로 작정했고 적어도 그 생각만은 변함이 없었다. 나는 혼자였고 그래서 외로웠다. 두려움에 시달렸다.

어머니는 수영 대회에 응원을 왔고 나는 이번에 출전한 경기마다 형편없는 실력을 선보였다. 집으로 가는 길에 어머니가 나를 안고서 누구나 잘 안 되는 날이 있고 다음번에는 더 잘할 거라며 다독여주었다. 그 순간 나는 하마터면 모든 일을 다 털어놓을 뻔했다. 케네스 테리올트가 자신의 최후이자 최강의 폭탄을 망친 데 대한 앙갚음으로 내 인생을 망가뜨리려 한다는 두려움(돌이켜보면 그런 마음이 드는 게 합당했지만)에 시달리기 지쳤던 것이다. 택시 안이 아니었더라면 정말로 어머니에게 다 말해버렸을지도 모른다. 대신에 나는 내 칠면조 그림이 *모나리자* 이후 최고의 작품이라고 믿었던 어린 시절처럼 어머니의 어깨에 머리를 기대었다. 성장한다는 것은 우리를 입 다물게 만들어버린다는 점에서 최악이다.

33

종업식 날, 집을 나서던 나는 또 한 번 엘리베이터에 탄 테리올트를 만났다. 씨익 웃으면서 손짓을 하는 폼이 지난번처럼 내가 움찔할 거라 기대한 모양이었다. 하지만 이번은 그렇지 않았다. 겁이 나긴 했다. 그건 맞지만 어느덧 놈에게 익숙해졌기 때문에 이전만큼 겁에 질리지는 않았다. 사람이 성장하면서 변화에 점차 둔감해지고 얼굴에 난 모반도 시간이 지나면 더 이상 신경 쓰이지 않는 것과 같은 이치다. 비록 그 모반이 흉측하기 짝이 없더라도 말이다. 오히려 이번에는 두려운 마음보다 분노가 더 컸다. 당최 나를 좀 가만히 내버려 두

질 않으니 화가 날 수밖에 없었다.

나는 움찔하기는커녕 엘리베이터 앞으로 다가가 닫히려는 문을 손으로 막아섰다. 그놈과 함께 엘리베이터에 탈 생각은 아니었지만 (세상에, 그럴 마음은 절대!) 놈에게 몇 가지 대답을 들을 때까지 엘리베이터 문을 잡고 있을 계획이었다.

"우리 엄마가 정말로 암에 걸렸어?"

놈의 얼굴은 처음 만났던 날처럼 내 말에 고통받는 듯 뒤틀렸다. 나는 이번에도 놈이 정말로 고통스럽기를 바랐다.

"우리 엄마가 암에 걸렸어?"

"나는 몰라."

나를 쳐다보던 그 눈빛…… 바로 그런 눈빛을 일컬어 죽일 듯이 노려본다고 하는 것 아닐까?

"그런데 왜 나한테 그런 말을 했어?"

이제 그놈은 엘리베이터 안쪽으로 물러나 나를 두려워하는 것처럼 두 손으로 가슴을 누르고 있었다. 놈이 어마어마한 크기의 탄출구가 내 쪽으로 보이도록 고개를 돌렸다. 나한테 그걸 보여주면 순순히 엘리베이터 문을 놓고 물러나리라 생각했나 본데 순전히 놈의 착각이었다. 끔찍하기야 했지만 내겐 이미 익숙했다.

"왜 그런 말을 했어?"

"너를 증오하니까."

테리올트는 이를 드러내며 쏘아붙였다.

"어째서 아직 남아있는 거지? 무슨 짓을 한 거야?"

"모른다니까."

"꺼져버려." 놈은 아무 대답이 없었다. "*사라져버리라고!*"

"난 사라지지 않을 거야. 나는 절대로 사라지지 않아." 그 말에 소스라쳐 문을 잡고 있던 팔에 힘이 빠졌다. 나는 갑자기 무거워지기라도 한 듯 팔을 털썩 떨궜다. "또 보자, 챔프."

문이 스르르 닫혔지만 안에서 버튼을 누를 사람이 없는 엘리베이터는 그 자리에 멈춰 있었다. 내가 문 옆에 달린 버튼을 누르자 텅 빈 엘리베이터 문이 다시 열렸다. 그렇든가 말든가 나는 계단을 걸어 내려왔다.

놈에게 익숙해질 거야. 하고 나는 생각했다. *머리에 난 구멍을 봐도 이제 아무렇지 않잖아. 그러니까 그놈한테도 익숙해지겠지. 놈은 나에게 해를 가할 수도 없어.*

하지만 어떤 면에서 놈은 내게 이미 피해를 주었다. 수학 시험에서 D 마이너스를 받고 수영 대회를 망친 일은 몇 가지 예시에 불과했다. 나는 제대로 잠을 이루지 못했고 (어머니는 내 눈 밑에 다크써클이 생겼다고 진작부터 걱정이 이만저만 아니었다.) 작은 소리에도 쉽게 놀랐다. 심지어 서재에서 책 한 권이 떨어져도 깜짝 놀라서 펄쩍 뛰었다. 셔츠를 꺼내려고 옷장을 열면 나만의 부기맨처럼 그놈이 옷장 안에 서 있을 것 같은 공포에 사로잡혔다. 혹은 침대 밑에 있다가 내가 잘 때 손목이나 발을 덥석 붙잡지 않을까? 내 몸에 손을 대지 못하리라 생각했지만 그 또한 장담할 수 없는 일이었다.

잠에서 깨었는데 놈이 내 옆에 누워있으면 어떻게 할까? 어쩌면 내 물건을 움켜쥐고 있을지도 모르는데?

일단 그런 사태까지 가정하고 보니 도저히 두려움을 떨쳐낼 방법이 없었다.

그 외에도 더 많은 일이, 훨씬 끔찍한 일이 일어날지도 모른다. 내가 스무 살, 혹은 마흔 살이 되어도 (지금 벌어지는 상황처럼) 놈이 나를 괴롭힐 수 있고, 내가 여든아홉에 죽고 보니 놈이 사후세계에서 나를 맞아줄지도 모를 일이었다. 죽고 나서도 그놈에게 계속 시달리게 되는 걸까?

선행의 대가가 이거라면, 어느 날 밤, 나는 창밖 길 건너편 가로등 아래에 서 있는 텀퍼를 지켜보며 생각했다. *다시는 그런 일을 하지 않겠어.*

34

늦은 6월이었다. 어머니와 나는 해리 외삼촌의 월례 방문을 갔다. 외삼촌은 말도 별로 하지 않고 휴게실에도 좀처럼 나가지 않았다. 아직 쉰 살도 안 되었는데 머리카락은 이미 백발이었다.

어머니가 입을 열었다.

"제이미가 외삼촌 드린다고 자바스에서 루겔라흐*를 사 왔어. 좀 먹을래?"

나는 (그다지 안에 들어가고 싶은 생각이 없었기에) 출입구에 서서 파이 봉지를 들어 올리며 미소를 지었다. 「더 프라이스 이즈 라잇(The Price Is Right)」**에 나오는 모델이라도 된 느낌이었다.

해리 외삼촌은 예그라고 말했다.

"그거 좋단 뜻이지?"

어머니가 확인차 물었다.

해리 외삼촌은 으그라고 하며 내 쪽을 향해 두 손을 흔들었다. 독심술을 못 해도 싫어 망할 쿠키 정도는 알아들을 수 있었다.

"외출하러 갈까? 바깥 경치가 아름다운데." 나는 해리 외삼촌이 이제는 밖이 뭔지나 알고 있을지 의문이 들었다. "내가 일으켜 줄게." 어머니는 외삼촌의 팔을 잡았다.

"싫어!"

해리 외삼촌이 외쳤다.

으그도 아니고 예그도 아니며 어그도 아닌 '싫어'라고 아주 또렷하게 말이다. 크게 부릅뜬 눈에서 눈물이 흘러내렸다. 그러더니 다시 한번 또렷한 목소리로 물었다.

---

* Rugelach. 유대교의 전통적 명절 하누카에 만들어 먹는 쿠키.
** 참가자들이 물건 가격을 맞추는 TV 퀴즈쇼.

"저건 누구야?"

"제이미지. 제이미 알잖아, 해리."

하지만 외삼촌은 이제 나를 기억하지 못했다. 그리고 나를 보고 한 말도 아니었다. 해리 외삼촌의 시선은 내 어깨너머로 향했다. 누구인지 굳이 뒤돌아 확인할 필요가 없었지만 어쨌든 나는 뒤를 돌아보았다.

"저 병은 유전이야." 테리올트가 말했다. "남자들한테 대대로 이어지지. 너도 저렇게 된다는 뜻이야, 챔프. 네가 눈치챌 새도 없이 저렇게 될걸."

"제이미?" 어머니가 나를 불렀다. "너 괜찮니?"

"전 괜찮아요." 나는 테리올트를 쳐다보며 대답했다. "딱 좋아요."

사실은 그렇지 않았다. 테리올트도 눈치를 챈 듯 씨익 웃었다.

"꺼져!" 해리 외삼촌이 외쳤다. "꺼져, 꺼져, 꺼지라고!"

우리는 외삼촌의 말에 따랐다.

우리 셋 모두 다.

35

나는 어머니에게 전부 다 말하기로 마음을 굳힌 참이었다. 비록 어머니를 두렵게 하고 불행하게 만들더라도 속에 담아

둔 것을 털어놓고 싶은 욕구가 간절했다. 바로 그때, 사람들이 하는 말처럼 운명이 손을 내밀었다. 2013년 7월, 해리 외삼촌을 면회하고 와서 약 3주가 지날 무렵이었다.

어느 이른 아침, 어머니는 한창 사무실에 갈 준비를 하던 중 한 통의 전화를 받았다. 나는 주방 탁자에 앉아 잠이 덜 깬 눈으로 치리오스 시리얼을 먹고 있었다. 어머니가 치마 지퍼를 채우면서 침실에서 나왔다.

"간밤에 버켓 씨한테 약간 사고가 있었나 봐. 발이 걸려서 넘어지는 바람에 (아마 화장실에 가려던 중이었을 것이다.) 골반을 삐끗한 모양이야. 본인이 괜찮다고 말하니까 그런가 보다 했는데 애써 강한 남자 자존심을 내세우는 걸지도 모르지."

"그렇죠."

어머니가 동시에 세 가지 일을 해내려고 서두를 때는 잠자코 동의하는 편이 대체로 무방하다. 내심 나는 그분이 강한 남자가 되기엔 좀 늦었다고 생각했다. 하지만 「터미네이터: 은퇴」 같은 영화에서 지팡이를 흔들며 당당하게 '나는 꼭 돌아온다.'라고 말하는 버켓 씨는 상상만으로도 즐거웠다. 나는 그릇을 들고 우유를 후루룩 들이켰다.

"제이미, 그러지 말라고 엄마가 수도 없이 말했잖니?"

나는 전혀 기억이 나지 않는 말씀이었다. 어머니의 잔소리 상당수는 그냥 한 귀로 듣고 한 귀로 흘려버리기 때문이다. 식사 예절에 관한 거라면 더욱 그랬다.

"이렇게 안 하면 어떻게 다 마셔요?"

어머니가 한숨을 내쉬었다.

"됐다 됐어. 엄마가 저녁으로 캐서롤 요리를 하나 만들었는데 네가 TV도 보고 휴대폰 게임하느라 바쁜 건 알지만 잠시 마티에게 캐서롤 갖다줄 시간을 내면 우린 햄버거 사 먹을 수도 있어. 너 굳이 그렇게 하고 싶진 않지? 나한테 전화해서 마티가 어떻게 지내는지도 알려줘야 하는 일이라서 말이야?"

순간 나는 아무 대꾸도 하지 않았다. 마치 망치로 머리를 한 대 얻어맞은 기분이 들었다. 어떤 아이디어가 떠올라 그런 충격을 안겨줄 때가 있다. 동시에 나는 내가 완전 멍청이였다는 것도 깨달았다. 어째서 한 번도 버켓 씨를 떠올리지 못한 걸까?

"제이미? 정신 차려 제이미."

"그럴게요." 내가 답했다. "기꺼이요."

"정말이니?"

"정말이에요."

"너 어디 아파? 열나는 거 아니야?"

"하─하." 나는 가짜 웃음소리를 냈다. "거참 재미있네요."

어머니가 지갑을 꺼냈다.

"택시비 줄게……."

"아녜요. 그냥 캐서롤만 쇼핑백 같은데 넣어서 주세요. 걸어갈래요."

"진짜?" 어머니는 놀란 얼굴로 재차 물었다. "파크 가까지 그 먼 길을?"

"그럼요. 운동 삼아 가면 되죠."

엄밀히 말해 속내는 달랐다. 나는 그게 좋은 아이디어인지 아닌지, 좋은 아이디어라면 버킷 씨에게 내 이야기를 어떻게 털어놓을지 고민할 시간이 필요했던 것이다.

36

이제부터는 그날 내게 가르침을 주신 버킷 씨를 버킷 교수님이라고 지칭하도록 하겠다. 교수님은 내게 아주 많은 것을 알려주었지만 그 전에 우선 내 이야기부터 경청했다. 누군가에게 모든 걸 다 털어놓고 싶었다는 말은 앞에서 이미 한 적이 있다. 하지만 정말로 실행에 옮기고 나서야 나는 그게 굉장히 위안이 되는 일임을 깨달았다.

교수님은 예전에 쓰시던 지팡이에 새로운 지팡이를 하나 더 의지한 채 문가에서 나를 맞았다. 나를 보자 교수님의 얼굴에 화색이 돌았다. 말동무가 생겨서 기쁜 눈치였다. 애들이란 원체 자기중심적이기 때문에 (어린 시절을 겪은 사람이면 누구나 잘 알겠지만, 하—하.) 부인을 사별한 교수님이 그간 외롭기 한량없는 나날을 보냈음을 나는 나중에야 깨닫게 되었다. 캘리포니아에 산다는 딸이 혹여 교수님을 뵈러 왔었다 해도 나는 한 번도 만난 적이 없었다. 좀 전에 말했듯이 애들은 자기중심적이다.

"제이미! 네가 선물까지 들고 왔구나!"

"그냥 캐서롤 요리예요." 내가 말했다. "스웨디시 파이인가 봐요."

"*셰퍼드 파이* 말이지. 정말 맛있겠구나. 아이스박스에 좀 넣어줄 수 있겠니? 보다시피 내가 이것들 때문에……."

교수님은 바닥을 딛고 있던 양손의 지팡이를 동시에 들어올렸다. 순간 나는 교수님이 내 앞에서 곧장 바닥에 엎어질 줄알고 기겁을 했으나 다행히도 지팡이가 늦지 않게 제자리에 착륙했다.

"그럼요."

나는 대답과 함께 주방으로 향했다. 냉장고를 아이스박스라고 부르거나 자동차를 오토라고 부르는 것이 교수님의 재미있는 점이었다. 완전히 예스러운 분이다. 아, 또 전화기는 텔레펑거스(telefungus)라고 부른다. 유독 그게 마음에 들어서 나도 그 표현을 쓰기 시작했고 지금도 나는 전화기를 그렇게 부른다.

어머니표 캐서롤을 아이스박스에 넣는 건 수고로운 일이 아니었다. 교수님의 아이스박스는 거의 텅텅 비어있었기 때문이었다. 교수님은 지팡이를 쿵쿵거리며 나를 따라 부엌 쪽으로 오더니 어떻게 지내는지 물었다. 나는 아이스박스 문을 닫고 돌아서서 대답했다.

"그리 잘 지내지는 못해요."

교수님이 수북한 눈썹을 치켜떴다.

"잘 지내지 못해? 무슨 일 있니?"

"이야기하자면 아주 길어요." 내가 말했다. "어쩌면 제가 미쳤다고 생각하실지 몰라요. 그래도 누군가 속 시원히 털어놓을 사람이 필요해서 그런데, 아무래도 교수님이 적임자 같아요."

"모나의 반지와 관련 있는 거냐?"

나는 놀라서 입이 딱 벌어졌다.

버켓 교수님의 얼굴에 미소가 번졌다.

"그냥 우연히 벽장 안에서 반지를 찾아냈다는 말은 도저히 믿지 못하겠더구나. 운이 좋아도 그렇게 좋을 수 있나. 우연의 정도가 *과히* 지나쳤지. 문득 나는 네 어머니가 바로 거기에 반지를 숨겨둔 사람이라고 생각했단다. 하지만 인간의 행동은 동기와 기회에 근거하거든, 네 어머니는 그런 행동을 할 동기도 기회도 없었어. 게다가 나도 슬픔에 잠긴 나머지 그날 오후에는 진지하게 따져볼 상태가 아니었고."

"갓 부인을 잃으셨을 때니까요."

"그랬지." 교수님은 지팡이를 쥔 손 하나를 살짝 들어 올려 손바닥을 심장이 있는 가슴께에 댔다. 그 모습에 나는 안타까운 마음이 들었다. "그러면 대체 어찌 된 일이니, 제이미? 이제 다 지난 일이긴 하다만 평생 추리소설을 읽어온 사람으로서 내 의문의 해답을 알고 싶구나."

"부인이 제게 알려주신 거예요." 내가 대답했다. 부엌 건너편에 서 있던 교수님이 나를 빤히 쳐다보았다. "저는 유령을 봐요."

나는 지체 않고 말을 이었다.

교수님은 지켜보기 무서울 정도로 아주 한참 동안 전혀 대꾸가 없더니 마침내 입을 열었다.

"아무래도 나는 카페인이 든 걸 좀 마셔야겠다. 우리 둘 다 그게 필요하겠어. 그러고 나서 내게 모든 걸 다 털어놓으렴. 어서 네 이야기를 듣고 싶구나."

37

버켓 교수님은 티백도 쓰지 않고 차를 철제 통에서 덜어 쓸 정도로 예스러운 분이었다. 물 주전자가 끓기를 기다리는 동안 '티 볼'이라는 걸 찾아 보여주더니 거기에 찻잎을 어느 정도 담아야 하는지 가르쳐주었다. 차를 끓이는 과정은 매우 흥미로웠다. 나는 늘 차보다 커피를 선택하겠지만 찻주전자가 안성맞춤일 때가 있다. 어쩐지 격조 있는 느낌을 더해주기 때문이다.

버켓 교수님은 갓 끓인 물에 (더도 말고 덜도 말고) 5분간 차를 우려야 한다고 했다. 타이머를 맞춘 교수님은 이번에는 컵이 있는 곳을 보여주더니 쿵쿵 소리를 내며 거실로 퇴장했다. 곧이어 교수님 당신이 가장 좋아하는 의자에 앉는 소리와 긴장이 풀리는 소리가 동시에 들렸다. 방귀였다. 트럼펫처럼 격정적이지 않고 오보에에 가까운 부드러운 소리였다.

나는 차 두 잔을 쟁반 위에 올리고 설탕 그릇, 아이스박스에 있던 하프 앤드 하프*(유통기한이 한 달이나 지나 있었는데 다행히도 우리 둘 다 차에 넣지는 않았다.)를 함께 차려서 냈다. 교수님은 자기 몫의 홍차를 홀짝인 뒤에 입맛을 다셨다.

"훌륭하구나, 제이미. 첫솜씨인데도 완벽해."

"감사합니다."

나는 내 홍차에 설탕을 넉넉히 탔다. 어머니가 있었더라면 산처럼 그득 담긴 설탕을 세 스푼째 넣는 걸 보고 기함을 했을 것이다. 하지만 버켓 교수님은 전혀 뭐라고 하지 않으셨다.

"그럼 네 이야기를 들어보자. 나야 시간이 넘치는 사람이니까."

"제 말을 믿으시는 거예요? 그 반지 사건을요?"

"뭐랄까," 교수님이 조심스레 대답했다. "네가 그렇게 믿고 있다는 걸 나도 믿는다. 그리고 반지를 찾은 건 이미 내가 알고 있고. 지금은 은행 안전 금고에 맡겨놓은 그 반지들 말이

---

* Half and Half. 우유와 크림을 반반 섞은 제품.

다. 대답해보렴, 제이미. 만약 내가 네 어머니에게 물어보면 네 말이 사실이라는 걸 입증해줄까?"

"네, 하지만 제발 그러지는 마세요. 사실 엄마에게 말하지 않으려다 보니 교수님께 털어놓게 된 거예요. 엄마가 속상해하실 테니까요."

교수님은 약간 떨리는 한 손으로 찻잔을 들어 커피를 한 모금 마시더니 잔을 내려놓고 나를 쳐다보았다. 어쩌면 나를 들여다보았다고 해야 할 것 같다. 덥수룩하게 사방으로 뻗은 눈썹 밑으로 나를 응시하던 하늘색 눈빛이 지금도 눈에 선하다.

"그럼 털어놓아 보렴. 내가 믿도록 만들어야지."

나는 교수님 댁으로 걸어가면서 이야기를 어떻게 꺼낼지 미리 연습해 둔 덕에 거침없이 말을 할 수 있었다. 내 이야기는 로버트 해리슨(그 센트럴 파크의 남자)에서 시작했고 버켓 부인을 보았던 때로 넘어가 그 이후에 일어난 모든 일들로 이어졌다. 제법 오랜 시간이 걸렸다. 이야기를 마칠 무렵에는 차가 미지근하게 식어 있었지만 (어쩌면 그보다 더 차가웠을지도 모르겠다.) 목이 바싹 말랐던 나는 개의치 않고 단숨에 들이켰다.

버켓 교수님은 신중하게 생각한 끝에 말했다.

"제이미, 내 침실에 가서 아이패드 좀 가져오겠니? 침대 옆 탁자 위에 있을 게다."

교수님의 방은 요양원에 있는 해리 외삼촌의 방과 비슷한 냄새가 났다. 거기에 독한 아로마 향기를 더했는데 아마도 골반 뺀 데에 바르는 로션 내음 같았다. 나는 아이패드를 찾아들고 거실로 돌아갔다. 교수님은 아이폰이 없었다. 옛날 영화에서나 보던 부엌 벽에 걸린 유선 텔레펑거스뿐이었다. 하지만 아이패드는 아주 좋아하셨다. 교수님은 내가 건넨 아이패드를 열고 (시작 화면에 교수님과 버켓 부인으로 보이는 결혼 예복 입은 젊은 커플의 사진이 떴다.) 단숨에 손가락으로 두드리기 시작했다.

"테리올트를 검색하시는 거예요?"

교수님은 나를 쳐다보지도 않고 고개를 가로저었다.

"네가 말한 센트럴 파크의 그 남자. 그 사람을 본 게 유치원 다닐 때라고 했지?"

"네."

"그러면 그게 2003년인가…… 아니면 2004년…… 아, 여기 나왔군."

교수님은 패드를 내려다본 채 시야를 가리는 (아주 풍성한) 머리카락을 이따금 쓸어올리며 검색 결과를 읽었다. 마침내 고개를 든 교수님이 말했다.

"넌 길에 누워있는 남자를 봤는데 바로 옆에 그 사람이 또 서 있었다고 이야기했어. 네 어머니도 네가 본 그게 맞다고 했었니?"

"엄마는 내 말이 거짓이 아니라는 걸 알았어요. 그 남자가 입고 있던 상의가 어떤 거였는지 제가 엄마에게 설명했거든요. 바닥에 누워있는 남자의 상체가 다 가려져 있었는데도 말이에요. 하지만 정말 엄마한테는 말하지……."

"이해한다. 충분히 이해해. 그럼 리지스 토머스의 마지막 책에 대해서 물으마. 그게 탈고하지 않은……."

"맞아요. 첫 두어 챕터밖에 없었어요. 제가 알기로는요."

"그런데 네 어머니가 혼자 책을 완성할 수 있을 만큼 세세한 내용을 잘 알게 되었구나. 너를 영매로 삼아서 말이지?"

스스로를 영매라고 생각한 적은 없었지만 어떻게 보면 교수님의 말이 옳았다.

"그런 것 같아요. 「컨저링(The Conjuring)」에 나오는 영매처럼요." 교수님이 어리둥절한 표정을 지었다. "영화예요. 버켓 씨…… 교수님…… 제가 미쳤다고 생각하세요?"

나는 아무래도 상관없었다. 누구에게든 모든 이야기를 털어놓았다는 자체로 이미 굉장한 위안이 되었다.

"아니." 교수님이 대답했다. 그리고 어째서인지 (아마 안도하고 있는 나의 표정 탓이었는지) 둘째 손가락을 들어 올려 경계 띤 태도로 말했다. "그 말은 내가 네 이야기를 믿는다는 뜻이 아니야. 최소한 네 어머니의 증명이 필요한 판단이니까. 하지만 네 염려를 십분 동의해 어머니에게 물어보지는 않을 거다. 다만 네게 이렇게 말해줄 수는 있어. '내가 믿지 못할 이유는 없다'라고. 반지 사건도 겪었고 토머스 씨의 책 또한 엄연히 존재하는 사실이기 때문이야. 내가 읽어보진 않았지만 말이다."

교수님은 말끝에 얼굴을 찌푸렸다. "네 어머니의 친구(옛날 친구)도 네 이야기의 끝부분에 아주 화려하게 등장하더구나."

"맞아요. 그런데……."

교수님은 강의 중 횡설수설하는 학생들에게 수없이 해왔듯이 손을 들어 내 말을 저지했다.

"그 친구한테도 물어보지 말라는 거지. 잘 알겠어. 딱 한 번 만난 적이 있는데 나도 마음에 들지 않더구나. 마약을 너희 집에 들여놓은 게 사실이니?"

"제 눈으로 직접 보지는 않았지만 엄마가 그랬다고 하면 그런 게 맞아요."

교수님은 패드를 옆으로 치우더니 지팡이에 달린 크고 하얀 둥근 손잡이를 만지작거렸다.

"그러면 티아와 잘 헤어졌구나. 그리고 테리올트라는 자가 너를 따라다니며 괴롭힌다고 했지. 지금 여기에도 있니?"

"없어요."

나는 대답을 해놓고 확실히 하기 위해 주위를 둘러보았다.

"그자를 떼어버리고 싶겠지. 물론 그럴 거야."

"맞아요. 하지만 방법을 모르겠어요."

교수님은 차를 한 모금 홀짝이고 꼴깍 삼켰다. 찻잔을 내려놓은 교수님의 파란 눈이 다시 나에게 꽂혔다. 교수님은 늙은 분이었지만 눈빛만은 그렇지 않았다.

"온갖 종류의 초자연적 존재에 대한 책을 다 읽어본 늙은이의 입장에서 볼 때 그거 흥미로운 문제로구나. 고딕 문학에는 그런 존재들이 가득하지. 영화 때문에 많이 알려져서 그렇지 프랑켄슈타인의 괴물과 드라큘라 백작은 일부에 불과해. 유럽 문학과 설화 속에는 더 많은 초자연적 존재들이 등장한단다. 다 차치하고 잠시 이 테리올트라는 존재가 네 머릿속 망상이 아니라는 가정을 해보자. 그자가 실존한다고 쳐." 나는 테리올트가 실재한다고 항변하고픈 것을 꾹 눌러 참았다. 교수님은 이미 내가 뭘 믿는지 알고 있다고 말씀하셨으니까. "거기서 한 발짝 더 나가 보는 거야. 네가 봤다는 (내 아내를 포함한) 다른 귀신들은 하나같이 며칠 뒤에 모두 사라졌단 말이야. 사라진 거야 그……." 교수님은 말을 잇지 못하고 손을 내저었다. "어디로 갔는지는 모르겠지만. 그런데 테리올트라는 자는 사라지지 않았어. 아직도 남아있어. 심지어 넌 그자가 점점 강해지고 있다고 생각하게 되었지."

"그자는 분명히 강해지고 있어요."

"정말 그렇다면, 그자는 더 이상 케네스 테리올트라고 할 수가 없지. 어쩌면 테리올트 사후에 남은 존재가 악마에게 잠식(홀렸다기보다는 잠식이라는 표현이 정확해)당한 걸지도 몰라." 교수님은 놀란 내 표정을 보고 황급히 말을 덧붙였다. "추측하자면 그렇다는 거야, 제이미. 솔직히 말하면 네가 환영에 의한 국소적인 해리성 둔주 상태를 겪는 걸로 보이는구나."

"다른 표현을 쓰자면, 미쳤단 말씀이군요."

그 순간에도 나는 교수님에게 모든 사실을 털어놓을 수 있어

다행이라 생각하고 있었다. 심지어 대충 그런 반응을 예상했음에도 불구하고 교수님이 내린 결론은 암담하기 그지없었다.

교수님은 한 손을 내저었다.

"허튼소리야. 난 전혀 그렇게 생각하지는 않아. 넌 분명히 현실 세계를 살아가고 있으니까. 그리고 네 이야기에는 도저히 이성적으로는 설명할 수 없는 점들이 너무나 많다는 건 인정해. 네가 티아와 티아의 옛 친구를 동행해서 고인이 된 토머스 씨 저택까지 갔다는 건 의심의 여지가 없지. 더튼 형사가 너를 테리올트의 직장과 아파트로 데려갔다는 이야기도 나는 전혀 의심치 않아. 더튼 형사가 그런 행동을 했다는 건 (내가 제일 좋아하는 추론의 선구자 중 하나인 앨러리 퀸 식으로 말하자면) 그 친구가 너의 영매로서의 능력을 믿었기 때문이지. 그 말은 즉 토머스 씨의 저택에서 있었던 일을 되짚어 볼 때, 더튼 형사는 당시 이미 뭔가 납득할 만한 사건을 목격했다는 뜻이야."

"저는 무슨 말씀인지 잘……."

내가 말했다.

"몰라도 돼." 교수님은 내 쪽으로 가까이 상체를 숙였다. "한마디로 하자면, 비록 내가 유령을 본 적도 없고 번뜩이는 예지력도 없어서 이성적이고 이미 아는 사실이나 경험에 치우쳐 판단하는 경향이 있지만, 네 이야기처럼 그냥 무시할 수만은 없는 일들이 존재한다는 걸 인정해야겠단 뜻이야. 그러니 그 테리올트인지, 테리올트의 남은 존재에 깃든 사악한 무엇인지가 실존한다고 전제하고 이야기를 해보잔 거지. 그러면 의문은 이거야. 네가 그자를 없앨 수 있을까?"

이번에는 내가 교수님 쪽으로 몸을 가까이 숙였다. 교수님이 내게 선물해주었던 책이 생각났다. 끔찍하기 짝이 없는 온갖 동화 중에 해피엔딩으로 끝나는 이야기는 몇 개 되지 않았다. 이복언니들이 제 발가락을 자르고, 공주는 (개구리에게 키스를 한 게 아니라) 개구리를 벽에 퍽! 하고 패대기쳤다. 빨간 모자는 알고 보니 할머니의 재산을 차지하기 위해 덩치 크고 사악한 여우를 부추겨 할머니를 잡아먹게 만들었던 것이다.

"제가 할 수 있을까요? 교수님은 온갖 이야기들을 다 읽으셨으니까 그중 하나쯤은 죽이는 방법이 나와 있었을 것 아니에요! 아니면 그······." 새로운 아이디어가 머리를 스쳤다. "퇴마의식! 그건 어떨까요?"

"아마 가망이 없을 게다." 버켓 교수님이 말했다. "사제들한테 갔다가는 퇴마사가 아니라 아동 정신과를 소개해 주겠지. 제이미, 테리올트가 실존한다면 네가 놈을 떨쳐낼 수 없을지도 몰라."

나는 놀란 눈으로 교수님을 쳐다보았다.

"그래도 별일 없겠죠."

"별일이 없을까? 어떻게 별일 없을 수가 있겠어?" 교수님은 잔을 들어 차를 한 모금 마신 뒤 내려놓았다. "쿠드 의식이라고 들어본 적 있니?"

38

이제 내 나이는 스물둘(사실 거의 스물셋)이고 나는 지금껏 내가 '나중에'라고 썼던 세계를 살고 있다. 투표도 할 수 있고 운전도 할 수 있으며 (조만간 끊을 계획이지만) 술과 담배도 살 수 있다. 아직 너무 어린 나이라는 걸 나도 안다. 나중에 과거를 돌아보면 내가 얼마나 철없고 대가리에 피가 안 마른 놈이었던가를 깨닫고 놀라게 (부디 혐오하지 않기만 바랄 뿐) 될 것이 분명하다.

어쨌든 스물둘은 열세 살 때와 비교하면 광년처럼 아득한 나이다. 아는 건 지금 더 많지만 당시에 비해 믿음은 덜 가지게 되었다. 버켓 교수님이 내게 보여준 마법 같은 일은 지금의 나에게는 결코 먹히지 않을 것이다. 그게 불만이라는 뜻은 아니다! 케네스 테리올트(그것의 정체가 뭐였는지는 지금도 모르니까 그냥 그렇게 부르자)는 나의 정신을 망가뜨리려 했었고 교수님의 마법은 나의 온전한 정신을 지켜주었다. 그 마법이 어쩌면 내 목숨을 구한 건지도 모르겠다.

이후 대학(당연히 뉴욕대다.)에서 인류학 논문을 주제로 연구를 하던 중에 나는 그날 교수님이 해준 말이 절반만 사실이고 나머지 절반은 거짓이라는 걸 알게 되었다. 그렇더라도 교수님의 창작에 대한 공로는 인정해 드려야 할 것 같다. ("만점이다." 어머니 에이전시의 영국인 로맨스 소설가 필리파 스티븐스라면 그렇게 말했을 것이다.) 여러분도 이걸 잘 읽고 이론을 파헤쳐 보길 바란다. 채 오십도 안 된 해리 외삼촌은 완전히 정신이 나간 반면에 팔십 대의 마틴 버켓은 즉석에서 창의성을 발휘해 곤경에 빠진 사내아이를 도와주었다. 캐서롤 한 개와 기괴한 이야기를 가슴에 품고 초대도 없이 불쑥 나타난 나를 말이다.

교수님의 설명에 따르면 쿠드 의식은 티베트와 네팔 불교 종파에서 행해지던 의례라고 한다. (사실임.)

그들 종파는 이 의식을 통해 완전한 무(無)의 감각에 이름으로써 마음의 평온과 영적 명료함을 얻고자 했다. (사실임.)

또한 내면의 악마는 물론, 외부에서 침입한 초자연적 존재들과 싸우는 데에도 도움이 된다고 여겨졌다. (확실하지 않음.)

"그런 점에서 네겐 안성맞춤이지, 제이미. 모든 가능성을 다 감안한 대책이니까."

"테리올트가 실재하지 않고 제가 미친 경우라고 해도 효과가 있을 거라는 말씀이시군요."

교수님이 교직 생활 동안 완벽하게 연마했을 법한 비난과 조바심이 섞인 눈빛을 보냈다.

"미안하지만 잠자코 좀 들으렴."

"죄송해요."

나는 차를 두 잔째 마시고 있었고 묘한 기분이 들었다.

버켓 교수님은 이제 다져놓은 포석 위로 가공의 영역에 대한 이야기를 시작하려는 참이었다. 나로서는 현실과 별반 다를 게 없는 영역이었지만 말이다. 쿠드 의식은 특히 고산 국가 불교도들이 설인으로도 알려진 예티를 맞닥뜨렸을 때 유용하게 쓰던 방법이라고 교수님은 말했다.

"설인이 진짜 있다고요?"

내가 물었다.

"테리올트의 경우를 보면 나도 뭐라 확답할 수는 없어. 하지만 (네가 테리올트의 존재를 믿듯) 티베트인들도 설인의 존재를 믿었다는 말은 할 수 있지."

교수님은 예티와 맞닥뜨릴 만큼 불운한 사람이라면 쿠드 의식이 관여해서 이겨내지 않는 이상 평생 예티에 시달렸을 것이라고 말을 이었다.

여러분도 알겠지만 올림픽에 헛소리 종목이 있었다면 버켓 교수님은 방금 한 말로 심판들에게 전원 만점을 받았을 것이다. 그러나 나는 고약한 상황에 맞닥뜨린 열세 살 어린애였다. 즉, 나는 그 말을 덜컥 믿었다는 뜻이다. 버켓 교수님의 말에 어떤 의도가 있는지 조금이라도 생각을 했더라면 (내겐 분명 그런 생각을 한 기억이 없다.) 그런 말을 믿지 않았을 것이다. 여러분은 나의 처지가 너무나 절박했다는 점을 유념해야 한다. 당시 내가 예상했던 최악의 상황은 케네스 테리올트, 일명 텀퍼가 평생 나를 따라다니는 (교수님의 표현을 빌자면 그자의 환영에 시달리는) 것이었다.

"어떻게 하는 거죠?"

내가 물었다.

"아, 너도 마음에 들 거다. 내가 선물한 무삭제판 동화책의 이야기와 비슷해. 그 책의 이야기들처럼 너와 악마가 상대의 혀를 무는 방식으로 서로 결속하는 거지."

교수님은 어쩐지 즐기는 듯이 말했다. *마음에 들 거라니? 내가 어째서 그런 걸 마음에 들어 하겠는가?*

"일단 결속이 이루어지면 너와 악마의 의지가 한판 대결을 펼친단다. 그렇게 텔레파시를 통해 싸움을 벌이는데, 아무래도 서로 혀를 물고 있는 상태에서는 대화가 어려울 테니까 말이야. 먼저 물러나는 쪽이 모든 힘을 승자에게 뺏겨버리지."

나는 입을 떡 벌린 채로 교수님을 바라보았다. 나는 줄곧 예의 바르게 굴어야 한다고 교육받으며 자랐다. 어머니의 고객들과 지인들이 있는 자리에서는 특별히 더 신경을 썼다. 하지만 순간 나는 너무 역겨워진 나머지 그런 사교적 배려를 챙길 여력이 없었다.

"제가 그자와 (뭐가 어째?) 프렌치 키스를 할 거라 생각했다면 교수님은 제정신이 아니세요! 무엇보다 죽은 자인데, 이해 못 하시겠어요?"

"안다, 제이미. 그건 알고 있어."

"게다가 도대체 무슨 수로 그자를 의식에 끌어들여요? 뭐라고 말을 할까요? '켄, 자기 이리 와서 나한테 혀 좀 집어 넣어 줘' 그래요?"

"말 끝났니?" 버켓 교수님의 점잖은 목소리는 다시 한번 나를 교실에서 가장 멍청한 학생이 된 기분이 들게 만들었다. "혀를 문다는 부분은 상징적인 의미일 거다. 빵 조각과 와인 몇 모금으로 예수님이 제자들과 함께 한 최후의 만찬을 상징하듯이 말이지." 나는 교회 신자가 아니라서 그게 무슨 뜻인지 알아듣지 못했기 때문에 잠자코 입을 다물고 있었다. "내 말을 들으렴, 제이미. 집중해서 잘 들어."

나는 교수님의 말에 내 목숨이 달리기라도 한 듯이 경청했다. 그때는 그렇게 믿었기 때문이었다.

39

내가 떠날 채비를 하자 (나는 다시금 예의를 되찾고 교수님께 감사하다는 인사도 잊지 않았다.) 교수님은 버켓 부인이 혹여 별다른 말을 남기지 않았는지 물었다. 그 말은 반지가 있는 장소를 일러준 것 외에 또 다른 말을 했는지 묻는 것이었다.

사람들은 열세 살쯤 되면 여섯 살 때 있었던 일을 대부분 잊어버리게 마련이다. 반평생이 훌쩍 지난 옛 기억이니 그럴 수밖에! 하지만 나는 그날의 일을 아무 문제 없이 기억해낼 수 있었다. 버켓 부인이 내 초록색 칠면조를 어떻게 폄하했는지 말씀드릴 수도 있었지만 교수님의 흥미를 끌 만한 이야기는 아니었다. 교수님이 알고 싶은 건 부인이 내게 한 말이 아니라 교수님 *자신*에 대해 한 말이었다.

"저희 엄마를 안고 계시는 걸 보더니 교수님이 담배로 엄마 머리카락을 태우겠다고 하셨어요. 그러자 교수님 담배에 엄마 머리카락이 탔죠. 담배는 끊으셨나 봐요, 그렇죠?"

"하루에 세 대만 피우기로 했어. 젊었으면 안 줄일 텐데, 더 피울 수 있어도 세 대면 내가 피우고 싶은 만큼 피우는 것 같아. 또 다른 말은 없었고?"

"음, 한두 달만 지나면 교수님이 어떤 여자분이랑 점심 약속을 잡을 거라고 하셨어요. 아마 데비인가 다이애나인가 그 비슷한 이름이었던 것 같은데······."

"돌로레스? 돌로레스 마고완이었니?"

교수님은 생기를 되찾은 눈빛으로 나를 바라보았다. 나는 불현듯 이 이야기로 대화를 시작할 걸 그랬다는 생각이 들었다. 그랬으면 교수님이 내 능력을 믿게 만드는 데 크게 일조했을 것이다.

"아마 그런 것 같아요."

교수님은 고개를 가로저었다.

"모나는 항상 내가 그 여자에게 한눈을 파는 줄 알더구나. 도대체 그 이유를 알 수가 있어야 말이지."

"양 연고 이야기도 하셨는데 부인 손에······."

"라놀린이야." 교수님이 말했다. "부은 관절에 바르는 거였어. 기가 막히는구나."

"또 한 가지 더 있어요. 교수님이 항상 등 쪽의 바지 고리를 빼먹고 안 끼운다고 하셨죠. '이젠 누가 해주려나?'라고 안타까워했던 것 같아요."

"세상에." 교수님이 나직이 말했다. "하느님 맙소사. 제이미."

"아, 그리고 부인이 교수님께 키스했어요. 볼에."

가벼운 입맞춤에 불과했고 수년 전의 일이었지만 그게 결정적이었다. 교수님 또한 내 능력을 믿고 싶지 않았을까 싶다. 모든 걸 다 믿지는 않더라도 부인에 대해서는, 그 키스는 믿고 싶었을 것이다. 부인이 거기 있었다는 걸.

나는 그렇게 유리한 고지를 점하고 교수님의 집을 나섰다.

40

나는 귀갓길에도 줄곧 (그때쯤에는 이미 버릇이 되어서) 테리올트에 대한 경계를 늦추지 않았지만 그자의 모습은 어디에도 찾아볼 수 없었다. 아주 좋은 징조였으나 사실 놈이 영원히 사라졌으면 하는 바람은 포기했다. 놈은 언제든 나타날 수 있는 불쾌한 존재였다. 나는 그저 내가 대비하고 있을 때 놈이 나타나기를 바랄 뿐이었다.

그날 밤, 버켓 교수님에게서 이메일이 하나 왔다. *조사를 좀 하다가 흥미로운 걸 발견했어. 너도 관심이 있을 것 같았다.*라는 내용이었다. 첨부된 파일이 세 개 있었다. 셋 다 리지스 토머스의 마지막 책에 대한 리뷰였다. 교수님은 내가 스스로 결론에 이를 수 있도록 당신의 관심을 끈 대목에 강조 표시를 해두었다. 나는 의도대로 했다.

《타임스 북 리뷰》: '리지스 토머스의 마지막 작품은 언제나처럼 섹스와 늪지대를 누비는 모험이 뒤죽박죽이지만 문체는 전작들보다 예리해졌다. 군데군데 진정한 필력이 번뜩인다.'

《가디언》: '비록 로아노크의 미스터리를 (확신을 갖고 기대하며) 오랫동안 기다려온 독자들에게는 별로 놀라울 일이 아니지만 토머스의 서사적 목소리는 풍부한 해설이 열렬하고 때로는 익살스러운 성적 접촉과 번갈아 등장하면서 이전 작품에서보다 훨씬 생기가 넘친다.'

《마이애미 헤럴드》: '인물 간의 대화가 딱딱 맞아떨어져 매끄럽게 전개되며, 호색적인 농담이나 판타지 같던 로라 굳휴와 퓨리티 베탄코트의 레즈비언 정사도 이번에는 사실감 있고 감동적으로 그려진다. 아주 훌륭한 마무리였다.'

어머니에게 (너무 많은 의문을 낳을 것이 자명한) 그 리뷰들을 보여줄 수는 없었지만 분명 어머니도 직접 그 평들을 읽고 나와 마찬가지로 기뻐하셨으리라 짐작했다. 어머니의 대필은 들키지 않았을 뿐만 아니라 오히려 몹시 퇴색한 저자의 명성이 빛을 발하게 만들었던 것이다.

나는 케네스 테리올트가 나타난 이래로 몇 주 몇 달간 수많은 밤을 슬프고도 두려운 마음으로 잠자리에 들어야 했다. 하지만 그날은 몇 안 되는 예외 중 하나였다.

41

그해 남은 여름 동안 그자를 몇 번이나 봤는지 확실히 기억 나지 않는데 그게 무슨 의미인지는 여러분도 잘 알 것이다. 혹시 모를까 봐 쉬운 말로 알려주겠다. 내가 놈에게 익숙해졌다는 뜻이다. 리즈 더튼의 자동차 트렁크 바로 옆으로 내게 닿을 만큼 가까이 다가와 섰던 그 날, 놈을 처음 만났던 그때의 나라면 절대 믿지 못할 일이었다. 열린 엘리베이터 안에서 어머니가 암에 걸렸다 말하며 너무나 기쁜 소식인 듯 미소를 짓던 놈과 맞닥뜨렸을 때의 나라면 어림없었다. 하지만 익숙해지면 얕보기 쉽다는 말이 있다. 그게 바로 내 경우를 두고 하는 말인 것 같다.

놈은 내 옷장이나 침대 밑에서 나타난 적이 한 번도 없었는데 확실히 그 덕이 컸다. (어린 시절에는 그런 데서 괴물이 도사리고 있다가 발이나 손을 잡아챈다고 굳게 믿었기 때문에 놈이 나타나기에 그보다 끔찍한 장소는 없었을 것이다.) 그해 여름에 나는 『드라큘라』를 읽었다. 실은 소설이 아니라 '포비든 플래닛*'에 가서 구입한 끝내주는 그래픽노블이었고 거기 나오는 반 헬싱의 말에 따르면 뱀파이어는 불러들이지 않는 한 올 수 없다고 한다. 뱀파이어가 정말 그렇다면 다른 초자연적 존재들도 마찬가지일 것이다. 적어도 열세 살의 나는 그게 당연하다 생각했다. 다른 모든 유령들은 며칠이 지나면 사라지게 마련인데 테리올트의 몸에 깃든 존재가 그렇게 되지 못하게 막고 있는 것이었다. 나는 작가인 스토커 씨가 그냥 지어낸 말인가 싶어서 위키피디아를 찾아봤지만 그렇지 않았다. 수많은 뱀파이어 전설에 실제로 나오는 이야기였다. 이제 (나중에!) 보니 상징적 의미를 이해할 수 있을 것 같다. 우리는 자유 의지를 가진 존재이므로 악을 불러들이기로 마음을 먹어야 악이 깃든다.

그리고 또 다른 이유가 있다. 놈이 나를 향해 손가락을 까딱거리는 행동을 거의 안 하게 되었기 때문이다. 여름 내내 놈은 멀찍이 서서 나를 바라보기만 했다. 놈이 내게 손짓하는 걸 봤을 때조차도 이젠 그냥 우스웠다. 그 언데드 씨발놈을 뭐라고 표현해보라고 하면 나는 '웃기는 놈'이라고 말할 것이다.

어머니는 나와 함께 메츠의 경기를 보러 가려고 타이거스와 경기가 있는 8월 마지막 일요일 표를 샀다. 메츠가 대패했지

---

* Forbidden Planet. 공상과학 소설, 만화책 DVD와 각종 기념품 등을 판매하는 서점.

만 나는 어머니가 출판업자 친구에게 얻은 엄청나게 좋은 자리에 반해 전혀 개의치 않았다. (사람들이 흔히 생각하는 것과는 달리 저작권 대리인도 친구가 있다.) 우리 자리는 3루 쪽 앞에서 두 번째 줄 관람석이었다. 내가 테리올트를 본 건 메츠가 아직 타이거스를 바짝 추격하던 7회 시작 전이었다. 핫도그 아저씨를 찾으려고 두리번거리다 다시 경기장을 바라보니 내 친구 팀 퍼가 3루쪽 코치 박스 근처에 서 있었다. 늘 그랬듯 카키색 바지, 왼쪽이 피로 흥건히 젖은 티셔츠, 피가 튄 유서까지 변함없는 모습이었다. 누가 체리 폭탄을 터뜨려 놓은 것처럼 쩍 벌어진 머리가 씨익 미소를 지었다. 그리고 여러분이 예상하듯 나를 향해 손을 흔들고 있었다.

타이거스 내야에서 이리저리 날아다니던 공을 (내가 테리올트를 포착한 직후에) 3루에 있던 유격수가 받아 던졌는데 정말이지 터무니없이 빗나갔다. 사람들은 언제나처럼 함성을 지르고 야유를 쏟아냈다. *잘하는 짓이다, 애송아. 우리 할머니가 던져도 그것보다 낫겠다.* 하고 말이다. 하지만 나는 손톱이 손바닥에 박힐 지경이 되도록 두 손을 꼭 맞잡고 꿈쩍도 하지 않았다. 유격수는 테리올트를 (봤더라면 비명을 지르며 외야로 뛰쳐나왔을 테니) 보지 못했지만 분명 *느꼈던* 것이다. 나는 그걸 알 수 있었다.

그뿐만이 아니었다. 3루 코치는 공을 가지러 가려다 뒤로 물러서더니 더그아웃으로 공이 굴러 들어가도록 내버려 두었다. 공을 가지러 갔더라면 내 눈에만 보이는 그놈의 바로 옆까지 갔다 와야 할 상황이었다. 유령 영화에서처럼 섬뜩한 기운을 느꼈던 걸까? 그렇지는 않았을 것이다. 아주 짧은 순간에 온 세상이 부들부들 떨리는 기운을 느꼈겠지. 기타 줄처럼 진동을 느꼈을 것이다. 나로서는 충분히 그런 추측이 가능했다.

어머니가 물었다.

"괜찮니, 제이미? 일사병 걸린 건 아니지?"

"괜찮아요." 나는 그렇게 대답하고서 두 손을 꼭 쥐었다. "핫도그 아저씨 보셨어요?"

어머니는 목을 쭉 빼고 이리저리 둘러보더니 가장 가까이에 있던 핫도그 장사꾼을 향해 손을 흔들었다. 나는 그 틈을 타서 케네스 테리올트에게 손가락 욕을 먹였다. 웃고 있던 놈이 치아를 한껏 드러내며 으르렁거렸다. 그런 다음 상대 팀 더그아웃으로 걸어 들어갔다. 필드에 나오지 못하고 벤치에 앉아있던 선수들은 영문도 모른 채 몸을 뒤척이며 놈에게 공간을 내어주었다.

나는 미소를 지으며 의자 깊숙이 기대어 앉았다. 십자가나 성수가 아니라 가운데 손가락을 올려서 놈을 처발랐다는 생각을 하게 될 줄 몰랐지만 슬며시 그런 생각이 들었다.

9회 초에 타이거즈가 7점을 내면서 가망이 없어지자 사람들이 자리를 뜨기 시작했다. 어머니는 더 남아서 마스코트 '미스터 멧 대시'를 보겠냐고 물었지만 나는 고개를 가로저었다. 대시 부부 마스코트는 어린애들이나 좋아한다. 나도 좋아했던 때가 있었다. 리즈가 나타나기 전, 제임스 매켄지 씨발놈이 폰지 사기로 우리 돈을 빼앗아 가기 전, 심지어는 모나 버켓 부인이 칠면조는 초록색이 아니라고 매몰차게 말하기도 전의 일이다. 그때만 해도 어려서 세상일이 내 뜻대로 되는 줄만 알았다.

그때가 너무나도 아득히 느껴졌다.

42

여러분은 당시에 내가 한 번도 자문해본 적 없는 질문을 떠올리고 있을 것이다. *왜 하필 나일까? 어째서 제이미 콘클린일까?* 나도 나중에야 그런 의문을 품었지만 답을 알 수 없었다. 추측만 할 뿐이다. 아무래도 나는 남들과 달랐고 테리올트의 껍데기를 쓴 그것은 나의 그런 점이 싫어서 해치려고, 가능하다면 나를 없애버리고 했었구나 싶다. 나더러 미쳤다고 하겠지만 나의 무언가가 놈을 *불쾌하게* 만들었겠지. 다른 이유가 있을지도 모른다. 어쩌면 — 혹시 — 쿠드 의식은 이미 시작된 게 아닐까 싶은 생각이 들었다.

일단 거기까지 생각이 미치고 나니 도저히 머릿속에서 떨쳐낼 수가 없게 되었다.

앞서 말했듯이 그저 추측을 해보자. 놈이 이러는 데는 그간 내가 알 수 없었던 만큼 전혀 예상 밖의 이유가 있을 것이다. 어떤 괴이한 이유가. 처음에 밝혔듯, 이 이야기는 공포물이다.

43

나는 여전히 테리올트가 두려웠지만 버켓 교수님의 의식을 거행할 기회가 생겼을 때 겁먹고 달아날 정도는 아니었다. 그저 준비가 필요할 뿐이었다. 다시 말해 길 건너편이나 시티 필드 경기장의 3루 근처가 아니라 테리올트를 바로 마주할 수 있어야 했다.

10월의 어느 토요일에 기회가 찾아왔다. 나는 학교 애들 한 무리와 어울려 터치 풋볼을 하러 그로버 공원에 가려던 참이었다. 밤늦게까지 필리파 스티븐스의 최신작을 읽다가 잘 거라는 어머니의 쪽지가 눈에 띄었다. 나는 얼른 아침을 먹고 커피를 반 잔 남짓 마셨다. 뇌진탕이나 팔이 부러질 일 없이 친구들과 재미있게 시간을 보낸 다음에 아무리 늦어도 두 시에는 집에 돌아오려고 했다. 어머니가 챙겨둔 점심값을 조심스럽게 주머니에 집어넣었다. 쪽지 끝에 추신이 있었다. '햄버거에 들어간 양상추 조각도 좋으니까 초록색으로 된 걸 좀 먹으라고 말해도 소용이 없으려나?'

아무래도, 엄마, 그렇겠죠.

나는 치리오스 시리얼을 가득 부으며 생각했다. 그리고 (후 딱) 한 그릇을 비웠다.

아파트를 나설 때만 해도 테리올트 생각은 전혀 하지 않았다. 놈의 등장이 차차 뜸해지면서 내게는 다른 것들을 생각할 여유가 생겼다. 주로 여자애들이었다. 나는 엘리베이터로 향하는 복도를 걸으며 유독 발레리아 고메즈의 생각에 빠져있었다. 테리올트는 내 생각을 꿰뚫어 볼 수 있는 걸까? 그래서 자신이 아닌 다른 생각만 하는 걸 눈치채고 내게 접근하기로 마음먹은 것일까? 낮은 수준의 텔레파시 같은 능력인가? 그렇다 해도 나로서는 알 수 없는 영역이었다.

나는 발레리아가 터치 풋볼 경기에 올지 궁금해하며 엘리베이터 버튼을 눌렀다. 발레리아와 남매지간인 파블로가 경기에 참가하니까 같이 올 가능성이 컸다. 나는 공을 가로채서 높이 들고 상대 선수들을 피해 엔드 존으로 질주하는 백일몽에 빠졌다. 그래도 이제는 버릇이 된 나머지 엘리베이터가 도착하자 잊지 않고 뒤로 물러섰다. 엘리베이터는 비어있었다. 나는 1층 로비를 눌렀다. 엘리베이터가 내려갔고 문이 열렸다. 로비 짧은 복도 끝에는 안에서 잠글 수 있는 문이 있다. 건물의 자그마한 현관인 셈이다. 문은 잠겨 있지 않아서 우체부가 드나들며 우편물과 소포를 들여놓을 수 있었다. 만약 테리올트가 문밖에 있었다면 나는 그때처럼 하지 못했을 것이다. 그런데 그자는 문밖이 아니라 안, 복도 끝에서 내일이 없는 놈처럼 한껏 미소를 짓고 있었다.

테리올트는 제 깐에 예언인 양 헛소리를 주절대기 시작했는데 내가 발레리아가 아니라 놈에 대해 생각하고 있었더라면 아마도 그 자리에 얼어붙어 서버렸든지 엘리베이터에 도로 타서 사력을 다해 닫힘 버튼을 눌렀을 것이다. 하지만 나는 한창 꾸고 있던 발레리아에 대한 판타지를 깨버린 테리올트에게 화가 났다. 그리고 캐서롤을 들고 갔던 날 버켓 교수님이 해준 이야기 외에는 아무것도 떠오르지 않았다.

"쿠드 의식에서 혀 깨물기는 적을 만나기 전에 행하던 예식 중 하나에 불과해." 교수님이 말했다. "그 외에도 많지. 마오리족은 적을 만나면 함성을 지르는 워 크라이 춤을 춘단다. 일본의 가미카제 조종사들은 마법의 술이라고 믿는 사케를 서로 나누어 먹고 목표지점을 찍은 사진에 대고 건배를 했지. 고대 이집트에서는 전쟁 중인 가문의 구성원들끼리 칼이나 창, 활 등의 무기를 꺼내 들기 전에 서로의 이마를 때리는 예식이 있었단다. 스모 선수들도 서로의 양어깨를 두드린단 말이야. 모든 예식이 이 의미로 귀결되지. *너와의 전투를 받아들이며 이 전투에서 우리 중 하나는 이기게 될 것이다.* 다시 말하자면 제이미, 혀를 내밀 필요 없어. 그냥 네 악마를 붙잡고 필사적으로 버텨."

나는 얼어붙지도 않고 뒷걸음질도 치지 않았다. 대신 오랫동안 보지 못했던 친구를 껴안으려는 사람처럼 두 팔을 벌리고 아무 생각 없이 앞으로 달렸다. 비명을 질렀는데 1층 아파트에 사는 사람들 중 누구도 밖에 나오지 않은 걸 보면 아마 머릿속으로 비명을 질렀다고 믿은 모양이다. 테리올트의 미소가 (언제나처럼 치아와 볼 사이로 시커먼 핏덩어리를 드러내며 만개하던 놈의 미소가) 싹 가시더니 놀랍게도 굉장한 광경이 벌어졌다. 놈이 나를 두려워했다. 놈은 현관문을 등진 채로 뒷걸음질 쳤지만 안쪽으로 열리는 문이었기 때문에 그 자리에서 옴짝달싹 못 하게 되었다. 나는 놈을 붙잡았다.

이후 일어난 일을 제대로 묘사할 수는 없을 것 같다. 나보다 훨씬 더 재능있는 작가라야 가능하겠지만 내가 할 수 있는 최선을 다해보겠다.

내가 기타 줄처럼 세상이 흔들리는 진동에 대해서 말한 적이 있는데 여러분은 기억하고 있을지 모르겠다. 테리올트라는 껍데기와 놈을 둘러싼 주변의 모든 것이 진동했다. 내 치아는 물론 안구까지 떨리는 걸 느낄 수 있었다. 오직 테리올트의 *내*부만 달랐다. 테리올트를 그릇으로 삼고 들어앉은 그것은 테리올트가 세상과의 연결고리가 썩어 없어진 유령들이 가야 할 곳으로 가지 못하게 막고 있었다.

그건 아주 사악한 존재였고 내게 자길 놓으라고 소리치고 있었다. 아니면 테리올트를 놓으라는 말이었을 것이다. 어쩌면 아무런 차이가 없지 않았을까. 그 존재는 내게 미친 듯이 화를 내면서도 나를 두려워했다. 하지만 대체로 놀란 눈치였다. 내게 붙잡히리라고는 전혀 예상치 못했기 때문일 것이다.

그자는 빠져나가려 애썼고 테리올트가 문에 꼼짝없이 가로막혀있지 않았더라면 달아나버렸을지도 모른다. 분명 달아나버렸겠지. 나는 깡마른 체구의 소년이었고 테리올트는 나보다 13센티미터는 훌쩍 더 큰 키에 못 해도 45킬로그램은 더 나가는 몸이었다. 살아있었다면 그랬겠지만 테리올트는 죽은 존재였다. *살아있는 건 테리올트의 몸 안에 있는 그것이었다.* 그것은 내가 예전에 가게 앞에서 테리올트에게 질문에 대한 답을 강요하던 순간에 들어간 것이 틀림없었다. 진동이 더욱 심해졌다. 진동은 바닥에서부터 올라오고 천장에서부터 내려와 합류하고 있었다. 머리 위에 있던 전등이 흔들리면서 그림자가 넘실거렸다. 벽들이 좌우로 기어가는 것처럼 보였다.

"이거 봐." 테리올트의 목소리마저 떨렸다. 마치 기름 종이를 빗 한쪽 면에 붙여 입으로 불 때 나는 소리 같았다. 테리올트가 양팔을 벌리더니 내 등을 후려쳤다. 즉시 숨쉬기가 힘들어졌다. "놓으면 숨 쉬게 해주겠다."

"싫어." 나는 그렇게 말하고 놈을 더욱 꼭 껴안았다. *이거야.* 나는 생각해냈다. *이게 쿠드야. 지금 나는 뉴욕 우리 아파트 건물에서 악마와 사투를 벌이고 있는 거야.*

"네 숨통을 끊어버릴 테다." 놈이 말했다.

"넌 못 해."

나는 내 생각이 맞기를 바라며 맞받아쳤다. 아직 숨을 쉴 수 있었지만 굉장히 가쁜 호흡이었다. 나는 테리올트의 안을 들여다볼 수 있겠다는 생각에 이르렀다.

어쩌면 진동 때문이었을 것이다. 세상이 예민한 와인잔처럼 폭발하기 일보 직전이라는 느낌이 만들어낸 환각을 본 것일지도 모른다. 하지만 나는 그렇게 생각하지 않는다. 들여다본 그것 속에는 내장이 아니라 빛이 있었다. 밝음과 어두움이 공존하는 빛. 이 세상의 것이 아니었다. 끔찍했다.

그렇게 서로를 껴안고 선 채로 얼마나 지났을까? 5시간 같기도 했고 고작 90초 같기도 했다. 여러분은 5시간이라니, 그건 불가능하다고 하겠지. 누군가 그 자리에 나타났을 거라고. 하지만 내 생각에…… 거의 *확신하건대*…… 우리는 시간을 초월해 있었다. 확실히 말할 수 있는 건 승객이 내리고 나서 5초 상간에는 닫혀야 할 엘리베이터 문이 닫히지 않았다는 점이다. 나는 테리올트의 어깨너머로 문 유리에 반사된 엘리베이터의 모습을 볼 수 있었고 엘리베이터 문은 내내 열려있었다.

마침내 놈이 말했다.

"놔 줘. 그러면 다시는 돌아오지 않겠다."

물론 여러분도 알겠지만 굉장히 구미가 당기는 제안이었다. 교수님이 이런 경우에 대비시키지 않더라면 놈의 제안대로 했을 것이다.

놈이 흥정을 걸려고 할 거야. 교수님은 말씀하셨다. *흥정을 하지 마.*

그리고 교수님은 내가 어떻게 할지도 일러주셨다. 어쩌면 속으로 내가 정작 대면해야 하는 건 무슨 신경증이나 콤플렉스, 또는 사람들이 뭐라고 부르는 심리학적 증상이라고 생각하셨겠지.

"그것 가지곤 어림도 없어."

나는 그렇게 말하고 껴안은 팔을 풀지 않았다.

테리올트의 속을 점점 더 잘 볼 수 있게 되면서 나는 그가 정말로 유령이라는 걸 깨달았다. 아마 죽은 이들이 다 그럴 텐데 단지 나는 그들을 고형의 존재로 인식하고 있었던 것이다. 놈의 실체가 없어질수록 그 어두운 빛(죽은 빛)이 더 밝아졌다. 그게 무엇인지는 전혀 알 수 없었다. 나는 그저 내가 그걸 붙잡고 있다는 것만 알았다. 옛말에도 있듯이 호랑이 꼬리를 잡고 있는 자는 감히 놓을 생각을 못 하는 법이다.

테리올트의 안에 있는 존재는 세상 어느 호랑이보다 사악했다.

"원하는 게 뭐냐?"

놈이 헐떡였다. 놈의 몸속에는 숨결이 남아있지 않았다. 있었다면 분명 내 뺨과 목을 통해 느껴질 텐데 놈은 연신 헐떡이고만 있었다. 어쩌면 나보다 상태가 더 나빴던 것 같다.

"네가 날 괴롭히지 않는 걸로는 부족해."

나는 심호흡을 했다. 그리고 버켓 교수님이 연적을 쿠드 의식으로 끌어들이게 되면 하라고 시킨 대로 말했다. 온 세상이 떨고 있음에도 불구하고, 비록 놈이 나를 죽음의 손아귀로 몰고 있는 순간에도, 나는 그 말을 하게 되어 기뻤다. 엄청난 희열을 느꼈다. *전사의 희열이었다.*

"이제 내가 널 괴롭히겠어."

"안 돼!"

놈이 더욱 강한 힘으로 조여왔다.

이제 초자연적인 홀로그램의 형상에 불과한 테리올트의 몸이 나를 바짝 밀어붙였다.

"안 되긴." 버켓 교수님은 기회가 되면 할 수 있는 다른 말도 일러주었다. 나중에 알고 보니 그건 유명한 유령 이야기의 개정판 제목이었고 그래서 상황에 아주 잘 들어맞았다. "오, 내가 휘파람을 불 테니 너는 내게로 오라, 친구여."

"안 돼!"

놈이 발버둥을 쳤다. 불쾌하게 활개 치는 불빛에 토할 것 같은 기분이 들었지만 나는 참아냈다.

"돼. 내가 원할 때마다 실컷 괴롭혀주마. 수락하지 않으면 네가 죽을 때까지 붙잡고 있지 뭐."

"나는 죽을 수 없는 존재야! 하지만 넌 죽을 수 있지!"

그건 의심할 여지 없는 사실이었지만 그 순간 나는 어느 때보다도 강해진 느낌이었다. 게다가 죽은 빛이 이 세상에 머물도록 발판 역할을 하는 테리올트도 시시각각 사라져가고 있었다.

나는 아무 대꾸도 하지 않았다. 대신 놈을 꼭 안았다. 테리올트도 나를 껴안았다. 그렇게 시간이 흘렀다. 몸에 한기가 들면서 발과 손에 감각이 없어졌지만 나는 버텼다. 할 수 있다면 영원히 놈을 붙잡고 있을 심산이었다. 테리올트의 몸에 깃든 존재는 무서웠지만 놈은 꼼짝없이 내 손에 붙잡혔다. 물론 나도 붙잡힌 몸이다. 그게 이 의식의 본질이다. 내가 놈을 풀어주면 놈이 이긴다.

결국 놈이 입을 열었다.

"네 조건을 수락하겠어."

나는 팔을 아주 조금만 느슨하게 풀었다.

"너 지금 거짓말을 하는 거냐?"

여러분은 바보 같은 질문이라고 하겠지만 바보 같은 질문이 아니다.

"거짓말 못 해." 놈은 약간 신경질적으로 대답했다. "못 한다는 것 너도 알잖아."

"다시 말해. 수락한다고."

"네 조건을 수락한다."

"내가 널 괴롭힐 수 있다는 거 알지?"

"알아, 하지만 나는 너 따윈 무섭지 않아."

용감하게 말했지만 이미 알다시피 테리올트는 자기가 원하면 (그것이 원하면) 얼마든지 거짓 진술을 할 수 있었다. 진술은 질문에 대한 답이 아니다. 그리고 두렵지 않다고 말하는 이들

의 말은 늘 거짓이기 마련이다. 그건 나이 들어서 차차 알게
되는 것이 아니었다. 나는 열세 살에 이미 알고 있었다.

"너 내가 무섭구나?"

내 말을 듣자 테리올트는 신맛이 나는 불쾌한 뭔가를 먹는
사람처럼 특유의 일그러진 표정을 지었다. 이 씨발놈에게는
진실을 말하는 게 그다지도 불쾌한 느낌인 것 같았다.

"그래. 넌 딴 놈들과 달라. 넌 *보잖아.*"

"그래서 어떻다고?"

"그래. 난 *네가 무섭다고!*"

좋았어!

나는 놈을 놓아주었다.

"네가 뭐든 간에 여기서 썩 꺼져 어디든 가버려. 그것만 기
억해. 내가 부르면, *넌 온다.*"

테리올트는 몸을 돌려 자신의 왼쪽 머리에 난 구멍을 내게
마지막으로 보였다. 그가 문고리를 잡았다. 그의 손은 문고리
를 통과하면서도 통과하지 않았다. 그 두 가지 일이 동시에 일
어났다. 말도 안 되는, 모순되는 상황이라는 건 나도 안다. 하
지만 그런 일이 일어났다. 내가 목격했다. 손잡이가 돌아갔고
문이 열렸다. 동시에 머리 위의 전등이 꺼졌다. 등에서 유리가
떨어지며 쨍그랑하고 깨지는 소리가 났다. 현관에는 십여 개
의 우편함이 있었는데 그중 절반이 벌컥 열렸다. 테리올트는
피에 젖은 어깨너머로 증오에 찬 눈빛을 남기고 사라졌다. 열

린 현관문 밖으로 테리올트가 계단을 내려가는 모습이 보였다. 달린다기보단 곤두박질쳤다. 배달원으로 보이는 남자가 자전거를 타고 앞을 지나가다 균형을 잃고 넘어져 길바닥에 대자로 뻗어버렸다. 남자가 욕을 했다.

나는 죽은 이들이 산 사람에게 영향을 끼칠 수 있다는 걸 안다. 놀랄 일이 아니다. 내가 본 대로라면 그런 영향은 늘 *사소한 것*들이었다. 버켓 교수님이 부인의 키스를 느꼈을 때가 그랬다. 리즈가 자신의 얼굴에 리지스 토머스의 입김을 느꼈을 때도 마찬가지다. 하지만 내가 방금 목격한 (전등이 나가거나, 부서지거나, 진동하던 문고리가 돌아간다거나, 배달원의 자전거가 넘어지는) 일은 완전히 다른 강도의 영향력이었다.

내가 죽은 빛이라고 부르는 존재는 붙잡혀 있는 동안 거의 숙주를 잃을 뻔했지만 놓아주자마자 테리올트를 되찾는 건 물론이고 더욱 강해지기까지 했다. 그 힘의 원천은 분명 나일 텐데 나는 전혀 약해진 느낌이 들지 않았다. (마치 드라큘라 백작이 이동식 간이 식당처럼 이용한 가엾은 루시 웨스턴라 같다고 할까.) 오히려 상쾌하고 활기찬 느낌이 들면서 기분이 최고였다.

놈이 더 강해졌다면, 뭐 어때? 놈은 내 손아귀에 있고, 내 멋대로 할 수 있게 되었다.

이렇게 기분이 좋은 건 리즈가 하교 중이던 나를 태워 테리올트 사냥을 나섰던 그 날 이후 처음이었다. 중병에 걸렸다가 마침내 낫게 된 사람의 기분이 바로 이럴 것이다.

44

나는 2시 15분쯤에 귀가했다. 조금 늦긴 했지만 대-체-어-디-갔-었-니-얼-마-나-걱-정-했-는-데 할 정도로 늦은 건 아니었다. 한쪽 팔에 긴 찰과상을 입고 고등학교 애들 중 한 명이 몸으로 밀어붙이는 바람에 바지 무릎이 찢어졌지만 나는 여전히 기분이 끝내줬다. 발레리아는 경기에 오지 않고 발레리아의 여자 친구들 중 둘만 참석을 했다. 그중에 한 애가 하는 말이 발레리아가 나를 좋아한단다. 또 다른 애는 나더러 점심시간에 발레리아와 같이 앉든지 해서 말을 걸어보라고 했다.

세상에, 가능성이 있다!

건물에 들어선 나는 누군지 몰라도 (아마도 건물 관리인 프로벤자 씨일 텐데) 테리올트가 활짝 열어놓고 간 우편함을 모두 닫아놓은 걸 보았다. 좀 더 정확히 말하자면 놈이 현장에서 도망칠 때 열어놓은 우편함이었다. 프로벤자 씨는 깨진 유리도 말끔히 치우고 엘리베이터 앞에 일시 고장 표지판을 걸어두었다. 나는 초록색 칠면조를 손에 쥐고 어머니와 함께 하교하던 날을 떠올렸다. 그날 파크 가의 궁전이라고 부르던 우리 아파트 엘리베이터가 고장 났었다.

망할 놈의 엘리베이터. 그리고 나서 어머니가 또 말했었다. *아가, 넌 못 들은 거야.*

좋은 시절이었다.

계단으로 올라가 집으로 들어서니 어머니는 당신이 평소 독서를 하고 커피를 마시는 거실 창가에 사무용 의자를 끌어다 놓고 앉아있었다.

"막 너한테 전화하려던 참이었어." 어머니는 말끝에 아래로 시선을 옮겼다. "세상에, 그거 새로 산 청바지잖아!"

"죄송해요." 내가 말했다. "덧대서 기우면 되지 않을까요?"

"이 엄마가 기술이 많지만 바느질에는 재능이 없어. 댄디 클리너스*의 아벨슨 부인에게 가져가 봐야지. 점심은 뭐 먹었니?"

"햄버거요. 양상추랑 토마토 든 걸로."

"정말이야?"

"전 거짓말 못 해요."

그렇게 말하고 보니 테리올트 생각이 나서 약간 소름이 돋았다.

"팔 좀 보자. 자세히 보게 이리 가까이 오렴." 나는 어머니에게 다가가 전투에서 얻은 상처를 보여드렸다. "반창고 붙일 필요는 없을 것 같고, 네오스포린은 좀 발라야겠다."

"바르고 나서 ESPN 봐도 돼요?"

"전기가 들어오면 그래도 되겠지. 내가 왜 책상이 아니라 창가에서 원고를 읽고 있겠니?"

---

* 세탁소 겸 옷 수선가게.

"오. 그래서 엘리베이터가 작동을 안 했구나."

"아주 놀라운 추리군요, 홈즈."

그건 어머니가 즐겨 쓰는 문학 농담 중 하나였다. 그런 농담이 수십 개도 넘었다. 아마 수백 개는 될 것이다.

"우리 건물만 정전이야. 프로벤자 씨 말로는 어째서인지 차단기가 다 터져버렸대. 전원 서지라나 뭐라나. 자기도 이런 경우는 처음이라고 하더구나. 밤까지는 고쳐보겠다는데 일단 날이 어두워지면 양초하고 손전등을 켜놓는 게 좋겠어."

테리올트구나.

나는 그렇게 생각했지만 물론 아니었다. 테리올트를 숙주로 삼은 죽은 빛 그것이 한 짓이었다.

전등을 터뜨린 것도, 우편함을 열어놓은 것도, 달아나면서 차단기를 완전히 태워버린 것도 다 그것이 한 일이다.

나는 네오스포린을 찾으러 화장실로 갔다. 화장실 안이 제법 어둡다는 생각을 하며 전등 스위치를 올렸다. 이놈의 습관이란 참.

나는 소파에 앉아서 찰과상 위에 끈적이는 항생물질을 펴바르며 먹통이 된 TV를 바라보았다. 우리 아파트 건물 정도면 차단기가 몇 개나 필요할지, 그리고 그걸 다 태워버리는데 얼마만큼의 전력이 소모될지 궁금해졌다.

휘파람을 불어서 알아볼 수도 있었다. 만약 휘파람을 불면 놈이 제이미 콘클린이라는 친구를 찾아올까? 향후 3년간 운전

면허증도 못 따는 어린애에게 그건 굉장한 권력을 의미했다.

"엄마?"

"왜?"

"내가 여자 친구를 사귀어도 될 만큼 컸다고 생각해요?"

"아니, 아가."

어머니는 원고에서 눈을 한 번 떼지도 않고 답했다.

"언제쯤 여자 친구를 사귀어도 되는 거예요?"

"스물다섯 살 어때?"

어머니가 웃음을 터뜨렸고 나도 같이 박장대소했다. 아마 스물다섯 살쯤 되면 테리올트를 불러서 물 한잔 갖다 달라고 부탁해도 되겠다고 나는 생각했다. 하지만 다시 생각해 보니 그것이 갖다주는 건 뭐든 독일 수도 있겠다 싶었다. 그냥 재미 삼아 그것에게 테리올트의 머리로 물구나무를 서라고 하거나 다리 찢기, 천장 걸어 다니기를 시킬까 보다. 그도 아니면 테리올트가 나타나자마자 그냥 가라고 해도 되겠지. 반갑다고 말하면서. 물론 스물다섯 살까지 기다릴 것 없이 언제든 그럴 수 있지만 내가 원치 않았을 뿐이다. 당분간은 놈을 *나의* 포로로 둘 생각이었다. 그 역겹고 끔찍한 빛이 항아리 속의 반딧불 정도로 쪼그라들었으니 그것이 어떻게 반응할지 두고 볼 심산이었다.

열 시 정각에 전기가 다시 들어오면서 세상 모든 것이 정상으로 돌아왔다.

45

일요일이 되자 어머니는 버켓 교수님이 어떻게 지내시는지도 살피고 캐서롤 접시도 받아올 겸 교수님 댁에 가자는 제안을 했다.

"게다가 하버스 빵집의 크루아상을 좀 사다 드릴 수도 있겠어."

나는 그거 좋은 생각이라고 맞장구를 쳤다. 어머니가 교수님에게 전화를 걸었고 교수님이 우리를 정말 보고 싶어 하셨기에 우리는 걸어서 빵집을 들렀다가 택시를 불러 탔다. 어머니는 우버를 마다하셨다. 우버는 뉴욕답지 않다는 이유였다. 어머니는 *택시*가 뉴욕답다고 했다.

사람이 나이가 들어도 치유의 기적은 끝나지 않는 모양인지 버켓 교수님은 지팡이 두 개에 의지하던 신세에서 한 개로 발전했고 거동도 매우 잘하고 계셨다. 뉴욕시 마라톤 대회를 달릴 정도는 아니지만 (물론 나간 적도 없거니와) 현관에서 어머니와 포옹하고 나와 악수를 나누다가 정면으로 바닥에 고꾸라질 염려를 안 해도 될 정도였다. 교수님은 내게 예리한 눈빛을 보냈고 나는 살짝 고개를 끄덕였다. 그러자 교수님이 미소를 지었다. 우리는 서로가 하는 말을 알아들었다.

어머니는 크루아상과 버터 덩어리, 거기에 딸려온 자그마한 잼 병을 차려내느라 분주하게 움직였다. 우리는 오전의 햇살이 비스듬히 비치는 부엌에서 크루아상을 먹었다. 근사한 한 끼였다. 식사를 마치자 어머니는 남아 있는 캐서롤을 타파웨어에 옮겨놓고 캐서롤 그릇을 씻었다. (나이가 들면 먹는 양이 적어 그런지 캐서롤은 거의 그대로 남아 있었다.) 그릇을 건조대에 올려놓은 어머니가 화장실을 사용하겠다고 양해를 구했다.

어머니가 자리를 비운 틈에 버켓 교수님이 식탁에 앉은 채 내 쪽으로 상체를 숙였다.

"어떻게 됐니?"

"어제 엘리베이터에서 내리는데 현관에 나타났어요. 이것저것 잴 것 없이 그냥 냅다 달려가서 놈을 붙잡았죠."

"거기에 있었어? 그 테리올트가? 그걸 봤니? 그게 느껴졌어?"

아시다시피 교수님은 여전히 내가 헛것을 본다고 생각했기에 내 말에 반신반의했다. 교수님의 얼굴에서 그런 생각을 읽을 수 있었지만 그게 어찌 교수님을 원망할 일이겠는가?

"네. 하지만 그건 더 이상 테리올트가 아니에요. 테리올트 안에 깃든 그것은, 어떤 빛이었어요. 그게 달아나려고 했는데 제가 붙잡았어요. 무서웠지만 놓치면 저한테 해로울 게 뻔했으니까요. 결국 테리올트가 점점 사라지는 걸 보다 못한 그게……."

"사라지다니? 무슨 말이야?"

화장실에서 변기 물 내려가는 소리가 들렸다. 어머니는 손을 씻고 나서야 돌아올 테지만 시간이 그리 많지 않았다.

"교수님이 일러주신 대로 말했어요. 내가 휘파람을 불면 너는 와야 한다고요. 내가 그것을 괴롭힐 차례라고요. 그게 수락했어요. 수락한다고 말하라고 시켰더니 그렇게 말했어요."

교수님이 뭐라고 더 묻기도 전에 어머니가 돌아왔다. 교수님의 얼굴에 난감한 표정이 드러났다. 아직도 그것과의 정면 대결을 내 머릿속의 환상으로 치부하고 있는 것이다. 그렇게 생각할 만하다 싶은 동시에 약간 화딱지가 났다. 교수님은 반지 사건에 토머스 씨의 책에 대해서까지 다 알고 있는 사람이었기 때문이다. 하지만 지금에 와서 당시를 돌아보자니 교수님이 이해된다. 신념이란 뛰어넘기엔 너무 높은 장애물이다. 똑똑한 사람들이라면 신념을 꺾기가 더 어렵다. 똑똑한 사람들은 아는 것이 많다 보니 자기들이 세상만사를 다 안다고 여긴다.

"이제 가야지, 제이미." 어머니가 말했다. "끝내야 할 원고가 있어서요."

"엄만 끝내야 할 원고가 항상 있잖아."

내가 받아치는 말에 어머니는 큰 소리를 내며 웃었다. 맞는 말이었기 때문이다. 읽어야 할 원고 더미는 에이전시 사무실과 우리 집 사무실 두 곳에 언제나 높게 쌓여있었다.

"가기 전에 교수님께 어제 우리 건물에 있었던 일을 얘기해 드리세요."

어머니는 버켓 교수님을 향해 몸을 돌렸다.

"정말 희한한 일도 있죠, 마티. 저희 아파트 건물의 차단기라는 차단기는 다 터져버렸지 뭐예요. 그것도 한꺼번에! 프로벤자 씨라고 관리하는 분 말로는 분명 어디선가 전원 서지가 생긴 탓이래요. 자기도 그런 일은 생전 처음이라면서."

교수님은 깜짝 놀란 눈치였다.

"자네 건물에서만 그랬다고?"

"저희 건물만 그랬다니까요." 어머니가 맞장구를 쳤다. "가자, 제이미. 우리가 가야 교수님이 쉬시지."

집을 나설 때도 들어갈 때와 거의 판박이였다. 교수님이 나를 향해 예리한 눈빛을 보냈고 나는 가볍게 묵례했다. 우리는 서로가 하는 말을 알아들었다.

46

그날 밤에 교수님은 아이패드로 내게 메일을 보냈다. 내 지인 중에서 이메일에 인사말을 쓰는 사람은 교수님이 유일했고 *How r u**나 *ROFL***, *IMHO**** 같은 줄임말 대신 실제 철자

---

* How are you

** rolling on the floor laughing. 바닥을 구를 정도로 웃김.

*** in my humble opinion. 제 짧은 소견으로는.

를 그대로 쓰는 사람도 교수님뿐이었다

제이미에게,

오전에 너와 네 어머니가 가고 난 뒤 이스트포트의 슈퍼마켓에서 발견된 폭탄에 관해 조사를 좀 해보았다. 진작에 찾아본다는 게 이 제야 확인을 했어. 내가 흥미로운 걸 찾아냈단다. 엘리자베스 더튼 은 어떤 뉴스 기사에도 눈에 띄지 않더구나. 대부분의 공로는 폭발 물 제거반한테 돌아갔어. (특히 탐지견들에게, 사람들은 개를 너무 좋 아하니까. 실제로 시장이 메달을 수여한 개가 있을 것도 같아.) 더튼은 '옛 정보원으로부터 제보를 받은 형사'라고만 언급되었지. 폭탄을 성공적으로 해체한 후에 열린 기자회견에도 참석하지 않았다는 점, 공식적으로 표창 하나도 받지 못했다는 점이 이상해. 그런데 직장 은 어떻게든 계속 다니게 된단 말이지. 아마 그게 여자가 원한 보상 의 전부였고 상급자들 모두 그래도 마땅하다고 여긴 것 같구나.

이 문제에 대한 내 조사 자료에다가 네가 테리올트와 정면 대치 할 때 발생한 기이한 정전 사태, 그리고 네가 알려준 다른 사항들을 모두 고려한 결과, 나는 네가 말한 것들을 믿지 않을 수가 없다는 결 론에 이르렀다.

조심하라는 충고를 꼭 덧붙이고 싶구나. 이제는 네가 그걸 괴롭 힐 차례라고 말할 때, 또는 네가 휘파람을 불면 놈이 올 거라고 말할 때 네 얼굴에 드러나던 너의 자신만만한 표정이 나는 탐탁지 않았다. 아마 그것은 네 말을 따르겠지만 **네가 그렇게 하지 않기를 강력히 권한다.** 줄타기를 하는 사람도 줄에서 떨어질 때가 있다. 사자 조련사들도 완전히 길들여졌다고 믿는 고양이에게 해를 당하는 수가 있지. 아무리 말을 잘 듣는 개라도 특정 상황에서는 돌아서서 주인을 물 수 있단다.

내 조언은 말이야, 제이미. 그걸 그냥 내버려 두라는 거다.

만사에 좋은 일만 바라며 당신의 친구,

마틴 버켓 교수 (마티)

추신: 네가 겪은 놀라운 일의 세부 내용을 알고 싶구나. 나를 보러 와준다면 흥미진진한 이야기를 듣고자 한다. 그 일은 성공적으로 마무리된 것 같지만 너는 여전히 어머니에게 부담이 될까 봐 이야기하길 꺼릴 것 같아서 말이다.

나는 즉시 교수님에게 답장을 보냈다. 내 답장은 훨씬 짧았지만 교수님처럼 일반 편지의 형식을 갖추어 썼다.

버켓 교수님께,

그렇게 할 수 있다면 저로서도 매우 기쁘겠습니다. 하지만 수요일이나 되어야 가능해요. 월요일에는 메트로폴리탄 미술관 견학 수업이 있고, 화요일에는 남자 대 여자로 교내 배구 경기가 있거든요. 수요일이 괜찮으시다면 방과 후 세시 삼십 분쯤에 가겠습니다. 그래도 한 시간 정도만 시간을 낼 수 있어요. 어머니에게는 사실대로 교수님 뵈러 가고 싶었다고 말할게요.

당신의 친구,
제임스 콘클린

버켓 교수님은 무릎에 아이패드를 얹고 계셨는지 곧 회신을 하셨다. (옛날 사진이 들어있는 액자가 즐비한 거실에 앉아있을 교수님의 모습이 상상되었다.)

제이미에게,

수요일 좋구나. 세시 삼십 분에 건포도 쿠키를 준비하고 기다리마. 곁들여 마실 음료로는 차와 청량음료 중에 뭐가 좋겠니?

친애하는,
마티 버켓

나는 일반 편지 형식을 갖추지 않고 그냥 *커피 한잔도 괜찮습니다.*라고 썼다. 그러고 나서 생각 끝에 *엄마도 괜찮다고 하*

234

실 거예요.를 덧붙였다. 아주 거짓말은 아니었다. 그러자 교수님은 답으로 엄지손가락을 치켜든 이모티콘을 하나 보내셨다. 나는 그게 제법 멋지다고 생각했다.

이후에 버켓 교수님과 다시 이야기를 나누긴 했다. 하지만 음료도 과자도 없었다. 돌아가신 분에게 그런 것들은 더 이상 쓸모가 없었다.

47

화요일 아침, 교수님은 내게 이메일 하나를 더 보내셨다. 나의 어머니를 비롯해 다른 사람들도 동일한 메일을 받았다.

친애하는 친구 동료 여러분,

불행한 소식을 전하게 되었습니다. 오랜 친구이자 동료, 전 학장인 데이비드 로버트슨이 간밤에 플로리다의 시에스타 키에 있는 실버타운의 자택에서 뇌졸중으로 쓰러져 현재 사라토사 메모리얼 병원에 입원했다고 합니다. 그는 의식조차 회복하지 못한 상태로 살아날 가망이 없다는 진단을 받았습니다. 저는 사십 년 넘게 데이브와 그의 사랑스러운 아내 마리를 알고 지냈기에 그의 아내를 위로하고 장례식에 참석하기 위해서라도 꼭 가 보고자 합니다. 돌아오면 제가 했던 약속을 다시 잡도록 하겠습니다.

저는 당분간 오스프레이의 벤틀리즈 부티크 호텔이라는 (이름도 굉장한!) 곳에 머물게 되었으니 저와의 연락은 그 호텔로 할 수 있으나 직접 이메일을 주고받는 것이 가장 좋겠습니다. 여러분도 거의 다 아시다시피 저는 휴대폰을 갖고 다니지 않습니다. 불편을 끼치게 된 분들께 사과의 말을 전합니다.

마틴 F. 버켓 (명예)교수 올림

"교수님은 고지식하세요."

나는 아침 식사를 하면서 어머니에게 말했다. 어머니는 자몽과 요거트를, 나는 치리오스 시리얼을 먹었다.

어머니는 고개를 끄덕였다.

"그렇지. 이젠 교수님 같은 분도 별로 없어. 그 연세에 죽어가는 친구 곁으로 달려가신다는 게……." 어머니가 고개를 가로저었다. "흔치 않지. 존경할 만해. 그렇게 이메일까지 보내시고!"

"버켓 교수님이 쓰신 건 이메일이 아니에요." 내가 말했다. "편지죠."

"맞아. 하지만 내가 생각했던 거랑 또 달라. 정말이지, 그분 연세에 예약한 일이나 찾아오기로 한 방문객이 몇이나 되겠니?"

음, 하나 있긴 했죠.

나는 속으로 생각할 뿐 입 밖에 꺼내지는 않았다.

48

교수님 친구분의 사망 여부는 모른다. 내가 아는 건 교수님
이 돌아가셨다는 사실이다. 비행기에서 심장마비를 일으켜 비
행기가 착륙할 때는 사망한 채로 자리에 앉아 계셨다. 교수님
의 오랜 친구들 중에는 (마지막 이메일 수신인 목록에 포함되었던) 교
수님의 변호사도 있었는데 그분에게 처음 연락이 갔다. 시신
을 운구해 오는 건 변호사가 맡았지만 이후의 일은 우리 어머
니가 나섰다. 어머니는 사무실을 닫고 장례식을 준비했다. 나
는 그런 어머니가 자랑스러웠다. 친구를 잃은 어머니는 울기
도 하고 슬픔에 빠졌다. 어머니의 친구와 친구처럼 지냈던 나
또한 슬펐다. 리즈가 떠나고부터 교수님이 나의 유일한 어른
친구였던 것이다.

장례식은 파크 가의 장로 교회에서 치렀다. 몇 년 전에 모나
버켓 부인의 장례가 있었던 바로 그 교회였다. 어머니는 장례
식에도 참석하지 않은 (서부에 산다는) 교수님의 딸 때문에 불같
이 화를 냈다. 나중에 나는 단순한 호기심으로 버켓 교수님의
마지막 이메일을 열어 확인했는데 수신인 목록에서도 그녀의

이름은 빠져있었다. 그 메일을 받은 유일한 여성은 나의 어머니, 리처즈 부인(교수님과 친하게 지냈던 파크 가의 궁전 아파트 4층에 사는 노부인), 그리고 혼자가 된 남편이 금방 점심 데이트를 청할 거라고 버켓 부인의 억측을 샀던 돌로레스 마고완이었다.

나는 장례 예배 때 교수님을 찾아보았다. 버켓 부인이 본인 장례식에 참석한 걸 생각하면 버켓 교수님도 자기 장례식이 오지 않을까 해서였다. 교수님은 나타나지 않았다. 하지만 이번에는 우리가 묘지 예배까지 참석을 했고 거기에서 한 비석 위에 앉아있는 버켓 교수님을 보았다. 추모객들로부터 10미터 정도 멀리 떨어져 있었지만 사람들이 하는 말은 들을 수 있는 거리였다. 나는 기도문이 낭독되는 중에 손을 들어 조심스럽게 흔들었다. 손끝을 흔드는 정도에 불과했지만 교수님은 그걸 보고 미소를 짓더니 손을 마주 흔들어 주었다. 교수님은 케네스 테리올트 같은 괴물이 아닌 평범한 죽은 사람이었다. 나는 울음을 터뜨렸다.

어머니가 한 팔로 나를 감싸 안아주었다.

49

그날이 월요일이었다. 그래서 나는 메트로폴리탄 미술관 견학 수업을 아예 가지 못했다. 장례식에 참석하려고 학교를 하루 쉬었고 장례식을 마치고 집으로 돌아와서는 어머니에게 산책을 하고 싶다고 말했다. 생각할 시간이 필요했다.

"네가 괜찮다면…… 그러렴. 제이미, 너 괜찮은 거 맞지?"

"네."

나는 증명이라도 하듯 미소를 지어 보이며 대답했다.

"다섯 시까지는 돌아오렴. 안 그러면 걱정할 거야."

"그럴게요."

문 앞에 이르자 어머니는 내가 기다렸던 질문을 했다.

"거기 오셨었니?"

나는 어머니가 마음 상하지 않도록 거짓말을 할까 싶었지만 오히려 어머니에게 위로가 될지 모른다는 생각이 들었다.

"네. 교회에는 안 오시고 묘지에만요."

"어때…… 보이던?"

나는 사실대로 교수님이 괜찮아 보였다고 말했다. 죽은 이들은 항상 사망 순간에 입었던 차림 그대로이다. 버켓 교수님의 경우에는 갈색 양복이었는데 품이 커 보이긴 해도 내 짧은 소견으로는 제법 멋졌다. 비행기를 타려고 양복을 입었다는 점이 나는 마음에 들었다. 그 또한 그분의 고지식함을 보여주는 하나의 예일 것이다. 그리고 교수님은 지팡이를 짚고 있지 않았는데 아마 돌아가실 때 지팡이를 쥐고 있지 않으셨거나 심장마비가 왔을 때 손에서 놓쳤기 때문이 아닐까 싶었다.

"제이미? 산책 가기 전에 이 늙은 엄마 한번 안아줄래?"

나는 어머니를 오랫동안 껴안아 주었다.

50

나는 파크 가의 궁전을 향해 걸었다. 어느 가을날 엄마 손을
잡고 다른 손에 초록색 칠면조 그림을 쥔 채 하교하던 작은 소
년은 어느덧 자라서 키도 훨씬 커졌다. 나이를 먹고, 키도 크
고, 어쩌면 더 현명해졌을지 모르지만 그때 그 사람이라는 건
변함이 없었다. 우리는 변하면서도 변치 않는다. 뭐라 설명을
할 순 없다. 미스터리다.

열쇠가 없어서 건물 안으로 들어가지는 못했지만 그럴 필요
가 없었다. 여행용 갈색 양복을 입은 버켓 교수님이 계단에 앉
아있었기 때문이다. 나는 교수님의 옆에 앉았다. 한 노부인이
솜털이 보송보송한 작은 개를 데리고 지나갔다. 개가 교수님
을 쳐다보았다. 노부인은 교수님을 보지 못했다.

"안녕하세요, 교수님."

"안녕, 제이미."

비행기에서 돌아가신 지 5일이 되었다. 교수님의 목소리도
점차 희미해지고 있었다. 마치 점점 멀어지는 와중에 아주 멀
리서 내게 말을 걸어오는 것 같았다. 그리고 언제나처럼 친절
해 보이는 반면 동시에 뭐랄까, 동떨어져 보였다. 죽은 이들

은 대개 그렇다. 버켓 부인조차도 그랬다. 부인은 그래도 보통의 유령보다 말을 많이 하는 편이었다. (어떤 유령들은 질문을 건네지 않으면 아예 말을 하지 않는다.) 직접 행진을 하지 않고 퍼레이드를 구경만 하는 입장이 되어서 그런 걸까? 얼추 답에 가깝지만 그것도 정확한 답은 아니다. 그들은 더 중요한 다른 것들을 마음에 두고 있는 것 같다. 그리고 나는 처음으로 내 목소리도 교수님에 맞춰 희미해지고 있다는 걸 깨달았다. 온 세상이 아득해지고 있었다.

"괜찮으세요?"

"응."

"아팠나요? 심장마비 왔을 때?"

"그래. 하지만 금방 끝이 났지."

교수님은 내가 아닌 거리 쪽을 바라보고 있었다. 마치 눈에 담아두려는 것처럼.

"제가 해드릴 일이 있을까요?"

"딱 하나 있어. 테리올트를 절대 부르지 마. 테리올트는 가고 없으니까. 네게 오는 건 테리올트를 지배하고 있는 존재지. 문학에서는 그런 존재를 워크인*이라고 해."

"부르지 않을게요, 약속해요. 교수님, 어째서 그 존재는 테

---

* walk-in. 영혼이 있거나 떠난 몸에 다른 영적 존재가 들어와 육체를 차지하는 방식 혹은 그러한 존재. 외계인들이 인간의 몸에 이런 방식으로 깃들어 산다고 믿는 사람들이 있다.

리올트를 지배할 수 있었던 걸까요? 테리올트가 원래 사악해서요? 그래서 차지할 수 있었을까요?"

"모르긴 해도 그럴 것 같구나."

"아직도 그자를 붙잡았던 날 있었던 일을 듣고 싶으세요?" 나는 교수님의 이메일을 떠올렸다. "세부 내용이요."

"아니." 나는 교수님의 대답에 실망했지만 놀랍지도 않았다. 죽은 이들은 산 사람들의 삶에 흥미를 잃는다. "내가 한 말을 꼭 기억하렴."

"그럴게요. 걱정 마세요."

교수님의 목소리에 옅은 짜증이 묻어났다.

"걱정하지 않아도 될까 모르겠다. 넌 엄청나게 용감하지만 동시에 엄청나게 운이 좋았던 거야. 네가 아직 어린아이라 이해를 못 하는데 내 말을 들어. 그건 우주 밖에서 왔어. 누구도 상상할 수 없는 공포가 있는 곳이지. 그걸 상대(truck)하다간 죽음, 광기, 네 영혼의 파괴까지 각오해야 할 거다."

나는 한 번도 누가 *상대한다(trucking)*는 표현을 쓰는 걸 들어본 적이 없었기 때문에 냉장고를 아이스박스라고 부르는 것처럼 교수님의 구식 표현 중 하나인가 짐작할 뿐이었다. 그래도 무슨 뜻인지는 이해했다. 나를 겁주려고 한 말이라면 성공한 셈이었다. 내 영혼이 파괴된다고? 세상에나!

"안 그럴게요." 내가 말했다. "정말로 안 그럴게요." 교수님은 아무런 대답도 하지 않았다. 두 손을 무릎 위에 얹은 채 물끄러미 거리를 바라보고만 있었다. "보고 싶을 거예요, 교수님."

"그래."

교수님의 목소리는 시간이 지날수록 더욱 희미해지고 있었다. 머지않아 내게는 전혀 들리지 않게 될 것이다. 벙긋거리는 교수님의 입술만 볼 수 있겠지.

"하나만 더 여쭤봐도 돼요?"

바보 같은 질문이었다. 죽은 이들은 우리의 질문에 반드시 대답을 해야만 한다. 그 대답이 우리 마음에 들지 않아도 어쩔 수 없다.

"응."

나는 질문을 했다.

51

귀가해 보니 어머니는 우리가 좋아하는 식으로 연어 요리를 하고 계셨다. 물을 적신 종이 타월로 싸서 전자레인지에 찌는 요리법이었다. 그렇게 쉬운 요리가 맛있을 수 있을까 싶겠지만 정말 맛있다.

"시간 맞춰서 왔구나." 어머니가 말했다. "시저 샐러드 사온 게 있어. 엄마 도와서 좀 차려줄래?"

"알았어요."

나는 냉장고(아이스박스)에서 샐러드 봉지를 꺼내 열었다.

"세척 꼭 하고. 봉지에는 세척한 거라고 적혀있어도 절대 못 믿어. 체에 담아서 씻어."

나는 체를 꺼냈다. 양상추를 쏟아붓고 샤워 수전이 달린 수도를 틀었다.

"전에 살던 아파트 건물에 갔었어요."

나는 어머니를 보지 않고 내 일에 열중하며 말했다.

"어쩐지 그럴 것 같았어. 거기 계시던?"

"네. 왜 딸이 한 번도 보러 온 적이 없는지, 장례식에조차 오지 않는지 물어봤어요." 나는 수도를 잠갔다. "정신병원에 있대요, 엄마. 죽을 때까지 거기에 있을 거래요. 자기 딸을 죽이고 자살을 시도했었대요."

어머니는 연어를 전자레인지에 넣으려다 말고 조리대 위에 내려놓은 뒤 둥근 의자에 앉았다.

"오, 세상에. 모나는 딸이 캘리포니아 공과대학 생물학 연구실 조교로 있다고 했었어. 정말 *자랑스러워*하는 것처럼 보였는데."

"버켓 교수님이 그랬어요. 긴―뭐라는 병이라고."

"긴장증."

"네, 그거요."

어머니는 우리 저녁거리를 물끄러미 내려다보았다. 연어의 분홍빛 살점이 종이 타월 수의를 뚫고 희미하게 빛났다. 어머니는 아주 골똘히 생각에 잠겨 있었다. 그러고 나서 눈썹 사이에 잡혔던 수직의 주름이 매끄럽게 펴졌다.

"이제 우리는 알지 말았어야 하는 걸 알아버렸네. 엎질러진 물이니 쓸어 담을 수도 없지. 누구나 비밀이 있는 법이야, 제이미. 너도 때가 되면 깨닫게 될 거야."

나는 리즈와 케네스 테리올트 덕분에 그걸 깨달은 지 이미 오래였다. 그리고 어머니의 비밀도 알게 된다.

나중에.

52

케네스 테리올트는 뉴스에서 자취를 감추었고 다른 괴물들이 그의 자리를 대신 채웠다. 그리고 놈이 나를 괴롭히는 걸 그만두었기 때문에 내 정신의 가장 중요한 위치를 차지하던 놈의 존재감도 사라져버렸다. 가을이 쌀쌀해지며 겨울로 접어들 무렵, 여전히 엘리베이터 문이 열릴 때마다 뒷걸음질 치는 버릇은 남아있었지만 열네 살이 되자 그 사소한 틱도 없어졌다.

나는 때때로 유령들을 보았다. (부상으로 사망했거나 아주 가까이서 자세히 보지 않는 이상 대개 산 사람처럼 보이기 때문에 어쩌면 내가 미

처 눈치채지 못한 유령들도 있을 것이다.) 내 이야기와 상관은 없지만
그중 하나에 대해서 말해보려고 한다. 그 유령은 내가 버켓 부
인의 유령을 봤을 때보다 나이가 많지 않아 보이는 남자애였
다. 스타워즈 티셔츠에 빨간 반바지를 받쳐입은 아이는 파크
가의 한가운데를 따라 이어진 중앙분리대 위에 서 있었다. 얼
굴은 백지장처럼 창백했고 입술은 파랬다. 눈물을 흘리지 않
았을 뿐, 금방이라도 울음을 터뜨릴 것 같은 표정이었다. 어렴
풋이 낯이 익어 보였기에 나는 파크 가를 건너 뭐가 잘못됐는
지 물었다. 물론, 죽었다는 것 외에 말이다.

"집에 가는 길을 못 찾겠어요!"

"주소는 아니?"

"저는 490번지 2번 가 아파트 16B호에 살아요."

아이는 녹음기처럼 주소를 읊었다.

"알았어." 내가 말했다. "제법 가깝구나. 가자, 꼬마야. 내가
거기까지 데려다줄게."

그곳은 킵스 베이 코트라고 부르는 건물이었다. 건물에 도
착하자 아이는 연석 위에 걸터앉았다. 어느덧 울 것 같은 표정
은 사라지고 다른 유령들처럼 아득히 표류하는 듯한 얼굴을
하고 있었다. 나는 그 애를 거기 내버려 두고 싶지 않았지만
별다른 방법이 없었다. 헤어지기 전에 내가 아이에게 이름을
묻자 아이는 리처드 스칼라티라고 대답했다. 그제야 어디서
본 아이인지 기억이 났다. NY1 채널에서 아이의 사진을 보도

했었다. 더 큰 애들 몇몇이 그 아이를 센트럴 파크에 있는 스
완 호수에 익사시켰던 것이다. 가해 소년들 하나같이 쳐 울어
대며 그냥 장난을 쳤을 뿐이라고 변명했다. 어쩌면 그 말이 사
실일지도 모른다. 어쩌면 나중에는 나도 그런 일들을 이해하
고 넘길 수 있게 되겠지. 하지만 솔직히 나는 그럴 수 없을 것
같다.

53

그 무렵 우리 집은 나를 사립학교에 보낼 수 있을 만큼 형편
이 좋아졌다. 어머니가 달튼 스쿨과 프렌즈 신학교의 안내 책
자를 보여주었지만 나는 공립학교에 남기로 하고 야생마가
마스코트인 루즈벨트 고등학교를 택했다. 괜찮은 학교였다.
어머니와 나에게는 좋은 시절이었다. 어머니는 트롤과 나무
요정들, 그리고 모험을 떠나는 귀족들 이야기를 쓰는 최고 거
물급 작가를 얻었다. 그리고 나는 여자 친구가 생겼달까. 메리
루 스테인은 하이틴 영화 주인공 같은 이름과 달리 지적인 고
스족이자 엄청난 영화광이다. 우리는 매주 한 번씩 안젤리카*의
뒷줄에 앉아서 자막을 읽어야 하는 영화를 봤다.

---

* Angelica Film Center. 외국영화 등 비할리우드 영화를 상영하는 독립영화관 중 하나.

내 생일이 지난 직후 어느 날, (내가 열다섯 살이라는 고령에 이르렀을 때다.) 어머니가 문자를 보내 하굣길에 바로 집에 가지 말고 에이전시 사무실에 들를 수 있겠냐고 물었다. 별일은 아니고 그냥 직접 전하고 싶은 소식이 좀 있다고 했다.

사무실에 도착하자 어머니는 내게 커피 한 잔을 부어 주었다. 흔치 않은 일이었지만 그간 아예 없던 일도 아니었다. 어머니는 헤수스 헤르난데즈를 기억하는지 물었다. 나는 기억한다고 대답했다. 그는 몇 년간 리즈의 파트너였고 어머니는 리즈와 함께 헤르난데즈 형사 부부와의 식사 자리에도 몇 번 나를 데리고 갔었다. 꽤 오래전의 일이지만, 비록 헤수스라고 발음한다고 해도 예수*라는 이름을 가진 키가 2미터 넘는 형사는 쉽게 잊을 수 없는 법이다.

"전 그 사람 드레드 헤어 정말 좋아했어요." 내가 말했다. "멋있었죠."

"리즈가 직장에서 잘린 걸 말해주려고 나한테 전화를 했더구나." 어머니와 리즈는 끝난 지 오래된 사이였지만 그래도 어머니의 표정은 슬퍼 보였다. "마약을 운반하다가 결국 들킨 거야. 헤수스 말로는 헤로인 양이 엄청났대."

나는 머리를 한 대 얻어맞은 것 같았다. 리즈는 한동안 어머니에게 좋지 않은 영향을 끼쳤고 나한테도 분명 나쁜 짓을 했

---

* Jesus Hernandez. 스페인어로는 헤수스라고 읽는다.

지만 어쨌든 안타까운 일이었다. 리즈가 나를 심하게 간지럽혀 바지에 오줌을 쌀 뻔한 일, 리즈와 어머니 사이에 끼어 나란히 소파에 앉았던 기억, 그 텔레비전 쇼에 대해 셋이서 주고받던 바보 같은 농담, 리즈가 나를 브롱크스 동물원에 데려가 내 머리보다 큰 솜사탕 콘을 사줬던 때를 떠올렸다. 또한, 텀퍼의 마지막 폭탄에 목숨을 잃었을지도 모르는 최소 오십 명에서 최대 백여 명의 사람들을 살린 것도 리즈였음을 잊을 수 없었다. 그녀의 동기가 좋았을 수도 나빴을 수도 있지만 어느 쪽이든 그 많은 목숨을 구한 건 사실이었다.

어머니와 리즈가 마지막으로 언성을 높여 싸울 때 엿들은 게 생각났다. 중대 마약이라고 어머니가 말했었다.

"감옥에 가지는 않을 거예요, 그렇죠?"

어머니가 대답했다.

"뭐, 헤수스에게 듣기로는 보석으로 풀려난 상태라고 해. 하지만 결국…… 감옥에 갈 가능성이 클 것 같구나, 애야."

"아, 젠장."

나는 어머니가 가끔 보는 넷플릭스 드라마에서처럼 주황색 점프 슈트를 입은 리즈를 상상했다.

어머니는 내 손을 잡으며 위로했다.

"그래 그래 그래."

54

리즈가 나를 납치한 건 그로부터 이삼 주 후의 일이었다. 테리올트 때문에 벌인 첫 번째 납치는 '가벼운 유괴'라고 할 수 있는 정도였다. 하지만 이번에는 진짜 납치였다. 리즈는 나를 발로 걷어차거나 소리를 지르지 않았을 뿐 강제로 차에 태웠다. 내가 알기로는 그런 게 바로 납치다.

나는 테니스부 활동을 하고 있었고 그날은 엄청난 양의 연습게임을 마친 뒤 집으로 향하던 중이었다. (무슨 덜떨어진 이유에선지 코치 선생님은 그걸 '열전'이라고 불렀다.) 어깨에는 책가방을 메고 한 손에는 테니스 가방을 든 채 버스 정류장으로 향하는데 낡아빠진 토요타에 기대어 서서 휴대폰을 들여다보는 여자가 눈에 띄었다. 나는 눈길 한 번 주지 않고 여자를 지나쳐 걸었다. 그 앙상하게 마른 여자가 어머니의 옛 친구일 거라고는 상상도 하지 못했다. 걸치고 있는 코트 깃 위로 담황색 금발이 휘날리고, 헐렁한 회색 운동복 상의에 배기 청바지를 받쳐입고서 닳고 닳은 카우보이 부츠 속으로 두 발을 구겨 넣은 차림새였다. 어머니의 옛 친구 리즈는 어두운 색의 딱 붙는 슬랙스와 목이 깊게 파인 블라우스를 즐겨 입는 사람, 머리를 올백으로 빗어 넘겨 짤막한 말꼬리 머리로 묶는 사람, 건강해 보이는 사람이었다.

"이봐, 챔프. 옛 친구한테 어떻게 지내냐 인사도 안 해?"

나는 걸음을 멈추고 뒤를 돌아보았다. 그때까지도 여전히 그녀를 알아보지 못했다. 리즈의 얼굴은 뼈가 도드라질 만큼 마르고 창백했다. 이마에는 화장으로 가려지지 않은 잡티가 흩뿌려져 있었다. 과거 어린애의 눈으로 봐도 인정할 만큼 멋진 몸매 또한 사라지고 없었다. 코트 속에 보이는 헐렁한 운동복 상의만이 풍성했던 가슴의 유일한 흔적이었다. 추측해 보건대 당시 리즈는 내가 알던 시절보다 20킬로그램 넘게 빠졌을 것이다. 그리고 이십 년은 더 늙어 보였다.

"리즈?"

"나 말고 또 누가 있겠어."

리즈는 미소를 짓더니 손바닥 뒤꿈치로 코끝을 훔쳤다.

마약을 흡입했구나 하는 생각이 들었다. *약에 취해 있어.*

"어떻게 지내요?"

현명한 질문은 아니었지만 그 상황에서 달리 떠오르는 말이 없었다. 그리고 리즈가 이상한 짓을 하면 달아날 수 있도록 내가 안전하다고 느껴지는 만큼 신중하게 거리를 두고 서 있었다. 리즈는 실제로 뭔가 이상해 *보였기* 때문에 충분히 가능성이 있는 염려였다. 텔레비전에서 보는 배우들의 마약 중독자 연기가 아니라 우리가 때때로 공원 벤치나 폐건물 입구에서 본 실제 마약에 절어있는 중독자의 모습이었다. 뉴욕은 예전에 비해 훨씬 살기 좋아졌지만 지금도 곳곳에서 마약쟁이들을 볼 수 있다.

"어때 보여?" 리즈는 그렇게 반문하고 웃음을 터뜨렸다. 하지만 행복한 웃음은 아니었다. "대답할 필요 없어. 그건 그렇고, 우리 옛날 옛적에 좋은 일도 같이 했잖아, 안 그래? 내가 받은 보상은 터무니없었지만, 뭐 어때, 목숨을 한가득 구했으니 됐지."

나는 리즈 때문에 겪었던 모든 일들을 떠올렸다. 테리올트의 일뿐만이 아니었다. 그 여자는 어머니의 인생도 망쳐놨다. 어머니와 나를 시련으로 내몰았던 그 리즈 더튼이 다시 나타난 것이다. 전혀 생각지도 못한 때에 불쑥 나타난 반갑지 않은 존재였다. 나는 화가 났다.

"당신은 어떤 보상도 받을 자격 없어. 놈이 실토하게 만든 건 나였어. 대가를 치른 것도 나야. 당신은 관심도 없겠지만."

리즈는 고개를 갸우뚱했다.

"관심이 왜 없겠어. 네가 치른 대가가 뭔지 말해 봐, 챔프. 머리에 구멍 뚫린 놈이 나오는 악몽 몇 번 꾼 거? 악몽을 꾸려면 전소한 SUV 안에서 바삭바삭하게 타버린 시체 세 구 정도는 봐야지. 그중에는 카시트에 앉은 어린애도 있었어. 대체 네가 무슨 대가를 치렀다는 거야?"

"됐어요."

나는 그렇게 대꾸하고 다시 발길을 재촉했다.

리즈가 손을 뻗어 테니스 가방끈을 붙잡았다.

"아직 가면 안 되지. 네가 필요한 일이 또 생겼어, 챔프. 그러니까 타."

"절대 안 해요. 이 가방이나 놓으세요."

리즈는 물러서지 않았고 나는 가방을 잡아당겼다. 그녀는 맥을 못 추고 주저앉으며 짧은 비명과 함께 손을 놓았다.

지나가던 한 남자가 멈춰 서더니 못된 짓을 하는 어린애를 쳐다보는 어른처럼 나를 노려보았다.

"그 부인한테 그러면 안 되지."

"꺼져." 리즈가 남자를 쫓아내며 일어났다. "나 경찰이란 말이야."

"별꼴이네."

남자는 뒤도 안 돌아보고 가던 길을 갔다.

"이젠 경찰 아니잖아요." 내가 말했다. "그리고 나는 당신하곤 아무 데도 안 가요. 같이 대화하는 것조차 싫으니까 나 좀 내버려 둬요."

리즈를 너무 세게 밀어서 넘어뜨린 건 약간 미안하긴 했다. 아파트에 같이 살 때 리즈가 넘어졌던 일이 생각났다. 하지만 그때는 같이 성냥갑 자동차를 가지고 놀다가 그런 거였다. 나는 그걸 남의 인생이라 치겠다고 다짐했지만 효과가 없었다. 남의 인생이 아니었기 때문이다. 그건 내 인생이었다.

"오, 그래도 넌 같이 갈 거야. 리지스 토머스의 마지막 책을 쓴 사람이 누군지 온 세상이 알게 되는 건 원치 않을 테니까. 파산하기 직전의 티아를 건져 올린 엄청난 베스트셀러였지?

그 유작 베스트셀러 알지?"

"정말 그럴 생각은 아니겠죠." 나는 충격적인 리즈의 말에 정신이 번쩍 들었다. "당신은 그렇게 못 해. 엄마와 당신 중에 누굴 믿을지 뻔하잖아. 마약 밀매범이 하는 헛소리 따위. 게다가 마약쟁이인 당신 꼴을 보면 당신 말을 들어줄 사람이 있을까? 어림도 없어!"

리즈는 뒷주머니에서 휴대폰을 꺼내 들었다.

"그날 티아만 녹음을 했는 줄 알아? 들어봐."

나는 녹음된 소리를 듣고 가슴이 철렁 내려앉았다. 그건 훨씬 앳되긴 했지만 분명 내 목소리였다. 어머니에게 퓨리티가 로아노크 호수로 가던 중 썩은 그루터기 속에서 자신이 찾던 열쇠를 발견하게 된다고 설명하고 있었다.

어머니: "퓨리티는 그 그루터기인 줄 어떻게 알아?"

정적.

나: "마틴 베탄코트가 그루터기에 분필로 십자 표시를 해뒀어요."

어머니: "그 열쇠로 뭘 하는 거지?"

정적.

나: "한나 로이든에게 가져가요. 둘은 함께 늪지대로 가서 동굴을 발견하죠."

어머니: "한나가 횃불을 만든다고? 그것 때문에 마녀로 몰려 교수형 당할뻔했잖아."

정적.

나: "맞아요. 그리고 조지 드레드길이 몰래 두 사람을 따라간대요. 한나를 보고 조지가 흥분해서 부풀어 오른다고 했어요. 그게 무슨 말이죠, 엄마?"

어머니: "그건 신경쓰⋯⋯"

리즈가 재생을 멈췄다.

"더 많이 있어. 전부는 아니지만 적어도 한 시간은 돼. 명백하게도, 챔프 네가 *엄마가* 쓴 책의 줄거리를 말해주고 있잖아. 그리고 *네가* 이 이야기에서 더 큰 역할을 할 거야. 소년 영매, 제임스 콘클린으로."

나는 맥이 풀려 어깨를 늘어뜨리며 그녀를 응시했다.

"왜 저번에는 이걸 틀어주지 않았죠? 테리올트를 찾으러 갔을 때 말이에요."

리즈는 이런 멍청이가 있나 하는 눈빛으로 나를 바라보았다. 내가 정말 멍청했는지도 모른다.

"그럴 필요가 없었으니까. 그때 너는 옳은 일을 하고 싶어 하는 착한 어린애에 불과했어. 지금은 너도 열다섯이라 골칫거리가 되기 충분할 만큼 나이를 먹었지. 십 대라면 그러는 게 당연하겠지만 그건 언제 기회가 되면 토론해 볼 문제고 지금 해결할 문제는 이거야. 네가 차를 타고 나랑 같이 갈래, 아니면 내가 《포스트》의 아는 기자에게 갈까? 초능력 아들의 도움으로 죽은 고객의 가짜 유작을 만든 저작권 대리인에 대한 구미 당기는 특종감을 넘기러 말이야."

"어디로 갈 건데요?"

"깜짝 여행이야, 챔프. 타면 알게 돼."

선택의 여지가 없었다.

"알았어요. 하지만 이건 짚고 가죠. 챔프라고 부르는 건 그만둬요. 내가 당신 애완 말도 아니고."

"좋아, 챔프." 리즈가 미소를 지었다. "농담이야, 농담. 타, 제이미."

나는 차에 올랐다.

55

"이번에는 어떤 유령하고 대화를 해야 하죠? 그게 누구든 뭘 알고 있든지 당신이 감옥에 가지 않도록 막아줄 순 없을 텐데요."

"오, 난 감옥에 안 가." 그녀가 말했다. "거기 사람들도 별로지만 음식이 내 입에 안 맞을 것 같거든."

차는 쿠오모 브리지를 가리키는 표지판을 지났다. 뉴욕에서는 지금까지도 다들 그 다리를 타판지 브리지, 혹은 간단히 탭이라고 부른다.

"어디로 가는 거예요?"

"렌필드." 내가 아는 렌필드는 『드라큘라』에서 벌레를 먹는 백작의 하수인뿐이었다. "그게 어딘데요? 태리타운에 있어요?"

"전혀. 뉴팔츠 북부의 작은 마을이야. 두세 시간 걸릴 테니까 편히 앉아서 여정을 즐겨."

나는 놀람을 넘어 거의 경악해서 그녀를 쳐다봤다.

"지금 농담하는 거죠? 집에 가서 저녁 먹어야 한다고요!"

"오늘 저녁에는 티아가 홀로 식사하게 생겼는걸."

리즈는 더플코트 주머니에서 희끄무레한 노란색 가루가 든 작은 통을 꺼냈다. 뚜껑에 금색의 작은 계량 스푼이 붙어 있는 종류의 약통이었다. 그녀는 한 손으로 뚜껑을 돌려 열었다. 그리고 운전대를 잡은 손등에 병을 톡톡 두드려 가루를 약간 덜어내더니 콧구멍으로 흡입했다. 그런 다음 역시나 한 손으로 뚜껑을 다시 돌려 닫은 뒤 약통을 다시 주머니에 넣었다. 오랜 기간 숙련되었음을 알 수 있는 신속한 손놀림이었다.

그녀는 내 표정을 보고 미소를 지었다. 두 눈에 새로 생기가 돌았다.

"누가 이러는 거 한 번도 본 적 없지? 너도 참 온실 속 화초같이 살았구나, 제이미."

나는 허브 담배를 피우는 애들을 본 적도 있고 직접 피워보기도 했다. 하지만 센 마약류는? 안 될 말이다. 나는 학교 무도

회에서 누가 엑스터시를 권하는 것도 거절했다.

리즈는 또 손바닥을 젖혀 코를 위로 문질렀다. 그 행동이 매력적으로 보이지는 않았다.

"나도 나눌 줄 아는 사람이니 너한테 좀 권했을 텐데 이건 나만의 배합이라 안 되겠다. 콜라와 헤로인을 2대 1로 섞고 펜타닐을 조금만 넣는 거야. 나야 내성이 생겼지만 넌 머리가 날아가 버릴걸."

내성이 생겼는지는 모를 일이었지만 약 기운이 돌자 정말 그렇다는 걸 알 수 있었다. 리즈는 전보다 꼿꼿이 앉았고 말하는 속도가 빨라졌을 뿐 운전도 똑바로 하고 제한 속도도 유지했다.

"있지, 이게 다 네 엄마 탓이야. 몇 년 동안 난 단지 A지점의 마약을 운반하는 일만 했었어. 보통 79번가의 보트 베이슨 카페나 스튜어트 국제 공항을 A지점으로 삼는데 거기에서 B지점으로 가져가는 게 내 일이었지. A지점에서 어디든 뉴욕시 5개 구 안이면 다 B지점이야. 처음에는 거의 코카인만 옮겼는데 옥시콘틴* 덕에 세상 좋아졌지. 순식간에 사람들이 그 약에 중독된 거야. 펑하고 약쟁이들이 쏟아져 나왔다니까. 의사가 더 이상 약을 처방해주지 않자 중독자들은 길에서 그걸 샀어. 가격이 뛰었지. 그러다 헤로인으로 거의 비슷하게 뿅 갈 수 있다

---

* Oxycontin. 모르핀과 비슷한 효과를 내는 강한 진통제.

는 걸 알게 된 거야. 값도 더 싸고. 다들 헤로인으로 갈아탔어. 우리가 만나러 가는 남자가 바로 헤로인 공급책이야."

"그 남자 죽었군요."

리즈가 인상을 썼다.

"내 말 끊지 마, 애. 네가 알고 싶어 해서 지금 말해주고 있잖아."

내가 알길 원했던 건 목적지가 어디냐는 것뿐이었지만 나는 굳이 따지지 않았다. 그래도 상대가 리즈라는 사실 덕에 겁먹지 않으려고 애쓴 효과가 있었다. 다만 그리 큰 효과는 아니었다. 리즈이긴 해도 내가 알던 예전의 리즈와 전혀 딴판이었기 때문이다.

"다들 자기가 파는 물건에 뿅 가지 말라고 하지. 우리 좌우명이야. 그런데 티아가 날 쫓아낸 뒤로 약간씩 맛을 보기 시작했어. 단지 우울감만 떨쳐버리려고 했던 거야. 그러다가 맛을 많이 보게 됐어. 한동안 그렇게 했더니 맛보는 수준을 넘어버렸어. 나도 약을 하고 있었지."

"우리 집에 마약을 들여놨으니까 엄마가 당신을 쫓아냈죠." 내가 반박했다. "당신 탓이에요."

잠자코 있는 편이 현명한 줄은 알지만 어쩔 수 없었다. 자기가 그렇게 된 걸 어머니 탓으로 돌리려 하다니, 나는 화가 머리끝까지 났다. 그런데 리즈는 내 말에 전혀 관심이 없었다.

"그래도 이거 하난 확실히 말할 수 있어, 챔······ 제이미. 난 스파이크*는 절대 안 했다는 거." 그녀는 일종의 반항적인 자부심을 내비치며 말했다. "단 한 번도 안 했어. 코로 흡입하는 건 끊으려고 노력해 볼 수 있지. 하지만 주사기로 넣으면 다시는 못 돌아오는 거야."

"코피 났어요."

리즈의 코와 윗입술 사이 움푹 들어간 자리에 코피가 흘러내렸다.

"그래? 고마워." 그녀는 또 한 번 손바닥 뒤꿈치로 코피를 닦더니 내 쪽으로 잠시 고개를 돌려 얼굴을 보여주며 물었다. "다 닦였어?"

"네. 이제 앞을 봐요."

"알겠습니다. 뒷좌석 운전사님."

그 순간의 말투는 분명 왕년의 리즈였다. 가슴이 무너질 정도는 아니었지만 조금 쓰라렸다.

우리는 달렸다. 교통 체증은 주중 오후치곤 그리 나쁘지 않았다. 나는 어머니 생각을 했다. 지금은 아직 에이전시 사무실에 있겠지만 곧 귀가하게 된다. 어머니는 처음부터 염려하는 편이 아니다. 그러다가 약간 걱정하기 시작한다. 그런 다음에는 걱정을 아주 많이 하는 사람이다.

"엄마한테 전화해도 돼요? 어디 있는지는 안 밝히고 내가

---

* spike. 주사 바늘을 이용한 약물 주입.

괜찮다는 것만 알려주게요."

"그럼. 전화해."

내가 주머니에서 꺼내든 휴대폰이 순식간에 사라졌다. 리즈가 벌레를 낚아채는 도마뱀처럼 채간 것이다. 그리고 무슨 일이 벌어지는지 미처 알아채기도 전에 운전석 창문을 열고 그걸 고속도로 위에 떨어뜨렸다.

"왜 그랬어요?" 나는 소리쳤다. "내 휴대폰이잖아요!"

"네가 휴대폰을 가지고 있다는 걸 알려줘서 다행이야." 차는 I-87이라는 표지판을 따라 고속도로로 향하고 있었다. "완전히 잊고 있었지 뭐야. 그래서 마약을 돕*이라고 부르는 거 아니겠어."

리즈가 웃음을 터뜨렸다.

나는 그녀의 어깨에 주먹을 날렸다. 핸들이 꺾였다가 되돌아왔다. 다른 차의 운전자가 우리를 향해 경적을 울렸다. 리즈가 이번에는 미소가 가신 얼굴로 나를 힐끗 쳐다봤다. 아마 사람들에게 권리를 읊어줄 때 짓는 표정 같았다. 범인을 체포할 때 말이다.

"제이미, 또 날 쳤다간 봐. 네가 토할 만큼 세게 불알을 때려줄 테니. 이 망할 차에 토한 사람이 네가 처음은 아니란 걸 알게 될 거다."

---

* dope. 멍청이라는 뜻이 있음.

"운전하면서 나랑 한번 싸워 볼래요?"

리즈의 얼굴에 웃음이 다시 번졌다. 그녀는 윗니만 드러날 정도로 살짝 입술을 벌려 미소 지었다.

"어디 덤벼 봐."

나는 덤비지 않았다. (혹시 궁금할까 봐) 말하자면 나는 테리올트 속에 살고있는 존재를 부르는 행동을 포함해 그 어떤 행동도 하지 않았다. 지금은 이론적으로 내 명령을 (휘파람을 불 테니 너는 내게로 오라, 친구여, 라는 명령을 여러분은 기억하겠지?) 따라야 하지만 사실대로 말하자면 나는 그자를 (혹은 그것을) 한 번도 머릿속에 떠올려본 적이 없었다. 리즈가 애초에 내 휴대폰을 뺏는다는 걸 잊었던 것처럼 나는 그것의 존재를 잊고 있었던 것이다. 게다가 나는 마약을 한 모금도 들이킨 적이 없어 약 탓을 하지도 못했다. 설사 생각을 했었더라도 그것을 부르지는 않았겠지만 말이다. 내가 불렀다간 정말 오지 않을까? 그리고 정말 그게 오기라도 하면…… 글쎄, 리즈가 무섭긴 해도 죽은 빛 그것에 견줄 정도는 아니다. 일찍이 교수님은 죽음, 광기, 내 영혼의 파괴를 각오해야 한다고 말씀하셨다.

"얘, 생각해 보라고. 전화를 걸어서 별일 없이 잘 있다고 말한 다음 엄마의 옛날 친구 리즈 더튼이랑 어디 가는 중이라고 말하면 네 엄마가 '알았어, 제이미. 그렇게 해. 저녁 사달라고 해서 챙겨 먹고.' 이렇게 나올 것 같아?" 나는 아무 대답도 하지 않았다. "네 엄만 경찰에 전화를 하겠지. 근데 그보다 더 큰 문제가 있어. 어째서 네 핸드폰을 즉시 없애버렸냐, 티아가 그걸 추적할 수 있기 때문이야."

놀란 내 눈이 휘둥그레졌다.

"말도 안 돼, 추적할 수 있다니!"

리즈는 미소를 지으며 고개를 끄덕이더니 컨테이너 두 차를 연결한 세미 트레일러를 앞질러 가느라 정면을 응시했다.

"네가 열 살 때, 휴대폰을 사주면서 티아는 네 폰에 위치 추적 앱을 설치했어. 내가 앱을 숨기는 법을 가르쳐 줬지. 네가 앱을 발견하고 예민하게 성질을 부리면 곤란하니까."

"2년 전에 휴대폰을 새로 샀어요."

나는 혼잣말처럼 중얼거렸다. 어째서인지 눈가에 시큰하게 눈물이 맺혔다. 기분이…… 뭐라고 표현할 말이 없었다. 가만있자, 적당한 말을 찾은 것 같다. 이중으로 속은 기분. 둘이서 짜고 나를 속였구나 하는 느낌이었다.

"새 휴대폰에는 그 앱을 안 깔았을 것 같아?" 리즈가 비웃음을 터뜨렸다. "너 농담하는 거지? 애, 넌 티아의 하나밖에 없는 핏줄이잖아. 네 엄마의 작은 왕자님이라고. 10년 후에 네가 결혼을 하고 첫 아이 기저귀를 갈 때도 변함없이 너를 추적하고 있을 거야."

"망할 거짓말쟁이."

그렇게 말했지만 나는 시선을 떨구어 내 무릎을 내려다봤다.

도시를 벗어나자 리즈는 자신만의 특별한 배합을 조금 더 흡입했다. 아까와 마찬가지로 민첩하고 능숙한 손놀림이었으나 이번에는 차가 기우뚱하는 바람에 다시 한번 다른 운전자가 경적을 울렸다. 처음에는 경찰이 우리를 발견하면 좋겠다고 생각했다. 그러면 이 악몽을 끝낼 수 있겠다 싶었다. 하지만 그게 다행이 아닐지도 모른다. 지금처럼 약에 취한 상태라면 경찰을 피해 달아나려다 나까지 죽게 만들 수도 있었다. 나는 센트럴 파크의 남자를 떠올렸다. 구경꾼들이 끔찍한 광경을 보지 못하도록 누군가 얼굴과 상체를 재킷으로 덮어놨었지만 나는 그의 몰골을 다 보았다.

리즈는 다시 생기가 돌았다.

"넌 대단한 탐정이 될 거야, 제이미. 너만의 특수한 능력으로 스타가 되는 거지. 네가 잡지 못할 살인자는 없어. 네가 희생자들과 말을 할 수 있으니까."

사실 나도 한두 번 그런 생각을 해봤다. 제임스 콘클린, 죽은 자들의 탐정. 혹은 죽은 자들을 *위한* 탐정. 어느 쪽이 더 나은지 모르겠다.

"NYPD는 못 들어가겠지만." 리즈가 말을 이었다. "나쁜 놈들 엿이나 먹으라고 해. 사설탐정을 해. 문에 떡하니 붙은 네 이름이 눈앞에 훤한걸."

리즈는 잠시 운전대에서 두 손을 떼고 마치 눈앞의 장면을 액자에 넣듯이 허공에 들어올렸다.

또 경적이 들렸다.

"망할 운전이나 해요."

나는 깜짝 놀란 목소리를 내지 않으려고 했지만 정말로 놀랐기 때문에 성공하지 못했다.

"내 걱정은 마, 챔프. 난 네가 언젠가 배우게 될 것보다 훨씬 많이 잊어버렸어도 이 정도 운전은 하니까."

"또 코피가 나잖아요."

내가 말했다.

리즈는 손 뒤꿈치로 코를 훔치더니 운동복 상의에 닦았다. 보아하니 처음 닦은 게 아니었다.

"비중격*이 없어져서 그래." 그녀가 말했다. "수술할 거야. 끊고 나면."

그 후로 한동안 우리는 말이 없었다.

56

고속도로에 들어서자 리즈는 또 한 번 특별히 배합한 마약을 들이켰다. 이제 겁이 날 정도라고 리즈에게 말하고 싶었지만 이미 한참 전에 말할 기회를 놓쳤다.

"우리가 어떻게 여기까지 오게 되었는지 알고 싶니? 나하

---

* 콧속을 나누는 가운데 뼈. 마약 흡입으로 조직이 괴사하면 코피가 자주 난다.

고 너, 홈즈와 왓슨이 어떻게 다시 모험을 떠나게 되었는지 말해줄까?" 나라면 모험이라는 표현을 선택하지 않았겠지만 리즈에게 그 말은 안 했다. "표정을 보니 궁금하지 않은 것 같네. 괜찮아. 긴 이야기야. 그다지 흥미롭지도 않고. 하지만 이 정도만 말할게. 자라서 놈팡이나, 대학 학장, 부패 경찰이 되고 싶어서 된 애는 아무도 없어. 요즘 내 남자 형제가 하는 웨스트체스터주 쓰레기 수거 일도 제 딴에 하고 싶어서 했겠냐고." 리즈가 웃음을 터뜨렸다. 미화원이 되는 게 뭐가 재미있다는 건지 알 수 없었다. "이 얘길 들으면 너도 *아마* 재미있어할 거야. 난 A지점에서 B지점으로 엄청나게 많은 마약을 배달하면서 돈을 벌고 있었어. 근데 네 엄마가 그때 내 코트에서 찾아낸 마약은 친구한테 갖다줄 무료 맛보기 용이었단 말이야. 생각해 보면 역설적이잖아. 그즈음에 내사과는 이미 나를 주시하던 중이었고 확증은 없었지만 거의 다 알고 있었지. 난 티아가 그 일을 내사과에 말해 버릴까 봐 똥줄이 빠졌어. 그때 손을 털고 나올 수 있었는데 그러지 못한 거야."

리즈는 생각을 곱씹는 듯 말을 멈췄다.

"아닐지도 몰라. 지금 생각해도 어느 쪽을 택해야 했는지 모르겠어. 어쨌든 그 일로 언젠가 쳇 앳킨스가 한 말을 떠올렸지. 쳇 앳킨스라고 들어봤니?" 나는 고개를 가로저었다. "훌륭한 사람들은 어쩜 그렇게 금방 잊혀지나 몰라. 집에 가면 검색해 봐. 에릭 클랩튼하고 마크 노플러처럼 끝내주는 기타리스트였어. 그 사람이 악기 조율하는 게 얼마나 엿 같은 일인지 불평한 적이 있었거든. '내가 이 작업을 얼마나 못하는가 깨달을 무렵에는 일을 그만두기엔 너무 부유한 삶을 살고 있었다.' 마약 운반하는 일과 나의 관계가 딱 그랬지. 우리가 막 뉴욕 고속도로를 지나고 있으니까 또 말해주는 건데, 2008년 경제가 박살 났을 때 타격 입은 사람이 너희 엄마뿐이었을까? 아니야. 내가 주식에 넣어둔 자산도 (아주 적었지만 자산은 자산이지) 다 날아가 버렸어."

리즈는 또 한 번 컨테이너 두 개가 이어진 트레일러를 지나쳤다. 조심스럽게 깜빡이를 켜고 차선을 바꿔 앞지른 다음 원래의 차선으로 되돌아왔다. 약을 많이 한 상태라는 걸 감안하면 놀라운 운전 솜씨였다. 한편 다행스럽기도 했다. 리즈와 함께 있기도 싫었지만 함께 죽는 건 더욱 싫었기 때문이다.

"하지만 진짜 이유는 내 자매 베스였어. 걔가 당시 어떤 대형 투자 회사에서 일한다는 남자와 결혼을 했거든. 넌 쳇 앳킨스도 모르니까 베어 스턴스도 들어본 적이 없겠네, 그렇지?" 나는 고개를 끄덕여야 할지 흔들어야 할지 몰라서 그냥 잠자코 있었다. "베스와 결혼할 무렵에는 그 애 남편 대니가 (지금은 폐기물 관리를 전공하고 있는) 베어 투자 회사 신입이었어. 그래도 전도가 유망했지. 옛날 노랫말처럼 앞날이 아주 창창해서 선글라스를 써야 할 정도였다니까. 둘이서 투카호 빌리지에 집을 샀어. 담보대출이 제법 되었는데 나를 포함해서 (내가 눈이 빠졌지) 모두가 둘을 안심시켰어. 당시 주식이 그랬던 것처럼 집값도 오를 일밖에 없다고 하면서. 베스 부부는 하나 있는 애한테 입주 도우미도 붙여줬어. 컨트리클럽 주니어 회원권도 있었지. 씀씀이가 너무 도를 넘은 것 아니냐고? 씨발, 맞아. 베스가 내 7만 달러 연봉을 무시할 법도 했다고? 말할 것도 없지. 근데 우리 아버지가 늘상 하던 말이 뭔 줄 아니?"

내가 어떻게 알아요?

나는 속으로 반문했다.

"우리 아버지가 그랬지. 네 그림자보다 빨리 뛰려고 하다가는 앞으로 고꾸라진다고. 대니와 베스가 집에 수영장 놓는 걸 의논하던 때에 경제가 폭삭 주저앉았지. 베어 스턴스는 주택담보대출 증권에 특화된 회사였기 때문에 회사가 쥐고 있던 증권은 순식간에 모두 휴짓조각이 되어버렸어."

뉴팔츠 59 포킵시 70과 렌필드 78이라고 적힌 표지판을 지나면서 리즈는 생각에 잠겼다. 최종 목적지까지 한 시간 조금 넘는 거리가 남아있었다. 그렇게 생각하니 섬뜩했다. 친구들과 같이 봤던 「파이널 데스티네이션」이라는 고어 호러 영화가 떠올랐기 때문이다. 영화 「쏘우」 보단 수위가 덜하지만 그래도 젠장 맞게 음산하기론 지지 않는 영화였다.

"베어 스턴스가? 말도 안 되는 일이었어. 170달러에 팔리던 주식이 일주일 상간에 10달러로 폭락했지. 제이피 모건 체이스가 잔해를 인수했어. 다른 투자 회사들도 마찬가지로 똑같은 과정을 거쳐 최후를 맞았지. 꼭대기에 있는 놈들은 그 틈에 무사히 벗어났어. 그놈들은 항상 어떻게든 살아남지. 잔챙이들과 여자들은 그렇질 못해. 유튜브에서 찾아봐, 제이미. 상자에 짐을 싸서 도심지의 호화로운 회사 건물을 빠져나오는 사람들의 영상이 있을 거야. 대니 밀러도 그 대열에 끼어있었지. 그린 힐즈 컨트리클럽에 가입한 지 6개월 후에 그렇게 그린와이즈 쓰레기 트럭을 타는 신세가 되었어. 그래도 운이 좋은 편에 속했지. 집은 못 건질 지경이었지만 말이야. 무슨 말인지 알지?"

나는 그 말을 이해할 수 있었다.

"집값보다 더 많은 빚을 졌군요."

"A플러스 만점 대답인데, 챔…… 제이미 학생. 맨 앞자리에 앉아도 되겠어요. 그 집은 유일한 자산이었어. 베스, 대니, 그리고 내 조카 프랜신이 비를 긋고 밤에 머리를 누일 수 있는 장소이기도 했지. 캠핑카에서 사는 친구들이 있다고 베스가 그러더구나. 베스와 식구들이 침실 네 개짜리 애물단지 집에 계속 살 수 있도록 돈을 내준 사람이 누구게?"

"리즈인 것 같은데요."

"맞았어. 베스도 더 이상 내 7만 달러 연봉을 얕보지 못하게 되었지. 그거 하난 확실해. 그런데 내가 오롯이 월급이랑 도둑질한 초과근무수당으로 그걸 감당할 수 있었을까? 어림도 없지. 클럽 한두 군데 보안 아르바이트를 뛰어서 가능했을까?

그건 더욱 말도 안 되는 소리지. 나는 거기에서 사람들을 만나 연줄을 만들고 일거리를 제안받았어. 불황이 없는 업계가 있거든. 불황에도 늘 장례식장은 잘 돼. 환매조건부 채권을 거래하는 회사들과 보석금 보증인, 주류 판매점도 경기를 안 타. 그리고 마약 사업도 마찬가지야. 경기가 좋든 나쁘든 사람들은 마약에 취하길 원하니까. 뭐, 나도 인정해, 내가 값비싼 것들을 좀 좋아하지. 변명은 안 할게. 난 비싼 물건들로 위안을 얻었어. 그런 것들을 누릴 자격이 된다고 생각했지. 베스가 더 예쁘고, 더 똑똑하고, 지역 전문대학이 아니라 진짜 대학에 갔다는 이유로 그렇게 오랫동안 잰 체를 했는데도 불구하고 나는 내 자매의 가족이 길거리에 나앉지 않도록 도와줬으니까. 게다가 당연히 걔는 *이성애자*이기도 했고 말이지."

리즈는 말끝에 이를 갈면서 덧붙였다.

"무슨 일이 있었던 거예요?" 내가 물었다. "어쩌다가 직장을 잃었어요?"

"내사과에서 기습 소변 검사를 했어. 미처 준비할 틈도 없이. 줄곧 나에 대해 알고 있었지만 테리올트 건에 공이 있어서 바로 내치지는 못했겠지. 그림이 좋지 않으니까. 그래서 때를 기다렸던 거야. 영악한 놈들. 마침내 잡았다 싶으니까 (정말 나를 잡은 줄 알고) 나를 집어넣으려고 했어. 도청장치도 달아서 「*형사 서피코*」라도 찍는 양 난리를 치더군. 그런데 아버지한테 들은 건 아니지만 내가 아는 말이 또 있지. 밀고자는 도

랑에 빠져 죽는 법이다. 내 소매에는 놈들 몰래 숨겨둔 에이스 카드가 있었단다."

"에이스 카드라뇨?"

내가 멍청하다고 생각해도 좋지만 나는 정말로 몰라서 묻는 말이었다.

"너 말이야, 제이미. 네가 내 에이스 카드지. 테리올트 사건 이후 줄곧 나는 언젠가 너를 요긴하게 쓸 날이 올 줄 알고 있었어."

57

우리는 렌필드 시내로 들어섰다. 술집이며 서점, 패스트푸드 레스토랑이 중심가에 가득 들어선 걸 보니 여기 사는 인구 대부분이 대학생인 모양이었다. 중심가는 반대편에서 서쪽으로 꺾여 캣스킬즈를 향해 뻗어나갔다. 5킬로미터쯤 갔을까, 우리는 월킬강이 내려다보이는 소풍 장소에 도착했다. 리즈는 차를 몰고 들어가 엔진을 껐다. 그곳에는 우리밖에 없었다. 리즈는 또 자신의 특제 약통을 꺼내 뚜껑을 열려다 말고 도로 집어넣었다. 더플 코트를 들춘 사이에 드러난 운동복 상의에는 말라붙은 핏자국이 더 많았다. 비중격이 없어졌다던 리즈의 말이 떠올랐다. 리즈가 흡입하는 가루가 그녀의 생살을 좀 먹고 있다는 게 「파이널 데스티네이션」이나 「쏘우」 같은 영화보다 끔찍하다는 생각이 들었다. 실제 일어나는 일이니까 말이다.

"얘, 이제 내가 왜 널 여기까지 데려왔는지 말해줄게. 너도 앞으로 일어날 일이 뭔지, 네가 할 일이 뭔지 알아야지. 우리가 친구로 남지는 못해도 어쩌면 비교적 괜찮은 관계로 헤어질 순 있을 거야." 나는 아무 대꾸도 하지 않았지만 *어림없는* 말이라고 생각했다. "마약 사업이 어떻게 굴러가는지 알고 싶으면 「더 와이어」를 봐. 뉴욕이 아니라 볼티모어를 배경으로 한 드라마지만 마약 사업은 지역마다 별반 다를 게 없으니까. 여타 큰돈을 굴리는 조직이 다 그렇듯이 다단계 사업이야. 피라미드 밑바닥이 길거리 초급(junior) 딜러들인데 대부분 *실제로 어린*(junior) 애들을 써. 그래야 체포되더라도 소년범으로 재판을 받거든. 가정법원에서 하루 만에 풀려나 다음날 바로 길거리 복귀가 가능하지. 그 위에 클럽에서 일하는 (나도 거기에서 채용되었지만) 상급 딜러들과 염가에 도매를 하는 거물들이 있어." 리즈는 소리를 내며 웃었는데 나는 뭐가 그렇게 우습단 건지 당최 이해가 안 되었다. "그 위로 공급책들, 사업이 잘 돌아가게끔 관리하는 중견 간부들, 회계사, 변호사가 있고 꼭대기가 두목들이지. 각자 엄격히 구분된 계층이 있고 계층 구분을 준수해야 해. 피라미드 바닥에 있는 사람들은 바로 위에 누가 있는지 알지만 그게 그 사람들이 아는 전부야. 중간급 간부들은 밑에 누가 있는지는 훤히 알아도 여전히 바로 위의 한 계층까지만 알아. 하지만 난 달랐어. 난 피라미드 밖에 있는 존재지. 음, 위계를 벗어났달까."

"당신은 운반책이었으니까요. 제이슨 스타뎀 영화에서처럼요."

"그렇다고 할 수 있지. 운반책은 A지점에서 내게 물건을 주는 사람과 B지점에서 내가 물건을 건네줄 사람, 두 명만 알면 되었으니까. B지점의 중견 분배책이 시작을 해야 마약이 피라미드를 따라서 유통되어 최종 목적지인 사용자에게로 흘러갈 수 있단다." 최종 목적지.* 또 나왔다. "적어도 난 경찰로서 (부패한 경찰도 경찰이니까) 나름 주의를 기울이고 있었다고, 알겠니? 나는 많이 따져 묻지 않아. 위험한 짓이니까. 그래도 귀 기울여 듣지. 게다가 나는 NYPD와 마약단속국 데이터베이스에 접근할 수 있었어. 경찰을 그만두기 전에 말이야, 어쨌든. 피라미드의 꼭대기를 추적하는 건 어렵지 않았지. 뉴욕과 뉴 잉글랜드로 주요 마약을 수입하는 사람들이 십여 명 되는데 그중 내가 일했던 조직의 수장이 여기 렌필드에 살아. 아니, 살았었다고 하는 편이 맞겠지. 이름은 도널드 마스든. 놈이 전직 *개발자*로 세금 신고를 하고 지금 하는 일은 *퇴직*했지. 확실히 *은퇴*한 거야."

죽었단 말이겠지. 은퇴라는 건.

---

* 파이널 데스티네이션

케네스 테리올트의 악몽이 다시 재연되고 있었다.

"얘도 이제 무슨 일인지 알았고," 리즈가 말했다. "아주 좋아. 내가 담배 피워도 괜찮겠니? 이 일 끝날 때까지 더 안 피우고 참아야 할 텐데. 그러면 한턱내는 기분으로 두 대를 피울 거야. 혈압이 확실히 치솟게 말이야."

리즈는 내 대답을 기다리지도 않고 담뱃불을 붙였다. 그래도 연기가 나가도록 최소한 운전석 창문을 열어두긴 했다. 어쨌든 연기 대부분은 빠져나갔다.

"도니 마스든은 동료들 (말하자면 *하수인들*) 사이에서 도니 빅스로 통했어. 그럴 만한 이유가 있었지. 엄청난 돼지 새끼였거든. 편견이 섞인 표현은 이해해. 130킬로그램도 넘지. 190킬로그램은 될 거야. 스스로 자초한 것 아니겠어. 그러다 어제 사달이 났지. 뇌출혈이었어. 총 한 자루 안 쓰고 골로 보낸 셈이지."

리즈는 담배를 길게 한 모금 빨아 창밖으로 뿜었다. 아직 햇빛이 강했지만 그림자가 길어지고 있었다. 머지않아 날이 어두워지기 시작할 것이다.

"쓰러지기 일주일 전에 (아직도 나랑 친하게 지내는) 옛날 동료 둘한테 전해 들은 게 있어. 도니가 중국에서 건너온 물건을 받았다고. 엄청난 양이라고들 했지. 가루가 아니라 알약이래. 도니 빅스가 개인적으로 많은 양의 가짜 옥시콘틴을 산 거야. 내가 추측하기론 일종의 보너스 상품 같은데, 어쨌든 *이젠 정말*

피라미드 꼭대기가 없어졌어, 제이미. 조직의 보스도 윗사람들이 있는 법인데 말이지."

그 말에 나는 어머니와 해리 외삼촌이 이따금 외던 시가 생각났다. 아마도 어릴 적에 배운 말인지 해리 외삼촌은 온갖 중요한 것을 다 잊어버려도 그것만은 기억했다. *큰 벼룩 위에 작은 벼룩이 올라타서 물고 작은 벼룩 위에 더 작은 벼룩이 올라타서 문다. 그리하여 무한히 뒤를 잇는다.* 아마 나도 나의 자녀들에게 그 시를 읊어줄 것 같다. 아이를 가지게 된다면 그럴 것이다.

"알약이야, 제이미! 알약이라고!" 취한 듯한 리즈의 목소리가 섬뜩하기 그지없었다. "운반하기도 쉽고 팔기도 용이하잖아! 엄청난 양이면 이천이나 삼천, 어쩌면 *만* 정까지도 되겠지. 리코(B지점의 동료 중 하나) 말로는 40밀리그램짜리 알약이래. 40밀리그램이 길거리에서 얼마에 팔리는 줄 아니? 대답하지 않아도 괜찮아, 모르는 것 다 아니까. 한 알에 80달러야. 쓰레기봉투에 헤로인 넣어서 진땀 빼며 뛰어다닐 필요도 없어. 이건 알약이라 여행 가방에 넣으면 돼."

리즈는 입술 사이로 새어 나온 담배 연기가 가장자리에서 물러나시오라고 쓰인 가드레일을 향해 멀리 사라지는 광경을 바라보았다.

---

* 『걸리버 여행기』의 작가 조너선 스위프트의 장편 풍자시《On Poetry:A Rhapsody》중.

"우린 그 알약을 찾으러 가는 거야, 제이미. 넌 도니가 그걸 어디에 뒀는지 알아내면 돼. 내 동료들이 물건의 행방을 알게 되면 자기네 몫을 챙겨달라고 했어. 물론 그러겠다고 말했지만 이건 내 거래지. 게다가 알약이 만 정도 안 될지 모르잖아. 아마 팔천 정이나, 팔백 정밖에 없을 수도 있고."

리즈는 머리를 갸우뚱하더니 고개를 흔들었다. 자기 자신과 실랑이라도 벌이는 것 같았다.

"몇천 정은 되겠지. 최소한 이천 정은 될 거야. 그 정도는 되어야 해. 어쩌면 더 될 수도 있고. 뉴욕에 있는 고객들에게 마약을 잘 공급했다고 도니한테 받은 임원 보너스로 쳐야지. 하지만 그걸 쪼개기 시작하면 잔돈만 받게 되는 거야. 난 멍청이가 아니야. 마약 문제가 좀 있긴 해도 멍청이는 아니라고. 이제 내가 어떻게 할지 알겠지, 제이미?"

나는 고개를 가로저었다.

"서부로 갈 거야. 이곳에서 영영 사라져버리는 거지. 옷도 새로 사고 머리도 염색해서 새로운 나로 살 거야. 거기에서 옥시콘틴을 거래할 수 있는 브로커를 찾아야지. 한 알에 80달러를 못 받아도 많이 팔면 돼. 옥시콘틴은 여전히 마약 시장의 금과 같은 존재고 중국제 마약도 진짜 옥시콘틴만큼 질이 좋으니까. 그런 다음에는 새로운 머리 색과 옷에 걸맞은 멋진 새 신분을 구해야지. 재활원에 들어가서 말끔하게 거듭나는 거야. 일자리도 찾아야 해. 이왕이면 과거를 만회할 수 있는 일

을 시작할지도 몰라. 가톨릭교에서는 그걸 속죄라고 부른단
다. 네가 듣기에는 어때?"

허황된 망상 같은데요.

나는 속으로 생각했다.

행복한 미소를 띠었던 리즈의 얼굴이 차갑게 굳어버린 걸
보면 내 속내가 표정에 드러난 것이 분명했다.

"그렇게 안 될 것 같아? 좋아. 지켜보기나 해."

"전 당신을 지켜보고 싶지 않아요." 내가 대꾸했다. "얼른
당신 곁에서 멀리 떨어지고 싶어요."

리즈가 한 손을 들어 올리는 걸 보고 나는 몸을 좌석 등받이
로 움츠렸다. 분명 한 대 호되게 후려 맞을 줄 알았다. 하지만
그녀는 한숨을 내쉬고 또 한 번 제 코를 훔쳤다.

"그렇다고 내가 어떻게 널 비난할 수 있겠니. 그러니 실행에
옮기자꾸나. 차를 몰고 도니의 집(렌필드 로드에 있는 마지막 집)으
로 가서 네가 알약의 행방을 물어야 해. 내 생각에는 개인 금
고에 넣어두었을 것 같아. 만약 그렇다면 넌 금고 비밀번호도
물어봐야 해. 죽은 이들은 거짓말을 못 하니까 도니는 너한테
비밀번호를 말할 수밖에 없겠지."

"그건 저도 장담할 수 없어요." 살아있다는 걸 증명하듯 나
는 거짓말을 했다. "제가 수백 명을 만나본 건 아니잖아요. 보
통은 그들에게 아예 말을 걸지 않아요. 뭐하러 말을 걸겠어
요? 죽은 사람들한테."

"하지만 테리올트는 너한테 폭탄이 있는 곳을 불었잖아. 본인이 원치 않는데도 불구하고 말이야."

그 말에는 반박할 수 없었지만 다른 가능성도 있었다.

"그 사람이 집에 없으면요? 그 사람이 자기 시신이 있는 곳에 가 있다면 어떻게 하려고요? 아니면 또 모르죠. 자기 부모님을 보러 플로리다에 가 있는지. 일단 죽으면 어디든 순간이동이 가능한 걸 수도 있으니까요."

리즈가 동요할 거라 예상하고 한 말이지만 그녀는 전혀 실망한 기색이 아니었다.

"토머스는 자기 집에 있었잖아, 그렇지?"

"모두가 다 그럴 거라는 증거는 아니라고요, 리즈!"

"마스든도 분명 집에 있을 거야." 리즈가 아주 확신에 찬 목소리로 말했다. 그녀는 유령들이 예측 불가능할 수 있다는 걸 이해하지 못했다. "어서 가자. 그러면 내가 너의 가장 간절한 소원을 들어줄게. 다시는 나를 볼 일이 없을 거야."

리즈는 마치 내가 그녀를 안타깝게 여겨야 할 것처럼 슬픈 목소리로 말했지만 나는 전혀 그런 마음이 들지 않았다. 리즈에 대해 느낄 수 있는 감정이라고는 두려움뿐이었다.

58

길은 나른한 몇 개의 S자 턴을 거듭하며 올라가고 있었다. 처음에는 길가에 우편함이 세워진 집들이 좀 보이다가 점차 띄엄띄엄 나타났다. 나무들이 우거지기 시작하면서 나무 그림자 때문에 실제보다 사방이 한층 더 어두워졌다.

"얼마나 많이 있을 것 같니?"

난데없이 리즈가 물었다.

"네?"

"너 같은 사람들 말이야. 유령을 볼 수 있는 사람들."

"제가 어떻게 알겠어요?"

"그런 사람을 마주친 적 있어?"

"아뇨, 근데 사람들하고 대개 그런 이야기는 안 하잖아요. '저기요, 유령이 보이세요?'라고 물으면서 대화를 시작한다고 생각해봐요."

"그렇게 안 하지. 근데 네 엄마한테 물려받은 능력이 아닌 건 확실하고." 리즈는 마치 내 능력이 눈 색깔이나 곱슬머리처럼 유전인 듯 이야기를 하고 있었다. "네 아빠한테 물려받은 건가?"

"누군지도 몰라요. 죽었는지 살았는지, 뭐 어떻게 됐는지 모르니까요."

아버지 이야기가 나는 불편했다. 아마 어머니가 그런 대화를 꺼렸기 때문일 것이다.

"한 번도 물어본 적이 없어?"

"당연히 물어봤죠. 엄마가 말해주질 않아요." 나는 리즈 쪽을 향해 몸을 돌렸다. "그런 이야기는…… 아빠에 관해서는 한 번도 말해준 적이 없어요. 리즈한테는요?"

"나도 물어봤지만 너랑 마찬가지였어. 벽처럼 꿈쩍도 안 했어. 전혀 티닫지 않게."

더 가파른 경사로가 나왔다. 저 멀리 아래에 윌킬이 늦은 오후의 햇살을 받아 빛나고 있었다. 어쩌면 이른 저녁이었는지도 모른다. 시계를 침대 머리맡 탁자에 두고 온 나는 자동차 계기판의 시계를 보았다. 8시 15분이었다. 이렇게나 늦어버리다니 정말 망했다. 그 와중에 길이 험해졌고 리즈의 차는 깨진 도로 위를 덜커덩거리며 달리느라 구덩이에 걸려 쿵쿵 소리를 냈다.

"너무 취해서 기억이 안 나는 건지. 아니면 성폭행을 당한 건지." 그런 생각을 해본 적이 없었던 나는 움찔했다. "그렇게 충격적인 표정 짓지 마. 그냥 내 추측일 뿐이야. 너도 이젠 네 엄마가 어떻게 살아왔을까 생각해 볼 나이도 됐지."

소리 내어 반박하지 않았지만 나는 내심 리즈의 말을 부정했다. 아니, 리즈의 말이 터무니없다고 생각하고 있었다. 나이가 들면 내 삶이 낯선 이의 차 뒷좌석에서 기억도 안 나는 섹스를 한 결과물이 아닐까, 내 어머니가 막다른 골목에 몰려 강간을 당했던 것 아닐까 의구심을 가지게 된다고? 나는 정말이지 납득할 수 없었다. 그 말은 리즈가 어떻게 변했는지를 알려줄 뿐 아니라 어쩌면 그녀가 애초부터 어떤 사람이었는지를 엿볼 수 있는 말이었다.

"네 능력을 사랑하는 늙은 아빠에게 물려받았을지도 모르는데, 물어볼 수 없어서 안됐구나." 혹시 아버지라는 사람을 만나게 되더라도 나는 아무것도 묻지 않을 것이다. 그냥 주둥이에 주먹만 한 방 날릴 생각이다. "한편으로는 난데없이 생긴 능력 같기도 해. 내가 자랐던 뉴저지의 마을에는 우리 골목 아래에 존스 씨 가족이라고 남편, 아내, 그리고 아이 다섯이 다 쓰러져가는 트레일러에 살았어. 부부 둘이 멍청하기 이루 말할 데 없었고 애들 넷도 마찬가지였지. 그런데 다섯째 애가 끝내주게 똑똑한 거야. 여섯 살에 기타를 독학으로 배우고 두 개 학년을 월반해서 열두 살에 고등학교를 입학했어. 그 *재능이* 어디서 왔겠니? 알 수 없는 일이지."

"존스 부인이 집배원이랑 섹스를 했겠죠."

내가 대답했다. 학교에서 들은 말장난이었다. 그 말에 리즈가 웃음을 터뜨렸다.

"너 참 재미있는 애야, 제이미. 우리가 계속 친구로 남을 수 있으면 좋겠구나."

"그러고 싶으면 친구답게 굴었어야죠." 내가 쏘아붙였다.

59

갑자기 포장도로가 끊기고 흙길이 이어졌다. 하지만 흙길이 포장도로보다 훨씬 나았다. 잘 다져지고 윤기가 흘러 매끄러웠다. 사유 도로 출입 금지라는 커다란 주황색 표지판이 나타났다.

"저기 누가 있으면 어떻게 하죠?" 내가 물었다. "왜, 보디가드 같은 사람들 말이에요."

"보디가드(bodyguard)가 있다면 진짜 시신(body)을 지키고 있겠지. 그런데 시신은 여기 없고 문지기도 가고 없을 거야. 정원사랑 가정부 외에는 있을 만한 사람이 없어. 검은 양복에 선글라스 낀 남자가 반자동 소총을 들고 두목을 지키는 액션 영화 시나리오를 상상하는 거라면 그만해 둬. 무기를 가진 사람은 문지기뿐이고 테디가 혹시 아직 있다고 해도 나랑 아는 사이니까."

"마스든 씨의 부인은요?"

"없어. 5년 전에 떠났어." 리즈가 손가락을 소리내어 튕겼다. "바람과 함께 사라졌지. 휙."

우리는 한 바퀴를 더 돌았다. 서쪽 하늘 절반을 가리는 전나무가 무성한 산이 어렴풋이 앞에 보였다. 계곡의 갈라진 틈으로 태양이 비쳤지만 곧 사라질 것이었다. 전방에 쇠말뚝으로 만든 대문이 나타났다. 닫혀 있었다. 인터폰과 키패드가 한쪽 편에 달려 있었다. 다른 쪽 옆에는 대문 안에 문지기가 지낼만

한 작은 수위실 건물이 보였다.

리즈는 차를 멈춰서 시동을 껐다. 그리고 차 열쇠를 주머니에 넣었다.

"가만히 앉아있어, 제이미. 눈 깜짝할 새에 끝날 테니까."

리즈의 두 뺨은 붉게 물들어 있었고 두 눈이 밝게 빛났다. 한쪽 콧구멍에서 피가 흘러내리자 그녀는 손으로 피를 닦아냈다. 차에서 내린 리즈가 인터폰 앞에 가서 섰지만 차창이 닫혀있어서 그녀가 하는 말을 들을 수 없었다. 그러고 나서 리즈는 수위실 쪽으로 가더니 이번에는 내가 들을 수 있을 만큼 목청을 높여 외쳤다.

"테디? 안에 있어요? 당신 친구 리즈예요. 조문을 하러 가고 싶은데 어디로 가야 할지 몰라서요!"

아무런 대답이 없었고 누구 하나 나와보지 않았다. 리즈는 다시 대문 반대편으로 갔다. 뒷주머니에서 쪽지를 하나 꺼내더니 그걸 보면서 키패드의 번호를 몇 개 눌렀다. 대문이 요란한 소리를 내며 천천히 열렸다. 리즈가 미소를 지으며 차로 돌아왔다.

"우리가 집을 독차지하게 생겼구나, 제이미."

리즈가 안으로 차를 몰았다. 진입로가 유리처럼 매끈하게 포장되어 있었다. 또 S자 커브길이 나왔다. 리즈의 차가 길을 따라 들어서자 진입로 양옆으로 전등이 켜졌다. 나중에 나는 그런 종류의 불을 횃불이라고 부른다는 걸 알게 되었다. 어찌면 그 말은 옛날 「프랑켄슈타인」 영화에서 사람들이 성으로 떼를 지어 쳐들어갈 때 쓰던 횃불만 뜻하는 건지도 모르겠다.

"예쁘네요."

내가 말했다.

"그렇지 뭐, 하지만 저 끝내주는 광경을 봐, 제이미!"

S자 커브길 끝에 마스든의 집이 모습을 드러냈다. 으리으리하고 우뚝 솟아있는 것이 영화에서 보던 할리우드 힐스의 대저택 같았다. 건물의 정면은 전면 유리로 되어 있었다. 나는 뜨는 해를 바라보며 모닝커피를 마시는 마스든의 모습을 상상했다. 포킵시까지 가는 길을 훤히 내려다볼 수 있었을 것이다. 어쩌면 그보다 더 먼 곳까지 볼 수 있었을지도 모른다. 한편으로는…… 포킵시 가는 길이라니? 정말로 갖고 싶어 안달나는 전망은 아니겠다는 생각이 들었다.

"헤로인으로 일군 저택이지." 리즈의 말투에 증오가 실렸다. "호화롭게도 꾸몄네. 차고에는 메르세데스에 포르쉐 박스터까지 있고. 내가 이런 것 때문에 직장을 잃다니."

나는 내가 일을 망칠 때마다 어머니에게 늘 듣던 대로 *자업자득*이라고 말하려다가 그냥 입을 다물고 말았다. 텀퍼의 폭탄처럼 잔뜩 약에 취해 있는 사람을 폭발하게 만들고 싶지 않았다.

저택의 바로 앞, 포장된 앞마당까지 가려면 커브 길을 하나 더 지나야 했다. 리즈가 커브를 도는데 마스든의 비싼 차 두 대가 들어선 차고 앞에 한 남자가 서 있었다. (확실히 도니 빅스를 박스터에 태워 장의사로 데려가진 않았던 모양이었다.) 나는 저 사람이 (날씬한 몸매로 보아 분명 마스든은 아닌) 문지기 테디인가 보다고 리즈에게 말하려던 찰나 그의 입이 날아가 버리고 없다는 걸 깨달았다.

"박스터도 저 안에 있어요?"

나는 내 목소리가 평소와 다르지 않길 바라며 리즈에게 물었다. 그리고 차고와 그 앞에 선 남자를 손가락으로 가리켰다.

리즈는 내가 가리키는 쪽을 바라보더니 말했다.

"그렇지. 하지만 박스터를 타보겠다거나 구경하겠다는 희망은 접어두렴. 우린 용무가 있잖니."

리즈는 그 남자를 보지 못했다. 남자는 내 눈에만 보였다. 그리고 입이 있을 자리에 뚫린 시뻘건 구멍으로 미루어 짐작건대 자연사가 아니었다.

앞서 말했듯, 이 이야기는 공포물이다.

60

리즈는 자동차 엔진을 끄고 차에서 내렸다. 그리고 여전히 조수석에 앉아있는 나를 쳐다보았다. 나는 두 발이 과자 포장지 뭉치 틈에 박힌 듯 옴짝달싹 못 하고 덜덜 떨었다.

"어서, 제이미. 네 몫을 할 때가 됐어. 그러고 나면 자유라고."

나는 차에서 내려 리즈를 따라 현관으로 향했다. 그 와중에 차고 앞에 있는 남자를 다시 힐긋 쳐다보았다. 그가 손을 들어 보였다. 내가 자신을 본다는 걸 확실히 알고 있는 것이다. 나는 리즈가 쳐다보지 않는 걸 확인한 뒤 답례로 손을 들어 올렸다. 슬레이트 계단은 사자 머리 노커가 달린 나무 문 앞에서 멈췄다. 리즈는 노크를 하지도 않고 바로 주머니에 있던 쪽지를 꺼내 아까보다 더 많은 키패드 번호를 눌렀다. 키패드의 빨간 등이 초록색으로 바뀌면서 쿵 하는 소리와 함께 문의 잠금 장치가 해제되었다.

마스든이 한낱 운반책에게 현관 비밀번호를 알려줬을까? 그럴 리가 없었다. 리즈에게 알약에 대한 정보를 준 사람도 비밀번호를 알 리가 만무했다. 리즈가 번호를 갖고 있다는 점이 께름칙했다. 그리고 처음으로 테리올트······ 혹은 테리올트의 남은 존재에 깃들어 사는 그것을 떠올렸다. 내가 쿠드 의식에서 그것을 이겼으니, 항상 우리의 거래를 존중할 수밖에 없다면, 내가 부를 때 나타날 것이다. 하지만 아직 증명되지 않은 이론이었다. 나는 그것이 공포스러웠기 때문에 어떤 경우든 최후의 수단으로 이용할 생각이다.

"안으로 들어가."

리즈는 쥐었던 쪽지를 뒷주머니에 꽂고 쪽지를 쥐었던 손을 더플 코트 주머니에 넣었다. 나는 다시 한번 차고 앞에 서 있는 (테디로 추정되는) 남자 쪽을 쳐다보았다. 남자의 입이 있어야 할 자리에 생긴 피범벅이 된 구멍을 바라보며 리즈의 운동복 상의에 묻은 핏자국을 떠올렸다. 아마 코피를 닦은 흔적이겠지.

어쩌면 아닐 수도 있고.

"들어가라니까."

그건 명령이었다.

나는 현관문을 열었다. 현관 안에는 로비도 넓은 홀도 없었다. 그냥 엄청나게 큰 내실이 나왔다. 한가운데에 소파와 의자들이 배치된 구덩이 같은 공간이 있었다. 나중에 알게 되었지만 대화실이라고 부르는 공간이었다. 그 주변을 둘러싼 한층 값이 나가 보이는 가구들과 (아마도 아래 구덩이에서 진행되는 대화를 관찰할 목적으로 둔) 바퀴가 달린 바, 그리고 벽에 걸린 것들이 보였다. 벽에 걸린 것들이라고 한 이유는 내가 보기엔 튄 물감과 구불구불한 선들이 예술 같지 않았기 때문이다. 그런데 액자로 만들어 걸어둔 걸 보면 마스든의 눈에는 그게 예술품인 모양이었다. 대화실 위에 적어도 200킬로그램은 족히 나갈 샹들리에가 달려있었다. 나라면 그 밑에 앉을 엄두가 나지 않을 것 같았다. 대화실 너머에 위층으로 올라가는 이중 계단이 보였다. 영화나 텔레비전이 아니라 현실 세계에서 본 그와 비슷한 계단은 5번가에 있는 애플 스토어의 것이 유일했다.

"굉장하지, 안 그래?"

리즈가 말했다. 그녀는 (쾅 하고) 현관문을 닫고 손바닥 뒤꿈치로 현관 옆에 있는 전등 스위치를 눌렀다. 더 많은 횃불에 이어 샹들리에가 켜졌다. 아름다운 빛을 드리우는 아름다운 광경이었다. 하지만 즐길 기분이 아니었다. 나는 리즈가 이곳이 처음이 아니며, 나를 데리러 오기 전에 테디를 쐈을 거라고 점점 확신하게 되었다.

내가 테디를 봤다는 걸 모르면 나를 쏠 필요가 없겠지.

내 생각은 비록 그럴듯한 판단이었지만 이건 논리로 헤쳐나갈 수 있는 일이 아니었다. 리즈는 약에 취할 대로 취해서 몸을 부르르 떨고 있었다. 나는 또 한 번 텀퍼의 폭탄을 연상했다.

"저한테 안 물어보네요."

내가 말했다.

"물어보다니 뭘?"

"그 사람이 여기 있는지."

"음, 있니?"

리즈의 목소리에는 진정 궁금한 기색이 없었다. 그냥 형식상 물어보는 것 같았다. 대체 왜 그러는 걸까?

"아뇨."

내가 대답했다.

리즈는 우리가 테리올트를 잡으러 갔을 때처럼 화난 기색이 아니었다.

"2층을 확인해 보자. 어쩌면 창녀들하고 섹스를 하면서 보낸 행복한 때를 떠올리며 부부 침실에 있을지도 몰라. 매들린이 떠난 후에도 여자가 많았거든. 아마 그전에도 있었을 테고."

"위층에 올라가고 싶지 않아요."

"어째서? 여긴 *귀신* 들린 집이 아니야, 제이미."

"그 남자가 위층에 있으면 귀신 들린 집인 거죠."

리즈는 그 말을 곰곰이 생각해 보더니 큰소리로 웃었다. 그녀는 아직도 손을 외투 주머니에 넣고 있었다.

"네 말이 맞는 것 같구나. 하지만 우리가 찾는 게 바로 그자니까 어서 올라가. 안달레, 안달레.*"

나는 거대한 내실의 오른편에 멀리 뻗어있는 복도 쪽으로 손짓했다.

"부엌에 있을지도 몰라요."

"간식 만들어 먹느라고? 그럴 것 같지 않아. 내 생각에는 위층에 있을 거야. 어서 가."

나는 좀 더 언쟁을 할까 단도직입적으로 거절을 할까 고민했지만 그러다가 리즈가 주머니에서 손을 뺄 가능성을 생각했다. 주머니에 뭐가 들었을지 나는 아주 잘 알고 있었다. 그래서 나는 오른쪽 계단을 오르기 시작했다. 흐린 초록색 유리로 된 난간은 매끈하고도 서늘했다. 계단은 초록색 돌 재질이

---

* ándale. 스페인어로 '어서', '빨리' 따위의 재촉하는 말.

었다. 내가 세어보니 모두 마흔일곱 개였고 모르긴 해도 하나에 기아 자동차 한 대 가격과 맞먹을 것이다.

계단 꼭대기 벽에는 높이 2미터가 넘는 금테 액자 거울이 달려있었다. 다른 쪽 계단 꼭대기에도 마찬가지로 똑같은 거울이 보였다. 나는 거울 속에 점차 드러나는 나의 모습을 바라보았다. 리즈가 내 뒤에서 어깨너머로 나를 쳐다보고 있었다.

"당신 코요."

내가 말했다.

"나도 보여." 리즈는 이제 양쪽 콧구멍에서 피를 흘리고 있었다. 그녀가 손으로 코를 훔쳐 운동복 상의에 피를 닦았다. "스트레스 탓이야. 콧구멍 안의 모세혈관은 스트레스를 받으면 쉽게 터지거든. 마스든만 찾으면 알약이 어디 있는지 말해 줄 테니까 스트레스도 진정될 거야."

테디를 쐈을 때도 코피가 났나요? 나는 궁금해졌다. 그땐 스트레스가 얼마나 심했죠, 리즈?

계단 꼭대기는 사실, 좁은 통로에 가까운, 허리까지 오는 난간이 달린 원형의 발코니였다. 그곳에서 내려다보니 속이 울렁거렸다. 떨어지기라도 하면 (혹은 누군가에게 밀려 떨어지면) 단숨에 곧장 대화실 구덩이 한가운데로 곤두박질할 형국이었다. 아래층에 깔린 색색의 러그는 석조 바닥 위에서 어떤 완충 역할도 하지 못할 것이었다.

"왼쪽으로 꺾어, 제이미."

그 말은 발코니에서 떨어지라는 뜻인데 그건 좋았다. 왼쪽 벽으로 문이 즐비한 긴 복도를 따라 걸어갔다. 그 방에 누가 있었든 방에서 내다보는 전망을 마음에 들어 했을 것이다. 복도를 반쯤 가니 유일하게 열려있는 방문이 나왔다. 원형 서재였다. 모든 서고가 책으로 가득 차 있었다. 어머니가 봤다면 좋아서 기절할 장관이었다. 책이 꽂혀있지 않은 유일한 벽 앞에는 의자와 소파들이 놓여있었다. 물론 그 벽은 창문이 달린 벽이다. 땅거미 질 무렵이라 곡선의 유리창 밖에 보라색으로 변해가는 풍경이 내다보였다. 렌필드 시내가 틀림없는 지점에 둥지처럼 모인 빛이 보였다. 그곳으로 갈 수 있다면 나는 뭐든 기꺼이 바쳤을 것이다.

리즈는 서재에 마스든이 있는지도 묻기는커녕 한 번 훑어보지도 않았다. 복도 끝에 다다르자 리즈가 주머니에서 손을 빼 들고 복도 제일 끝에 있는 방문을 가리켰다.

"그자는 분명 여기 있을 거야. 열어."

나는 방문을 열었다. 방 안에는 당연하게도 도널드 마스든이 있었다. 더블 침대 대신 트리플 침대, 아니 쿼드러플 침대로 보이는 엄청나게 커다란 침대 위에 큰 대자로 누운 모습이었다. 그는 몸집 자체가 쿼드러플 크기였는데 덩치가 엄청나다는 리즈의 말이 맞았다. 어린 내 눈에 그의 우람한 몸집은 거의 환각을 불러일으킬 지경이었다. 괜찮은 정장 한 벌이면 최소한 군살을 좀 가릴 수 있을 텐데 몸에 걸친 건 거대한 사각 팬티가 전부였다. 어마어마한 허리둘레, 특대 크기의 남성 유방, 가느다란 칼자국으로 뒤덮인 두 팔이 축 늘어져 있었다. 꽉 찬 보름달 같은 얼굴에도 멍이 들고 한쪽 눈이 부어올라 감겨있는 상태였다. 입안에는 이상한 걸 물고 있었는데 나중에 (어머니 몰래 들어가는 웹사이트들을 통해서) 알고 보니 공 재갈이라는 물건이었다. 양 손목이 머리맡의 침대 기둥에 각각 수갑으로 묶여 있었다. 리즈는 수갑을 두 개만 챙겨왔던지 발목에 덕테이프를 감아 발치에 있는 침대 기둥에 하나씩 결박해 둔 것도 눈에 띄었다.

"보라, 이 저택의 주인을."

리즈가 말했다.

마스든이 멀쩡한 한쪽 눈을 깜박였다. 여러분은 수갑과 덕테이프를 보고도 몰랐냐고 말하고 싶겠지. 아직도 진물이 흘러내리는 몇몇 칼자국을 보고 눈치를 챘어야 하지 않냐고. 하지만 나는 알지 못했다. 눈앞의 광경에 충격을 받아 눈치를 못 챘다. 그가 눈을 깜박이기 전까지도.

"살아있잖아요!"

"그건 내가 해결할 수 있지."

리즈가 말했다.

그러고 나서 코트 주머니에서 총을 꺼내 마스든의 머리를 쏘았다.

61

피와 뇌 파편이 그의 뒤에 있는 벽에 흩뿌려졌다. 나는 비명을 지르며 방을 뛰쳐나와 계단을 내려가서 현관으로 나갔고 서 있는 테디를 지나 언덕을 내려갔다. 나는 렌필드까지 한달음에 달렸다. 그 모든 일이 순식간에 벌어졌다. 그때 리즈의 두 팔이 나를 감싸 안았다.

"진정해, 애. 진정하……"

나는 리즈의 배에 주먹을 날렸다. 리즈가 헉하고 놀란 숨을 내쉬었다. 다음 순간 내 몸이 휙 돌아가더니 팔을 등 뒤로 비틀려 제압당했다. 나는 아파 죽을 것 같아 좀 더 비명을 질렀다. 별안간 내 몸을 받치고 있던 두 발에 힘이 풀렸다. 리즈가 내 다리를 쳐서 무릎 꿇린 것이었다. 비틀린 팔이 견갑골에 닿을 만큼 심하게 치켜 올라가자 나는 절규를 터뜨렸다.

"닥쳐!"

리즈의 목소리가 짐승처럼 귓가에서 울부짖었다. 한때는 나와 함께 성냥갑 자동차 놀이를 해주던 사람이었다. 부엌에서 어머니가 스파게티 소스를 젓는 동안 우리는 무릎을 꿇고 앉아 판도라 라디오에 나오는 옛날 노래를 들었다.

"소리 좀 그만 질러, 그래야 놓아 줄 거야!"

내가 시키는 대로 하자 리즈도 나를 놓아주었다. 나는 손발을 바닥에 대고 엎드린 채 러그를 응시하며 온몸을 떨었다.

"일어나, 제이미."

가까스로 몸을 일으켜 세운 나는 러그에 시선을 고정했다. 머리 꼭대기가 날아간 뚱뚱한 남자를 쳐다보고 싶지 않았다.

"그가 여기 있니?"

나는 러그만 내려다보며 입을 꾹 다물었다. 머리카락이 시야를 가렸다. 어깨가 욱신했다.

"여기 있어? 둘러보란 말이야!"

나는 고개를 들었다. 목에서 우두둑하는 소리가 났다. 곧장 마스튼의 시체 쪽을 바라보지 않고 (보이지 않을 수가 없는 거구라 뻔히 눈에 띄었지만) 그의 침대 옆 협탁으로 시선을 돌렸다. 협탁 위에는 한 아름의 약통과 기름진 샌드위치, 생수 한 병이 놓여 있었다.

"여기 있냐니까?"

리즈가 내 뒤통수를 후려쳤다. 나는 방을 자세히 살펴보았다. 방 안에는 우리와 뚱뚱한 남자의 시체 외엔 아무도 없었다. 이로써 나는 머리에 총을 맞은 사람을 둘이나 본 셈이었다. 테리올트의 몰골이 끔찍하긴 했지만 놈이 죽는 걸 직접 목격하지는 않아서 차라리 나은 편이었다.

"아무도 없어요."

내가 대답했다.

"어째서? 왜 여기 없다는 거야?"

리즈는 미친 사람처럼 소리를 질렀다. 그때는 너무 겁에 질린 나머지 미처 생각할 겨를이 없었다. 나중에 영원한 악몽 같던 마스든 침실에서의 5분을 회상하고서야 리즈가 모든 걸 의심하게 되었단 걸 깨달았다. 리지스 토머스의 책과 슈퍼마켓의 폭탄 사건을 겪고도 그녀는 내 눈에 죽은 남자가 영영 보이지 않을까 봐, 자신이 숨겨진 알약 뭉치의 행방을 아는 유일한 사람을 죽인 셈이 되었을까 봐 두려워했다.

"모르죠. 실제로 누가 죽은 현장에 있어 본 적은 처음이니까요. 어쩌면…… 시간이 좀 걸리는가 봐요. 나도 모르겠어요, 리즈."

"알았어." 그녀가 말했다. "기다려야지."

"이 방에 있긴 싫어요, 괜찮죠? 제발요, 리즈. 저 사람을 계속 봐야 하잖아요."

"그럼 복도에서 기다리자. 내가 널 편히 놔주면 착하게 굴거지?"

"네."

"도망치려고 할 거 아니지?"

"도망 안 가요."

"그러는 편이 이로울 거야. 네 발이나 다리를 쏘긴 싫으니까. 그러면 네 테니스 경력도 끝이야. 나가자."

나는 방을 나왔고, 리즈는 내가 탈주를 시도하기라도 하면 붙잡기 위해 함께 나섰다. 복도에 나가서도 리즈는 내게 다시 둘러보라고 했다. 시키는 대로 주위를 살펴보았다. 마스든은 어디에도 없었고 나는 그 사실을 리즈에게 알렸다. "젠장." 리즈가 말을 이었다. "너도 그 샌드위치 봤잖니, 안 그래?"

나는 고개를 끄덕였다. 초대형 침대에 묶인 남자한테 차려 준 샌드위치와 생수병을 나도 보았다. 손과 발이 묶인 사람한테 말이다.

"마스든은 음식을 너무나 좋아했지." 리즈가 계속 이야기를 했다. "한번은 음식점에서 같이 식사를 했어. 포크와 숟가락 대신 삽이 있어야겠더라. 뚱돼지 같으니."

"먹지도 못하는 샌드위치를 왜 놔뒀어요?"

"쳐다보라고 놔뒀어. 그게 이유야. 보기만 하라고. 내가 널 데리러 가서 돌아오는 동안 종일 보고 있으라고 말이지. 그리고 내가 장담하는데 머리에 총 맞아도 싸. 놈이 그…… '행복한 독약'인가 하는 물건으로 얼마나 많은 사람을 죽였는지 아니?"

그걸 도운 사람이 누군데요?

나는 물론 입 밖에 내지 않고 속으로 생각만 했다.

"대체 얼마나 더 살았을 것 같아? 2년? 5년? 제이미, 내가 그자 욕실에 가봤거든. 화장실 변기 앉는 부분이 두 배나 크지 뭐야!" 리즈는 깔깔대는 웃음과 혐오의 코웃음이 섞인 소리를 냈다. "좋아. 발코니까지 거닐어 보자. 마스든이 내실에 나타나면 볼 수 있을 거야. 천천히 가."

나는 설사 빨리 걷고 싶어도 그럴 수가 없었다. 허벅지가 후들거리고 무릎에 힘이 들어가지 않았다.

"대문 비밀번호를 어떻게 손에 넣었는지 아니? 마스든의 UPS 배달부한테서 알아냈어. 굉장한 코카인 중독자야. 내가 원할 때면 언제든 그 사람 아내와 잘 수 있었단다. 내가 마약만 대주면 기꺼이 아내를 제공했지. 저택의 현관 비밀번호는 테디한테 받았고."

"그런 다음에 죽였죠."

"죽여야지 뭘 어쨌어야 한단 말이야?" 리즈는 멍청하기 짝이 없는 소리라는 투로 반문했다. "날 신고할 게 뻔한데."

나도 신고할 수 있지.

생각이 거기까지 미치자 휘파람을 불어 소환할 수 있는 그것이 다시 떠올랐다. 불러야 할 것 같았지만 여전히 내키지 않았다. 오지 않을까 봐? 그도 그렇지만 그 이유뿐만이 아니다. 이게 마법의 램프를 문질러서 지니를 불러내는 일이라면 좋다. 잘된 일이다. 하지만 악마(죽은 빛)를 소환했을 때 무슨 일이 벌어질지는 오직 신만이 아시겠지. 나는 알 수가 없다.

우리는 난간이 낮은 아찔한 발코니에 당도했다. 나는 난간 아래를 내려다보았다.

"밑에 있니?"

"아뇨."

리즈의 총이 내 등을 쿡 찔렀다.

"너 거짓말하는 거야?"

"아니에요!"

리즈는 거칠게 한숨을 내쉬었다.

"원래 이렇게 될 일이 아니었는데."

"어떻게 될 일이었는지 모르겠지만요, 리즈. 제 생각에 마스든은 밖에서 수다를 떨며 테……."

나는 하던 말을 멈췄다.

리즈가 내 어깨를 잡고 나를 돌려세웠다. 그녀는 윗입술에 (스트레스가 극에 달해서) 코피가 흥건한 채 미소를 짓고 있었다.

"테디를 봤어?" 나는 시선을 떨구었다. 그러면 대답으로 충분했다. "이 교활한 녀석." 리즈는 크게 소리 내어 웃었다. "마스든이 결국 집 안에 나타나지 않으면 나가서 찾아볼 거야. 그때까지는 그냥 여기서 좀 기다리자. 그럴 여유는 있어. 최근에 들인 창녀가 자메이카인지 바베이도스인지 어디 야자나무 있는 곳으로 친척을 만나러 갔기 때문에 일주일간은 올 사람도 없었어. 요즘은 사업도 전부 휴대폰으로 하고. 내가 들어왔을 때 도니는 텔레비전 법정 드라마 「존 로」를 보면서 저렇게 누워있었지. 세상에. 최소한 잠옷이라도 입고 있을 줄 알았더니, 안 그래?" 나는 아무 대꾸도 하지 않았다. "알약이 없다고 하더구나. 하지만 거짓말이라는 걸 표정에서 읽을 수 있었어. 그래서 묶어놓고 칼로 좀 그었지. 그러면 실토를 할 거라고 생각했거든. 근데 마스든이 어떻게 했게? 날 *비웃었어.* 이러는 거야. 응, 맞아. 옥시콘틴 있어. 아주 많이. 근데 어디 있는지 절대 너한테 말 안 해. '내가 왜 그래야 하지?' 그러더라. '넌 어차피 날 죽일 거잖아.' 그 말을 듣고 깨달았어. 어쩜 그 생각을 왜 못했나 싶었지. 무이 스뚜삐도.*"

리즈는 총을 쥔 손으로 제 옆머리를 툭 쳤다.

"저였군요." 내가 말했다. "저를 이용하면 된다고 생각했겠죠."

"바로 그거지. 그래서 샌드위치 하나와 생수병 하나를 바라보게끔 남겨놓고 뉴욕시로 가서 널 데리고 돌아왔는데 아무도 온 사람이 없고 우리뿐이야. 그러니 그 망할 놈 어디에 있냐고?"

"저기요."

내가 대답했다.

"*뭐? 어디에?*"

나는 손가락으로 도니가 있는 곳을 가리켰다. 리즈는 그쪽을 쳐다봤지만 당연히 아무것도 볼 수 없었고 그를 보는 건 나뿐이었다. 도널드 마스든, 일명 도니 빅스는 자신의 원형 도서관 입구에 서 있었다. 사각 팬티만 입은 그는 정수리 부분이 거의 다 날아가고 양어깨가 피로 흠뻑 젖은 채 리즈가 분노와 실망감에 묵사발을 만들지 않은 멀쩡한 한쪽 눈으로 나를 쳐

---

* Muy stupido. 스페인어 단어 muy와 영어 단어 stupid에 스페인어식 어미 o를 붙여 스페인어처럼 만든 말. 너무 멍청했다는 의미로 이해할 수 있다.

다보았다.

내가 머뭇거리며 그에게 손을 들어 보이자 그도 답례로 손을 들었다.

62

"물어봐!"

리즈는 내 어깨를 꽉 부여잡고 내 얼굴에 입김을 뿜었다. 둘다 불쾌하긴 매한가지였지만 리즈의 입 냄새가 더 괴로웠다.

"알았으니까 이거 놔요."

나는 천천히 마스든을 향해 걸어갔다. 리즈도 내 뒤에 바싹 붙어 따라왔다. 어렴풋이 가까워지는 리즈의 기운이 느껴졌다. 마스든과 1, 2미터 정도 거리를 둔 지점에서 내가 걸음을 멈췄다.

"약은 어디에 있어요?"

테리올트를 빼고 이전에 만난 유령들이 모두 그랬듯 마스든은 대수롭지 않은 일처럼 지체 없이 내 질문에 대답했다. 하긴 아무 상관이 없겠지? 지금 있는 곳에서든 앞으로 가게 될 곳에서든 그에게는 이제 필요 없는 물건이었다. 그가 어디로든 가버릴 거라는 가정하에 말이다.

"내 침대 옆 협탁 위에 조금 있고 대부분은 약장에 넣어놨어. 토포맥스, 마리녹스, 인더랄, 페파이드, 플로맥스……."

그는 약 이름을 대여섯 개 더 열거했다. 장보기 목록이라도 되는 듯 웅얼대며 읊어나갔다.

"마스든이 뭐라……."

"조용히 해요." 내가 말했다. 얼마 못 가겠지만 그 순간만은 주도권이 내게 있었다. 테리올트에 깃든 그것을 불러냈더라면 주도권을 차지할 수 있었을까? 그건 모를 일이었다. "내가 질문을 잘못했어요." 나는 리즈를 향해 돌아섰다. "다시 제대로 물어볼 수 있지만 그 전에 당신이 바라던 걸 손에 넣으면 날 놔주겠다고 약속부터 하시죠."

"당연히 너를 보내줄 거야, 제이미."

리즈가 대답했다. 나는 그게 거짓말이라는 걸 알고 있었다. 정확히 *어떻게* 알 수 있었는지 논리적으로 설명하기 어렵지만 순전히 본능적 감각으로 알아챘던 것 같다. 아마도 리즈가 내 이름을 부르면서 딴 데로 시선을 돌린 탓 아닐까.

그때 나는 휘파람을 불 수밖에 없다는 걸 확신했다.

도널드 마스든은 여전히 그의 서재 문가에 서 있었다. 문득 그가 정말 서재 안의 책을 모두 다 읽었을지 그냥 폼으로 갖다 놓은 책인지 궁금해졌다.

"리즈가 원하는 건 처방약이 아니에요. 옥시콘틴이죠. 그건 어디에 있어요?"

그러자 과거 테리올트에게 마지막 폭탄의 행방을 물었을 때와 똑같은 일이 벌어졌다. 마스든의 말이 그의 입 모양과 어긋나기 시작했다. 대답할 의무에 저항이라도 하는 것 같았다.

"너한테 말 안 해."

당시 테리올트가 했던 말과 정확히 일치했다.

"제이미! 뭐라고 했……."

"조용히 하라고 했잖아요! 나한테 맡겨요!"

나는 다시 그에게 물었다.

"옥시콘틴을 어디에 뒀어요?"

당시 테리올트는 대답을 강요받았을 때 고통스러워하는 것처럼 보였다. 확실하지 않지만 내 생각에는 아마 그 순간에 죽은 빛이 그의 몸속으로 들어갔을 것이다. 마스든은 신체적 고통을 느끼는 게 아니었다. 비록 죽었지만 뭔가 감정적으로 동요하는 표정이었다. 그는 잘못을 저지른 어린아이처럼 두 손으로 얼굴을 가렸다.

"패닉룸."

"무슨 말이죠? 패닉룸이 뭐예요?"

"집에 누가 침입했을 때 대피할 수 있게 만든 방이야."

마스든이 느끼는 감정은 불쑥 밀려왔던 것과 마찬가지로 순식간에 사라졌다. 어느덧 그의 표정은 장보기 목록을 읊던 때로 돌아가 있었다.

"나한테는 적들이 있으니까. 리즈도 적이었어. 그런 줄 미처 몰랐을 뿐이지."

"패닉룸이 어딘지 물어봐!"

리즈가 재촉했다.

나는 그게 어딘지 거의 확실히 알 것 같았지만 어쨌든 다시 물어봤다. 그는 손가락으로 서재 안을 가리켰다.

"밀실이군요." 내가 물었다. 하지만 질문의 형식이 아니라서 그런가 아무런 대답이 없었다. "밀실인가요?"

"맞아."

"보여주세요."

그는 어느새 어둑어둑해진 서재로 들어섰다. 죽은 이들은 엄밀히 말해 유령처럼 보이지 않는다. 하지만 어둠 속의 마스든은 확실히 유령처럼 보였다. 리즈가 손을 더듬어 천장에 달린 등과 더 많은 횃불을 켜는 스위치를 찾아냈다. 그 행동으로 미루어 보아 리즈는 책을 읽는 사람인데도 이 서재에 머문 적이 아예 없는 모양이었다. 대체 리즈는 이 집에 몇 번이나 와봤을까? 아마도 한 두어 번, 어쩌면 처음일지도 모른다. 사진으로만 알던 곳으로 여길 다녀간 사람들에게 아주 세세하게 질문을 하여 수집한 정보가 전부였을 것이다.

마스든이 책장 하나를 가리켰다. 리즈 눈에는 그 모습이 보이지 않았기 때문에 나는 마스든의 행동을 똑같이 따라 하면서 말했다.

"저거예요."

리즈는 가까이 가서 책장을 밀었다. 그녀가 그때 나를 한 손으로 붙잡고 있지 않았으면 나는 바로 달아났을 것이다. 약에 취한 리즈는 최대치로 흥분한 상태에도 불구하고 경찰의 본능이 조금은 살아있었다. 리즈는 다른 손으로 책장을 이리저리 당겨 보았다. 아무 일도 일어나지 않았다. 그녀가 욕을 내뱉고 나를 쳐다보았다.

리즈가 내 몸을 잡고 흔들거나 팔을 비틀기 전에 나는 당연히 마스든에게 해야 할 질문을 했다.

"패닉룸을 여는 장치가 있어요?"

"응."

"뭐래, 제이미? 젠장, 뭐라고 했냐고?"

겁이 나서 미치겠는 건 차치하고 리즈는 연신 질문을 하며 나를 들볶았다. 코피를 닦는 것도 잊었는지 피가 윗입술로 흘러내려 브램 스토커의 소설에 나오는 뱀파이어처럼 보였다. 사실 나는 리즈가 뱀파이어 같은 존재라고 생각했다.

"그만 좀 닦달해요, 리즈."

나는 마스든에게 물었다.

"장치는 어디에 있죠?"

"맨 위 선반 오른쪽에." 마스든이 대답했다.

나는 리즈에게 그대로 말을 전했다. 리즈가 까치발을 하고 손을 좀 더 더듬거리니 뭔가 딸깍하는 소리가 들렸다. 그리고 나서 책장을 다시 당기자 이번에는 숨겨진 경첩이 열리며 숫자 위에 작고 빨간 불이 들어오는 키패드가 달린 강철문이 나타났다. 리즈가 말하지 않아도 그 다음에 해야 할 질문은 뻔했다.

"비밀번호가 뭔가요?"

마스든은 다시 한번 양손을 들어 두 눈을 가렸다. *내 눈에 네가 안 보이면 너도 날 못 보겠지.*라고 말하는 것 같은 유치한 행동이었다. 보고 있기 서글픈 몸짓이었으나 그런 것에 연연할 겨를이 없었다. 그가 수백 아니 수천 명을 예견된 죽음으로 내몰고도 모자라 수천 명을 더 마약 중독자로 내몬 마약왕이라서가 아니었다. 내 문제에 신경 쓰기 바빴기 때문이었다.

"비밀…… 번호…… 는…… 뭐죠?"

나는 테리올트에게 했듯이 단어 하나하나를 힘주어 말했다. 테리올트 때와는 다르면서도 다를 바 없는 상황이었다.

그가 대답을 했다. 대답을 할 수밖에 없었다.

"73612."

내가 리즈에게 말했다.

리즈는 번호를 누르면서도 내 팔을 잡은 손을 놓지 않았다. 공상 과학 영화에 나오는 공기 차단실처럼 쿵 하고 문이 열리며 바람 빠지는 소리가 나리라 기대했지만 빨간 불이 초록색으로 바뀌는 게 전부였다. 핸들도 손잡이도 없었기 때문에 리즈는 문을 밀었고 문이 벌컥 열렸다. 내부는 검은 고양이의 똥구멍처럼 새까맸다.

"전등 스위치가 어디 있는지 물어봐."

나는 시키는 대로 했고 마스든이 대답했다.

"그런 건 없어."

마스든은 또 한 번 두 손을 들어 자신의 눈을 가렸다. 그의 목소리는 벌써 희미해지고 있었다. 순간 나는 그가 자연사하거나 사고로 죽지 않고 살해되었기 때문에 빨리 사라져버리는 줄로만 알았다. 하지만 나중에야 알게 되었다. 그는 우리가 안에 뭐가 들어있는지 알아채기 전에 사라지고 싶었던 것이다.

"그냥 안으로 들어가 봐요."

내가 말했다.

리즈는 나를 잡은 손을 놓지 않고 머뭇머뭇 암흑 속으로 걸음을 옮겼다. 그러자 머리 위로 형광등 불빛이 켜졌다. 방 안이 훤히 보였다. 방의 안쪽에는 아이스박스(버켓 교수님이 부르던 대로), 요리용 열판, 그리고 전자레인지가 있었다. 좌우 벽에는 선반이 늘어서 있었는데 스팸이나 딘티 무어 소고기 스튜, 킹 오스카 정어리 같은 싸구려 통조림 식품이 가득했다. 비닐 팩에 담긴 더 많은 식료품들, (그게 군대에서 말하는 MREs, 전투식량이라는 건 나중에 알게 되었다.) 여섯 개들이 생수와 맥주도 보였다. 아래쪽 선반 한편에는 유선 텔레펑거스가 놓여있었다. 방 한 가운데를 차지하고 있는 건 흔한 나무 탁자였다. 데스크탑 컴퓨터, 프린터기, 두꺼운 파일, 지퍼 달린 면도 가방이 각각 하나씩 놓여있었다.

"옥시콘틴이 어디 있단 거야?"

나는 마스든에게 물었다.

"마약 키트 안에 있다는데요. 그게 뭔진 모르겠지만."

리즈가 면도 가방을 집어 들고 지퍼를 열더니 책상 위에 뒤집어엎었다. 투명한 랩에 싸인 작은 덩어리 두세 개와 함께 약통이 한 무더기 쏟아져 나왔다. 드디어 찾은 보물이라기엔 실망스러웠다.

리즈가 고함을 쳤다.

"대체 *이게* 뭐야?"

나는 리즈의 말을 듣지 않고 있었다. 컴퓨터 옆에 파일이 있길래 그냥 펼쳐보았다가 경악을 금치 못하던 중이었다. 처음에는 내가 보고 있는 게 뭔가 싶었다. 물론 그게 뭔지는 알고 있었다. 그리고 어째서 마스든이 우리가 여기 들어오는 걸 그렇게 내키지 않아 했는지를 깨달았다. 죽어서까지 그토록 죄책감을 느낀 이유를 말이다. 마약과는 아무 상관이 없었다. 나는 사진 속 여자의 입안에 든 것이 마스든이 물고 죽은 공 재갈인지 궁금해졌다. 만약 그랬다면 인과응보다.

"리즈."

나는 리즈를 불렀다.

치과에서 국소마취제 주사를 맞았을 때처럼 입술에 감각이 없었다.

"이제 다야?" 리즈는 소리를 질렀다. "*감히* 이게 다라고 하기만 해 봐, 씨발!"

그녀는 처방약 통을 열어 내용물을 부었다. 이십여 개의 알
약이 나왔다.

"이건 옥시콘틴도 아니잖아. 망할 놈의 다본이라고!"

리즈가 나를 붙잡고 있던 손을 놓았기 때문에 그때 달아날
수도 있었다. 하지만 나는 도망칠 생각을 전혀 못 하고 있었
다. 휘파람을 불어 테리올트를 소환할 생각도 까맣게 잊었다.

"리즈."

나는 다시 리즈를 불렀다.

리즈는 전혀 내게 관심이 없었다. 그녀는 약통을 하나씩 열
어서 일일이 확인하고 있었다. 갖가지 알약이 나왔지만 어느
통에도 많은 양이 들어있지는 않았다. 리즈가 파란색 알약을
유심히 보았다.

"록시야. 좋아. 근데 열두 개도 안 되잖아! 나머지는 어디에
뒀는지 물어봐!"

"리즈, 이것 봐요."

리즈에게 말을 하는 내 목소리가 아득하게 들려왔다.

"물어보라니까 뭐하……."

리즈는 내가 보던 것을 발견하고 그 자리에 우뚝 섰다.

광택이 나는 사진들을 차곡차곡 몇 장씩 포개어 넣은 파일
이었다. 사진 속의 인물은 셋이었다. 남자 둘, 여자 하나. 그 남
자들 중 하나가 마스든이었다. 사진 속의 그는 팬티조차 입지

않고 있었다. 또 다른 남자도 마스든처럼 알몸이었다. 두 남자는 입에 재갈을 문 여자에게 무슨 짓을 하고 있었다. 내 입으로 말하고 싶지 않으니 그저 마스든은 소형 토치를, 다른 남자는 갈퀴가 두 개 달린 요리용 고기 포크를 들고 있었다는 것만 말해두겠다.

"젠장!" 리즈가 나직이 단말마를 내뱉었다. "오, 젠장할!"

그녀는 파일을 휙휙 넘기며 더 많은 사진을 훑어보았다.

말로 표현할 수가 없었다. 리즈가 파일을 덮었다.

"그 여자야."

"누구요?"

"매디. 놈의 아내. 결국 도망간 게 아니었나 봐."

마스든은 우리가 아닌 다른 쪽을 멀리 바라보며 아직 서재에 남아 있었다. 뒤에서 본 그의 머리는 테리올트의 왼쪽 머리가 그랬듯 처참하게 무너져 있었다. 하지만 나는 그게 눈에 들어오지 않았다. 총알 구멍보다 훨씬 끔찍한, 그날 저녁에 내가 알게 된 어떤 것 때문이었다.

"둘이 여자를 고문해서 죽였어요."

내가 말했다.

"맞아. 그리고 그 과정을 즐겼어. 활짝 웃고 있는 저 면상들을 봐. 넌 이래도 내가 저놈을 죽인 게 안타까워?"

"자기 아내에게 한 짓 때문에 마스든을 죽인 건 아니었잖아요." 내가 반박했다. "이런 짓을 한 줄 모르고 있었으니까. 당신은 마약 때문에 그 사람을 죽인 거였죠."

리즈는 그게 무슨 상관이냐는 투로 어깨를 들었다 놓았다. 어쩌면 리즈에겐 상관없을 수도 있겠지. 그녀는 마스든이 자기가 소장한 이 끔찍한 사진들을 보러왔을 패닉룸의 바깥을 내다보았다. 그리고 서재를 가로질러 위층 홀 쪽까지 눈으로 훑었다.

"놈이 아직 저기 있어?"

"네. 문간에요."

"처음에는 알약 같은 건 없다고 잡아떼더니 거짓말일 줄 알았어. 그런데 그러고 나선 많이 있다고 말이 바뀌었단 말이지. *많이 있다고!*"

"그것도 거짓말이었을 거예요. 그때는 죽기 전이니까 거짓말을 했겠죠."

"하지만 놈이 너한테 패닉룸에 있다고 했잖아! 죽고 난 뒤에 그렇게 말했어!"

"얼마나 많이 있는지는 말 안 했잖아요."

나는 마스든에게 물어보았다.

"저게 가진 전부예요?"

"저게 다야."

그가 대답했다.

그의 목소리가 허공을 떠다니는 것처럼 들리기 시작했다.

"리즈한텐 많이 있다고 했다면서요!"

마스든은 피로 물든 어깨를 들었다 놓았다.

"자기가 원하는 물건이 내게 있다고 믿으면 날 죽이지 않고 살려둘 거라 생각했지."

"그렇지만 배를 타고 오는 커다란 개인 화물이 있다는 소식을 전해 들었다던데……"

"헛소리일 뿐이야." 마스든이 답했다. "이 바닥에선 헛소문이 아주 많이 돌아. 자기가 하는 말을 들으려고 뭐든 지껄이는 것 같지."

마스든이 한 말을 전해줬더니 리즈는 믿을 수 없다는 듯 고개를 절레절레 흔들었다. 실은 믿기를 *원하지* 않는 것 같았다. 그 말을 믿었다가는 서부로 가려던 계획이 몽땅 무산되기 때문이다. 또한 그녀가 속았다는 의미였기 때문이다.

"놈이 숨기는 게 있는 거야." 리즈가 억지를 부렸다. "어떻게든, 어딘가에. 나머지 마약이 어디에 있나 다시 물어봐."

나는 약이 더 있었다면 마스든이 벌써 실토했을 거라고 말하려다가 (나의 멍한 정신이 끔찍한 사진에 호된 뺨을 맞고 깨어났던지) 좋은 아이디어가 떠올랐다. 리즈가 저렇게나 속을 준비가 단단히 되어 있으니 어쩌면 내가 약간의 속임수를 벌일 수 있지 않을까 하는 생각이었다. 혹시라도 성공하면 휘파람으로 악마를 소환하지 않고도 그녀에게서 달아날 수 있을 것 같았다.

리즈는 나의 양어깨를 붙잡고 흔들었다.

"물어보라고 내가 말했잖아!"

나는 시키는 대로 했다.

"나머지 마약은 어디에 있죠, 마스든 씨?"

"아까 말했듯이 거기 있는 게 전부라고." 그의 목소리가 아득히 아득히 멀어져갔다. "마리아 때문에 약간 보관하고 있는 거야. 그런데 마리아는 바하마스 비미니에 갔어."

"오, 알았어요. 그래야 말이 되죠." 나는 캔 제품이 쌓여있는 선반들을 가리켰다. "저 맨 꼭대기 선반에 스파게티 통조림들 보이죠?" 보이지 않을 턱이 없었다. 최소 서른 개는 되었다. 도니 빅스는 프랑코 아메리칸 스파게티를 정말로 좋아하는 게 분명했다. "저 캔 안에 숨겼대요. 옥시콘틴이 아니라 다른 마약이고요."

리즈는 어쩌면 나를 붙잡고 선반까지 끌고 갈지도 몰랐다. 하지만 나는 그녀가 너무 급급해서 그럴 겨를이 없을 거라 생각했고 예상은 적중했다. 리즈는 통조림 제품이 쌓인 선반으로 달려갔다. 그녀가 꼭대기 선반에 손을 뻗느라 까치발을 드는 순간 나는 패닉룸을 뛰쳐나와 서재를 가로질러 내달렸다. 문을 닫았더라면 좋았겠으나 미처 생각하지 못했다. 단단한 형체의 마스든이 문 앞에 서 있었지만 나는 그의 몸을 바로 통과해버렸다. 순간 몸에 한기가 돌면서 어떤 기름진 맛이 입안 가득 맴돌았다. 페페로니 맛이었던 것 같다. 그렇게 나는 계단을 향해 전력 질주하게 되었다. 뒤에서 와르르 캔 떨어지는 소리가 들렸다.

"이리 돌아와, 제이미! 돌아오지 못해!"

리즈가 나를 뒤쫓았다. 뛰는 소리가 들렸다. 계단이 아래층으로 내려가는 지점에 다다르자 나는 뒤를 돌아보았다. 그게 실수였다. 발을 헛디뎌 넘어진 것이다. 나는 휘파람을 불려고 입술을 오므렸다. 그러나 바람만 후후 불뿐 소리가 나지 않았다. 입과 입술이 너무 건조해서 소리를 낼 수가 없었다. 그래서 비명을 질렀다.

"테리올트!"

나는 엎드린 상태로 머리카락이 시야를 가린 채 머리부터 아래로 계단을 기어 내려가기 시작했다. 하지만 리즈가 내 발목을 붙잡았다.

"테리올트, 도와줘! 이 여자 좀 떼어 내."

갑자기 모든 것이 (발코니나 계단뿐만 아니라 내실과 대화실의 모든 공간이) 온통 창백한 빛으로 가득 찼다. 리즈를 돌아보고 있던 나는 눈을 가늘게 뜨고 환한 빛 쪽을 바라보았다. 눈이 부셨다. 빛은 아까 계단을 올라오면서 보았던 커다란 거울에서 나오고 있었다. 발코니의 건너편 거울에서도 빛이 가득 쏟아졌다.

리즈의 손아귀가 느슨해졌다. 나는 계단 한 칸을 붙잡고 사력을 다해 잡아당겼다. 세상에서 가장 험한 터보건*썰매 타기를 하는 아이처럼 나는 엎드린 채 계단 아래로 미끄러졌다. 썰

---

* toboggan. 썰매 앞부분이 위로 휘어져 뒤쪽을 향하도록 구부러진 길고 좁은 썰매.

매는 계단의 4분의 1 정도 되는 지점에서 멈췄다. 뒤에서 리즈의 비명소리가 들렸다. 경사진 계단에서 거꾸로 엎드린 자세 때문에 나는 팔과 옆구리 사이 틈으로 그녀의 동향을 살폈다. 리즈는 거울 앞에 서 있었다. 정확히 뭘 보고 있는 건지 알 수 없었지만 오히려 다행이었다. 그걸 봤다면 아마도 다시는 잠을 이루지 못했을 것이다. 태양 표면의 플레어처럼 무색의 환한 빛이 거울에서부터 강렬하게 타오르고 있었다.

죽은 빛이었다.

그때 거울에서 손 하나가 나와 리즈의 목을 움켜쥐는 모습이 (보인 것 같았다는 편이 정확하지만) 보였다. 손이 리즈를 거울로 홱 잡아당겼고 유리 깨지는 소리가 났다. 리즈는 비명을 멈추지 않았다.

저택의 전등이 모두 나갔다.

아직 땅거미가 지는 끝자락이었기 때문에 칠흑같이 어둡지는 않았지만 점점 깜깜해질 것이었다. 아래층은 그림자로 가득 차 있었다. 내 뒤로 계단 꼭대기에서 리즈가 쉴새 없이 비명을 질러댔다. 나는 매끄러운 유리 난간을 짚고 몸을 일으켰다. 그리고 비틀거리면서도 넘어지지 않고 간신히 거실로 내려갔다.

비명이 멈추고 웃음소리가 들리기 시작했다. 뒤를 돌아보니 리즈가 계단을 달려 내려오고 있었다. 시커먼 형체가 배트맨 만화에 나오는 조커 웃음소리를 내고 있었다. 엄청나게 빠른

속도로 앞을 보지도 않고 달렸다. 리즈는 난간에 이리저리 튕기며 왔다 갔다 했다. 그녀의 어깨너머 거울에서 나오던 빛은 구식 전구의 필라멘트가 꺼질 때처럼 사그라들고 있었다.

"*리즈, 조심해요!*"

리즈에게서 멀리 벗어나기만 하면 소원이 없었던 나지만 그녀에게 소리쳐 경고를 해주었다. 순전히 본능에서 우러나오는 경고였으나 소용이 없었다. 리즈는 균형을 잃고 앞으로 고꾸라져 계단에 부딪혀 굴러떨어졌다. 그러고 나서 또 한 번 계단에 부딪혀 앞으로 구르더니 그대로 계단 끝 아래층 바닥까지 미끄러졌다. 처음 계단에 부딪혔을 때만 해도 그치지 않던 웃음소리가 두 번째 충돌과 함께 사라졌다. 마치 누군가 라디오를 껐을 때처럼 단번에 웃음소리가 끊어진 것이다. 리즈는 얼굴을 위로 향한 채 계단 밑에 누워있었다. 머리가 한쪽으로 돌아가고 코가 모로 휘어지고 한쪽 팔이 등 뒤로 바싹 젖혀져 목에 닿은 상태로 두 눈이 멍하니 어둠을 응시했다.

"리즈?" 대답이 없었다. "리즈, 괜찮아요?"

멍청하기 짝이 없는 질문인데 그렇든 말든 뭐하러 걱정이냐고? 그 이유를 말해주겠다. 나는 리즈가 살아있기를 바랐다. 왜냐하면 내 뒤에 뭔가 나타났기 때문이다. 아직 아무 말도 하지 않았지만 거기 있다는 것만은 알 수 있었다. 나는 리즈의 옆에 무릎을 꿇고 앉아 피범벅이 된 그녀의 입에 손을 갖다 댔다. 손바닥에 호흡이 느껴지지 않았다. 그녀의 눈은 전혀 깜빡이지 않았다. 죽은 것이다. 나는 몸을 일으켜 고개를 들었다. 그리고 내가 예상했던 일이 벌어졌다. 핏자국이 난 운동복 상의에 더플코트를 걸친 리즈가 눈앞에 서 있었다. 하지만 나를 쳐다보고 있지 않았다. 그녀가 바라보는 곳은 내 어깨너머였다. 리즈는 한 손을 들어 그쪽을 가리켰다. 나는 미래의 크리스마스 유령이 스크루지의 묘비를 가리키던 무시무시한 순간을 연상했다.

케네스 테리올트(의 남은 존재, 엄밀히 말해.)가 계단을 내려오고 있었다.

63

놈은 속에 불을 품고 있는 타버린 통나무 같았다. 그렇게밖에는 달리 묘사할 말이 없다. 새카맣게 변한 피부가 균열을 일으켜 생긴 수십 군데의 틈새로 밝게 빛나는 죽은 빛이 새어 나왔다. 코와 눈, 심지어 귀에서도 빛이 나고 있었다. 놈이 입을 열자 입 안에서도 마찬가지로 빛이 뿜어졌다.

놈이 씨익 웃더니 두 팔을 들어 올렸다.

"이번에는 누가 이길지 그 의식을 다시 해보자. 나한테 빚진 것도 있잖아. 내가 널 저 여자에게서 구해줬으니까."

서둘러 계단을 내려온 놈은 중요한 재대결의 현장을 준비하기 위해 팔을 들고 나에게로 다가왔다. 본능은 내게 꽁무니를 빼고 도망치라고 했다. 하지만 엄습해오는 공포로부터 아무리 달아나고 싶어도 꼿꼿이 맞서라고 말하는 소리가 가슴 깊은 곳에서 들렸다. 내가 도망친다면 놈은 나를 뒤에서 붙잡을 것이다. 숯덩이 같은 두 팔로 나를 꼼짝 못 하게 안으면 그걸로 끝이다. 그것이 이기면 나는 노예로 전락해 불려 다닐 수밖에 없다. 죽은 테리올트를 지배했듯 나를 산채로 지배할 거라 생각하니 더욱 끔찍했다.

"멈춰." 내 말에 테리올트의 숯 껍데기가 계단 아래에 그대로 멈춰 섰다. 놈의 길게 늘어진 두 팔이 30센티미터도 안 되는 지척까지 다가왔다. "가버려. 너와는 볼일이 끝났어. 영원히."

"넌 절대 나와 끝날 일이 없을 거다." 놈은 소름이 돋고 목덜미까지 머리카락이 쭈뼛 서는 한 마디를 덧붙였다. "챔프."

"두고 보면 알겠지."

내가 멋지게 응수했다. 하지만 떨리는 목소리는 숨길 수가 없었다.

여전히 늘어져 있는 놈의 팔 끝에서 빛을 뿜는 검은 손은 내 목에서 몇 센티미터밖에 떨어져 있지 않았다.

"정말로 나를 영영 없애버리고 싶다면 이걸 붙잡아. 또 한 번 의식을 하는 거야. 이번에는 훨씬 공평하겠군. 나도 너와 싸울 준비를 했으니까."

어째서인지 나는 그의 제안에 끌리고 있었다. 내 자아를 훨씬 초월한, 본능보다 깊숙한 곳에 자리한 나의 일부가 앞장을 섰다. 한 번 정도 (신의 섭리, 용기, 뜻밖의 행운, 혹은 그 모든 것이 잘 맞은 덕분에) 악마를 이길 수는 있지만 두 번은 불가능하다. 악마를 두 번이나 물리친다는 건 아무리 생각해도 성자들만이 가능한 일이며 어쩌면 그들에게조차 불가능한 일일 것이다.

"꺼져."

이번에는 내가 스크루지의 마지막 유령처럼 손가락으로 문을 가리키며 말했다.

그것이 숯처럼 그을린 테리올트의 입술로 비웃음을 지었다.

"넌 날 멀리 보낼 수 없어, 제이미. 이젠 알 때도 됐을 텐데? 우린 서로에게 묶인 몸이야. 넌 그 일의 결과를 생각하지 않았지. 하지만 이게 그 결과야."

나는 앞서 말했던 한 마디만 되풀이했다. 순식간에 바늘구멍처럼 쪼그라든 것 같은 목구멍을 짜내서 낼 수 있는 유일한 소리였다.

테리올트의 몸은 우리 사이의 거리를 좁힐 태세로 나에게 달려들었다. 그리고 내게 끔찍한 포옹을 하려다 말았다. 아니, 어쩌면 할 수 없었다는 말이 옳을 것이다.

리즈는 그것이 자신의 옆으로 지나가자 몸을 피했다. 나는 그것이 (내가 마스든을 관통했던 것처럼) 곧장 현관문을 통과할 줄 알았다. 하지만 아니었다. 그것이 뭐든 유령이 아닌 것만은 확실했다. 그것은 문고리를 잡고 돌렸다. 그러자 피부에 더 많은 균열이 생기며 훨씬 밝은 빛이 새어 나왔다. 문이 활짝 열렸다.

그런 다음 그것은 뒤를 돌아 나를 바라보았다.

"오 휘파람을 불면 내가 너에게 가리라, 나의 친구여."

말을 남긴 그것은 그대로 가버렸다.

64

오금이 후들거렸다. 가까이에 계단이 있었지만 다리를 늘어뜨린 리즈 더튼의 부서진 몸 곁에 앉을 수는 없는 일이었다. 비틀거리며 대화실까지 가서 근처에 있는 의자들 중 하나에 풀썩 쓰러졌다. 나는 고개를 숙이고 훌쩍이며 울었다. 공포와 흥분 끝에 터진 눈물이었으나 (확실히 말할 순 없지만) 동시에 기쁨의 눈물이기도 했다. 사유 도로 끝자락에 자리한 캄캄한 집에서 시체 두 구, 영혼 셋(마스든은 발코니에서 나를 내려다보고 있었다.) 이 함께였지만 나는 살아남았다.

"셋이네." 내가 말했다. "시체 세 구와 영혼 셋이지. 테디를 잊으면 쓰나."

나는 소리내어 웃기 시작했다. 그러다가 죽기 직전에 지금의 나처럼 웃었던 리즈를 떠올리고 웃음을 멈췄다. 어떻게 할지 생각을 해보았다. 우선 저 망할 현관문부터 닫기로 했다.

나를 빤히 보고 있는 두 망령(눈치를 챘겠지만 나중에 알게 된 말이다.)이 썩 유쾌하진 않아도 내 눈에 보이는 유령들이 나를 쳐다보는 데는 이골이 나 있었다. 정말이지 마음에 들지 않는 건 어딘가에 테리올트가 죽은 빛을 뿜으며 활개 치고 있으리라는 사실이었다. 내가 가라고 하니까 정말로 가버리다니……. 혹시 다시 돌아올까?

나는 리즈를 스쳐 지나 걸어가 현관문을 닫았다. 그리고 다시 내실로 들어와서 리즈에게 어떻게 하면 될지 물었다. 그녀에게 대답을 기대하진 않았지만 들을 수 있었다.

"네 엄마에게 전화해."

나는 패닉룸에 있는 유선 전화기가 생각났지만 계단을 다시 올라가 그 방으로 들어갈 생각은 추호도 없었다. 백만 달러를 준다고 해도 싫었다.

"당신한테 휴대폰 있어요, 리즈?"

"있어."

유령들 대부분이 그렇듯 무신경한 목소리로 리즈가 말했다. 유령들이 다 그렇지는 않다. 버켓 부인은 내 칠면조의 예술성에 대해 비평을 할 수 있을 정도로 생명이 남아 있는 유령이었다. 도니 빅스 또한 가학 포르노를 숨겨보려고 애썼다.

"어디에 있죠?"

"내 외투 주머니에."

리즈의 시체로 다가가 그녀의 더플코트 오른쪽 주머니에 손을 넣어보았다. 도널드 마스든의 목숨을 끊었던 총의 감촉이 느껴졌다. 나는 불에 덴 것처럼 황급히 손을 뺐다. 그리고 다른 쪽 주머니를 뒤져 휴대폰을 찾아냈다. 휴대폰 전원을 켰다.

"비밀번호가 뭐예요?"

"2665."

나는 비밀번호를 풀고 뉴욕시 지역번호를 눌렀다. 어머니의 번호 앞 세 자리를 누르다가 문득 마음이 바뀌었다. 그래서 다른 곳에 전화를 걸었다.

"911입니다. 어떤 긴급 상황이죠?"

"여기 어떤 집에 죽은 사람 둘과 같이 있어요." 내가 말했다. "한 사람은 살해당했고 다른 사람은 계단에서 떨어져 죽었어요."

"얘야, 지금 장난치는 거니?"

"저도 장난이었으면 좋겠어요. 계단에서 추락사한 여자가 저를 납치해서 여기 데려온 거예요."

"거기 위치가 어떻게 되니?"

드디어 전화를 받은 직원의 목소리가 진지해졌다.

"렌필드 외곽의 사유 도로 끝에 있는 집이에요, 선생님. 몇 킬로미터 떨어진 곳인지, 거리 이름이 있는지도 모르겠어요." 그러고 나자 진작 했어야 할 말이 생각났다. "도널드 마스든의 저택이에요. 바로 그 사람을 여자가 죽였어요. 계단에서 떨어져 죽은 여자가요. 그 여자 이름은 리즈 더튼, 엘리자베스 더

튼입니다."

직원은 내가 괜찮은지 물은 다음 경찰관이 가는 중이니 그
자리에 있으라고 일러주었다. 나는 잠자코 앉아서 어머니에게
전화를 걸었다. 아까보다 통화가 길어졌고 둘 다 엉엉 우느라
이따금 말을 알아듣지 못했다. 나는 죽은 빛을 제외한 모든 일
을 어머니에게 말해주었다. 어머니라면 죽은 빛에 대한 이야
기도 믿어줄 테지만 악몽은 한 사람만 꾸는 것으로 족했다. 어
머니에게는 리즈가 나를 쫓아오다 발을 헛디뎌 목이 부러졌
다고 말했다.

어머니와 통화를 하던 중에 도널드 마스든이 계단으로 내려
와 벽 옆에 섰다. 하나는 머리가 날아가서 죽고 또 하나는 머
리가 꺾여서 죽다니, 잘 어울리는 한 쌍이었다. 나는 이 이야
기가 공포물임을 여러분에게 사전에 경고한 바 있다. 하지만
정작 나는 그다지 괴로움을 느끼지 않고 그들을 바라볼 수 있
었다. 최악의 공포가 사라졌기 때문이다. 내가 다시 불러내길
원치 않았기에 사라진 채로 남았지만 내가 그걸 불렀더라면
돌아왔을 것이다.

내가 휘파람만 불면 되는 일이었다.

길고 긴 15분이 지나고 멀리서 사이렌 소리가 들리기 시작
했다. 25분이 지날 무렵에는 빨갛고 파란 경광등 불빛이 창문
에 가득 비쳤다. 찾아온 경찰은 최소 6명이었다. 처음에 문으
로 밀고 들어온 것은, 남은 햇빛이 있었다고 칠 때, 햇빛의 흔

적을 덮는 시커먼 형체들뿐이었다. 그중 하나가 망할 전등 스위치는 어디에 있냐고 물었다. 그러자 다른 형체가 대답했다.

"찾았어."

곧이어 그는 스위치를 눌러도 불이 켜지지 않자 욕을 내뱉었다.

"누구 있습니까?" 다른 형체가 외쳤다. "누구든 있으면 신분을 밝히세요!"

나는 자리에서 일어나 두 손을 들어 올렸다. 하지만 그냥 시커먼 형체가 움직이는 걸로 밖에 보이지 않을 거라 생각했다.

"저요! 손을 들고 있어요! 전등은 나갔고요! 제가 신고를 한 아이예요!"

손전등이 일제히 켜졌다. 빛줄기들이 서로 엇갈려가며 주위를 살피다가 나에게 집중되었다. 경찰 무리 중 한 명이 앞으로 나섰다. 여성 경관이었다. 경관은 리즈의 주변을 빙빙 돌았다. 자기도 영문을 모른 채 그러고 있는 게 분명했다. 경관은 원래 허리에 찬 권총집에 한 손을 대고 있었다. 그러다가 나를 보고서 손을 권총집에서 뗐다. 그걸 보니 안심이 되었다.

경관이 한쪽 무릎을 꿇고 앉았다.

"애야, 집안에 너밖에 없니?"

나는 리즈를 쳐다보았다. 그리고 자신을 죽인 여자에게서 제법 멀리 떨어진 곳에 서 있는 마스든을 쳐다보았다. 테디도 보였다. 그는 경찰들이 들어왔던 문간에 서 있었다. 이 소란에 이끌려 왔거나 충동적으로 그냥 와 본 모양이었다. 언데드 바보 삼총사였다.

"네." 내가 대답했다. "여긴 저뿐이에요."

65

여성 경관이 내 어깨를 한쪽 팔로 감싸 집 밖으로 인도했다. 나는 몸을 떨고 있었다. 경관은 차가운 밤공기 탓이라고 생각했을지 모르겠지만 당연히 그 때문이 아니었다. 그녀는 자신의 재킷을 벗어서 내 어깨에 걸쳐주었다. 하지만 떨림은 멈추지 않았다. 나는 두 팔을 긴 소매에 각각 넣고 내 몸을 감싸 안았다. 주머니에 든 경찰 물건들 때문에 옷이 무거웠지만 괜찮았다. 그 묵직함이 좋았다.

뜰에는 세 대의 순찰차가 있었다. 두 대는 리즈의 차를 양옆에서, 나머지 한 대는 뒤에서 막고 있었다. 우리가 거기에 서 있는데 차 한 대가 도착했다. 렌필드 경찰서장이라고 적힌 SUV였다. 경찰력 대부분이 여기로 이렇게 총출동했으니 시내의 술꾼들과 과속 운전자들이 마음껏 즐기고 있겠다는 생각이 들었다.

차에서 내린 다른 경관이 여성 경관과 합류했다.

"안에서 무슨 일이 있었던 거니, 꼬마야?"

내가 뭐라고 말을 하기도 전에 여성 경관이 내 입술에 손가락 하나를 갖다 댔다. 나는 그게 불쾌하지 않았다. 오히려 기분이 좋았다.

"질문은 삼가, 드와이트. 이 애는 지금 쇼크 상태야. 의학적 치료가 필요해."

흰색 셔츠를 입고 목에 배지를 단 (아마도 경찰서장인 듯한) 건장한 몸집의 남자가 SUV에서 내렸다. 그는 두 경관의 마지막 대화를 놓치지 않고 들을 수 있었다.

"자네가 데려가, 캐롤라인. 지켜보라고 당부하고. 사망 확인된 건 있나?"

"계단 맨 아래에 시신이 하나 있습니다. 여자인 것 같아요. 사망을 확인할 수는 없지만 머리가 꺾인 걸로 봐선⋯⋯."

"오, 그 여잔 죽었어요, 확실해요." 나는 불쑥 그렇게 말하고 울기 시작했다.

"어서 가봐, 캐롤라인." 서장이 말했다.

"카운티까지 멀리 갈 것도 없어. 메드나우 클리닉으로 데려가. 내가 갈 때까지 아무것도 묻지 말고. 물론 성인 보호자를 확보할 때까지도 기다려야 해. 이 애 이름은 알고 있나?"

"아직이요." 캐롤라인 경관이 대답했다. "정신이 없었어요. 집안에 전등이 다 안 들어와서."

서장이 두 손으로 허벅지를 짚은 채 몸을 숙여 나를 바라보았다. 순간 다섯 살 어린애로 돌아간 기분이 들었다.

"애야, 이름이 뭐니?"

아무것도 묻지 말라더니.

"제이미 콘클린이요. 그리고 저희 엄마가 오는 중인데, 엄마 이름은 티아 콘클린이에요. 벌써 엄마한테 전화했어요."

"그렇구나."

그가 드와이트에게 물었다.

"어째서 집에 전등이 안 켜진다는 거야? 오는 길에 있는 집들은 모두 전기가 들어오던데."

"모르겠습니다, 서장님."

내가 끼어들었다.

"안에 있는 여자가 저를 뒤쫓아 계단을 달려 내려오는데 전기가 나갔어요. 여자도 그래서 추락한 것 같아요."

서장은 내게 더 자세히 묻고 싶은 눈치였다. 하지만 캐롤라인 경관에게 출발하라는 명령만 내렸다. 그녀가 뜰에서 나와 굽이진 진입로를 따라 나가기 시작할 때였다. 바지 주머니에 뭔가 불룩한 게 느껴져서 봤더니 리즈의 휴대폰이 들어있었다. 주머니에 넣어두고 잊었던 것이다.

"저희 엄마한테 다시 전화해서 응급 진료소에 가는 길이라고 말해도 될까요?"

"그러럼."

전화를 걸던 중, 내가 리즈의 휴대폰을 쓰는 걸 혹시 경관이 눈치채면 문제가 되겠다는 생각이 들었다. 어떻게 죽은 여자의 휴대폰 비밀번호를 알고 있었냐고 물을지도 모르는데 내겐 적당히 둘러댈 수 있는 대답이 없었다. 어쨌든 경관은 내게 그런 걸 물어보지는 않았다.

어머니는 우버를 타고 오는 중이고 금방 도착할 것이라고 했다. 돈이 제법 들 텐데 에이전시가 수익을 내고 있으니 다행이었다. 어머니는 내게 정말 괜찮은지 물었다. 나는 정말 괜찮고 진찰만 받으러 캐롤라인 경관님과 렌필드의 메드나우로 가는 길이라고 말했다. 자기가 도착할 때까지 어떤 질문에도 대답하지 말라는 어머니의 당부에 나는 그러겠다고 했다.

"엄마가 몬티 그리샴에게 연락할게." 어머니가 말했다. "이런 종류의 변호사는 아니지만 몬티가 아는 사람이 있을 거야."

"변호사는 필요 없어요, 엄마." 그 말을 들은 캐롤라인 경관이 나를 슬쩍 쳐다보았다. "전 아무 잘못 없는걸요."

"리즈가 사람을 죽였는데 네가 같이 있었잖아. 변호사가 필요해. 심문을 할 거고……기자들도 그렇고…… 내가 다 아는 건 아니잖니. 다 내 잘못이야. 내가 그년을 우리 집안에 들였으니까." 말끝에 엄마가 불쑥 내뱉었다. "망할 리즈!"

"처음에는 좋았잖아요." 그건 사실이었다. 하지만 갑자기 만사가 모두 피곤해졌다. "여기 도착하면 봐요, 엄마."

나는 전화를 끊고 응급 진료소까지 얼마나 남았는지 캐롤라인 경관에게 물었다. 경관은 20분 걸릴 거라고 했다. 나는 뒤를 돌아보았다. 문득 뒷좌석을 차단하고 있는 철망 너머에 리

즈가 (혹은 최악의 경우 테리올트가) 타고 있을 것 같았기 때문이었
다. 하지만 뒷좌석은 비어있었다.

"우리끼리 하는 말인데, 제이미." 캐롤라인 경관이 말했다.
"걱정하지 마."

"걱정 안 해요."

대답은 그렇게 했지만 한 가지 염려되는 일이 있긴 했다. 기
억해냈기 망정이지 하마터면 나와 어머니가 엄청나게 곤란한
상황에 빠질 뻔한 것이다. 나는 고개를 모로 돌려 차창에 머리
를 기댔다.

"잠깐 눈 좀 붙일게요."

"그렇게 하렴."

경관의 목소리에는 미소가 묻어났다.

나는 *실제로* 잠깐 눈을 붙였다. 하지만 그 전에 리즈의 휴대
폰을 켜서 몸으로 가린 채 내가 『로아노크의 비밀』의 줄거리
를 어머니에게 전해 주는 녹음 파일을 지웠다. 혹시 경찰이 휴
대폰을 가져가거나 해서 내 것이 아닌 걸 알게 되면 뭐든 둘러
댈 생각이었다. 어쩌면 그냥 기억이 안 난다고 말하는 편이 더
안전하겠지. 어쨌든 그들은 그 녹음 내용을 들을 일이 없을 것
이다.

절대로.

66

캐롤라인 경관과 내가 도착한 지 한 시간쯤 지나서 서장과 두 명의 다른 경찰들이 메드나우에 모습을 드러냈다. 카운티 변호사라고 자신을 소개한 양복 입은 남자도 함께 왔다. 나를 진찰한 의사는 기본적으로 내 상태가 양호하다고 했다. 혈압이 좀 높지만 내가 겪은 일을 생각하면 그럴 만도 하다는 것이었다. 내일 아침이면 정상 혈압으로 돌아올 거라고 확신하면서 '기본적으로 건강한 십 대'라고 진단했다.

공교롭게도 죽은 사람을 보는 '기본적으로 건강한 십 대'가 되었지만 그 점에 관해 깊이 논하지 않았다.

나는 경찰들과 카운티 변호사를 대동하고 직원 휴게실로 가서 어머니를 기다렸다. 어머니가 도착하자마자 심문이 시작되었다. 그날 밤 우리는 렌필드 스타더스트 모텔에 묵었다. 그 다음 날에는 더 많은 질문에 답해야 했다. 어머니는 엘리자베스 더튼과 과거 연인관계였으나 마약 거래에 손을 댄다는 걸 알고 헤어졌다는 말을 했다. 나는 테니스 연습이 끝나고 리즈에게 납치당해 렌필드로, 그녀가 대량의 옥시콘틴을 훔칠 계획이었던 마스든 씨의 집으로 끌려갔다고 말했다. 그가 마침내 마약을 숨긴 장소를 실토했고 리즈는 예상했던 만큼 대박이 아니었기 때문인지 혹은 패닉룸에서 발견한 그것들 때문인지 어떤 이유에서건 마스든을 죽여버렸다는 것이 나의 대답이었다. 패닉룸에서 발견한 사진들 말이다.

"한 가지 이해가 안 되는 게 있어." 캐롤라인 경관은 재킷을 돌려주는 나에게 물었다. 어머니는 당신 자식을 보호할 만반의 경계 태세를 갖춘 눈빛을 보냈지만 캐롤라인 경관은 그걸 보지 못했다. "여자가 그 남자를 묶었잖아……."

"리즈 말로는 그의 신변을 확보한 거랬어요. 그녀의 표현대로 말하자면요. 전직 경찰이라서 그랬나 봐요."

"알았다. 그의 신변을 확보했구나. 그리고 여자가 네게 한 말에 따르면 (우리도 위층에서 확인을 했지만) 그 남자를 약간 손봐 줬다고 했어. 그런데 그렇게 심하게 다루지는 않았더구나."

"본론만 말씀하시죠?" 어머니가 끼어들었다. "제 아들은 끔찍한 일을 겪어서 지친 상태예요."

캐롤라인 경관은 어머니의 말을 못 들은 척했다. 경관은 나만 바라보고 있었다. 그녀의 눈은 매우 빛났다.

"훨씬 심한 짓을 할 수도 있었어. 자기가 원하는 정보가 나올 때까지 고문할 수도 있었지. 그런데 그러지 않고 남자를 내버려 둔 채로 뉴욕시까지 먼 길을 갔어. 거기서 너를 납치해 남자에게 다시 돌아간 거야. 왜 그랬을까?"

"저야 모르죠."

"두 시간 동안 차를 같이 탔는데 네게 아무 말도 안 했다고?"

"그냥 날 봐서 반갑다는 말만 했어요."

실제로 리즈가 그런 말을 했는지는 기억이 나지 않았기 때문에 엄밀히 말해서 거짓 증언인 셈이었지만 어째서인지 거짓말을 한다는 느낌이 들지 않았다. 나는 어머니와 리즈 사이에 끼어 소파에 앉아 「빅뱅 이론」을 보며 함께 목청 높여 웃었던 밤들을 떠올렸다. 그러다 눈물이 터져나왔다. 그래서 어머니와 함께 그 방을 나올 수 있었다.

우리가 늘 문을 닫고 잠그며 지냈던 모텔방에 돌아가자 어머니는 내게 말했다.

"경찰에서 다시 묻거든 리즈가 서부로 갈 때 널 데려갈 계획으로 그랬을 것 같다고 말해. 그렇게 말할 수 있지?"

"알았어요."

내가 대답했다.

어쩌면 리즈의 마음속에 그런 생각이 맴돌고 있었던 것 아닐까 싶었다. 유쾌한 추측은 아니었지만 그래도 당시 내가 예상했던 (지금까지도 나는 그렇게 생각한다.) 것보다는 나았다. 나를 죽일 계획이었으리란 예상 말이다.

나는 분리된 객실에서 따로 자지 않았다. 대신 어머니가 쓰는 객실의 소파에서 잤다. 그리고 초승달 아래 어느 호젓한 시골길을 홀로 걷는 꿈을 꾸었다.

휘파람을 불면 안 돼. 휘파람 불지 마.

나는 스스로 되뇌었지만 휘파람을 불고 말았다. 어쩔 수가 없었다. 나는 휘파람으로 「렛 잇 비」를 부르고 있었다. 아주 분명히 기억이 난다. 여섯 번째 음인가 여덟 번째 음을 불고 있는데 뒤에서 발걸음 소리가 들렸다.

나는 비명을 억누르려는 듯 두 손으로 입을 막으면서 잠을 깼다. 사건 이후 수년간 그런 식으로 잠에서 깨어나기를 여러 번 반복했다. 비명을 지를까 봐 두려운 게 아니었다. 휘파람을 불면서 깨어나 보니 눈앞에 죽은 빛 그것이 와 있을 것 같아서 두려웠다.

나를 껴안으려고 두 팔을 뻗고 있을 것 같아서 말이다.

67

어린애로 산다는 건 불리한 점이 많다. 잘 들어보길 바란다. 그중에 세 가지만 꼽으면 여드름, 학교에서 비웃음을 안 사려면 어떤 옷을 입고 갈지 결정해야 하는 고뇌, 수수께끼 같은 여자아이들이다. 도널드 마스든의 저택에 다녀온 후 (노골적으로 말하자면 납치 사건 이후) 나는 어린애라는 사실이 유리할 때도 있다는 걸 알게 되었다. 심리에서 기자들과 TV 카메라의 난투극을 겪을 일이 없다는 것도 그중 하나다. 내가 직접 출석해서 증언할 필요가 없었기 때문이었다. 그 대신에 나는 몬티 그리샴 변호사와 어머니를 좌우에 대동하고 녹화한 증언 녹취 비디오를 제출했다. 기자들은 내가 누군지 알고 있었지만 이름은 절대 매체에 노출시키지 않았다. 내가 바로 그런 요술이 가능한 미성년자였기 때문이었다. 학교 애들도 사건에 대해 알게 되었지만 (학교 애들은 거의 항상 뭐든 알아내고 만다.) 누구 하나 그 일로 내게 장난을 치지 않았다. 오히려 나를 우러러보았다. 여자아이들에게 어떻게 말을 걸까 고민할 필요도 없었다. 그 애들이 먼저 내 사물함으로 다가와 말을 걸었다.

가장 좋았던 건, 내 휴대폰에 (사실 리즈의 휴대폰이지만) 관련해 어떤 문제도 발생하지 않았다는 사실이었다. 지금은 없애버려서 가지고 있지 않지만, 어쨌든 그랬다. 어머니는 그걸 소각로에 던져 넣었고 (즐거운 여행이 되기를!) 누가 물어보면 잃어버렸다고 말하라고 일렀다. 아무도 내게 그런 질문을 하는 사람은 없었다. 리즈가 왜 뉴욕까지 와서 나를 납치했는가 하는 의문에 대해서 경찰은 어머니가 이미 제공했던 진술에 무게를 두고 자체 결론을 내렸다. 서부에 가기로 한 리즈는 아이와 함께 여행하는 여성이 시선을 덜 끌 거라는 생각에 아이가 필요했던 것이다. 우리가 펜실베이니아나 인디아나, 혹은 몬타나를 지나면서 기름을 넣거나 먹을 것을 사러 차를 세웠을 때 내가 탈출을 시도했다든지 최소한 도움을 요청했을 거라는 가능성은 누구도 염두에 두지 않았다. 당연히 나라면 그런 짓을 하지 않을 것이다. 엘리자베스 스마트*가 그랬듯이 유순한

---

* 2002년, 정신이상의 떠돌이 거리 전도사에게 9개월간 납치당했던 14세 소녀.

납치 피해자가 되었을 것이다. 나는 어린아이였으니까.

신문들은 한 주 정도 그 사건을 크게 다루었다. 특히 타블로이드 신문은 마스든이 '마약 두목'이었다는 걸 핑계 삼아 그의 패닉룸에서 발견된 사진들을 대서특필했다. 그리고 리즈를 영웅시하는 인상도 주었다. 기이한 전개였지만 사실이다.《데일리 뉴스》는 전직 경찰, 고문 포르노 광 돈을 살해 후 사망이라고 외쳤다. 리즈가 내사과의 수사와 마약 양성 반응의 결과로 경찰직을 잃었다는 사실은 언급하지 않았지만 텀퍼의 마지막 폭탄을 찾는 데 중요한 역할을 해서 많은 쇼핑객을 살렸던 사실은 보도를 했다.《포스트》는 기자를 보내 마스든의 저택 내부를 취재했던지 (어머니가 "바퀴벌레는 못 가는 데가 없어."라고 일침했다.) 아니면 렌필드 거처를 찍은 사진이 있었던지 도니 빅스의 (DONNIE BIGS') 공포 저택 속으로 라고 표제를 뽑았다. 어머니는 실제로 그 제목을 보고《포스트》의 아포스트로피 사용에 대한 이해도가 미국 정치계 가십을 다루는 그들의 수준과 멋지게 상응한다며 비웃었다.

"빅스-아포스트로피(Bigs')가 아니라," 내가 이유를 묻자 어머니가 대답했다. "빅스-아포스트로피-에스(Bigs's)잖아."

알았어요. 어머니도, 참.

68

오래지 않아 다른 기사들이 '도니 빅스의 공포 저택'을 타블로이드 신문 1면에서 밀어냈고 학교에서의 내 명성도 시들해졌다. 리즈가 쳇 앳킨스에 대해 했던 말처럼 사람들은 너무 빨리 잊는다. 동그란 눈에 마스카라를 칠하고 입술에 립글로스를 도톰하게 바른 여자아이들이 내 사물함으로 다가오길 기다리던 시절은 가고 다시 여자아이들에게 어떻게 말을 걸까 하는 문제로 고민하게 되었다. 나는 테니스를 치고 학년 연극에 도전했다. 대사가 고작 두 줄밖에 없는 배역에 그쳤지만 그래도 역할에 최선을 다했다. 친구들과 비디오 게임도 했다. 메리 루 스테인을 데리고 영화를 보러 가서 그 애에게 키스했다. 그 애도 내게 키스를 했다. 훌륭한 키스였다.

시간을 빨리 돌려 달력을 넘겨보겠다. 2016년에서 2017년이 되었다. 나는 때때로 시골길에 있는 꿈을 꾼다. 꿈에서 깨면 두 손으로 입을 막으며 *내가 휘파람을 불었나? 오 세상에, 휘파람을 불었던가?* 하고 생각한다. 하지만 그런 꿈은 차차 덜 꾸게 되었다. 가끔은 죽은 사람들이 꿈에 나온다. 정말 가끔 꾸는데 무섭게 생긴 유령들도 아니다. 한번은 어머니가 아직 유령을 보냐고 물었다. 나는 거의 본 적이 없다고 했다. 그렇게 말해야 어머니의 기분이 나아질 걸 알기 때문이었다. 어머니 당신도 힘든 시절을 겪었고 나도 그걸 아니까 마음이 편해지셨으면 하는 것이 나의 바람이다.

"아마 자라면서 능력이 없어졌나 봐."

어머니가 말했다.

"아마 그런가 봐요."

나는 맞장구를 쳤다.

2018년으로 가보자. 180센티미터가 넘는 우리의 주인공 제이미 콘클린은 (어머니가 극도로 싫어했던) 염소 수염을 기르고, 프린스턴 대학에 입학하고, 투표권을 행사할 나이가 거의 다 되었다. 선거가 있는 11월쯤이면 선거연령이 될 것이다.

기말고사를 앞두고 방에서 한창 책과 씨름하고 있던 날이었다. 휴대폰이 울렸다. 어머니였다. 우버 뒷좌석에 앉아 거는 전화였다. 이번에는 해리 외삼촌이 입소해 있는 테너플라이로 가는 길이었다.

"폐렴이 재발했대." 어머니가 말했다. "이번에는 넘길 가망이 없을 것 같구나, 제이미. 연락이 와서 가는 거야. 요양원에서도 정말 심각한 게 아니면 연락을 안 하잖아." 엄마는 잠시 말을 잇지 못했다. "영원히 살 순 없지."

"최대한 빨리 갈게요."

"그러지 않아도 돼."

우리 대화의 숨은 의미를 말하자면, 나는 적어도 거친 뉴욕 출판업계에서 자신과 여동생을 위해 경력을 쌓던 시절의 명석한 남자와는 전혀 알고 지낸 적이 없었다. 실로 험한 시절이었을 것이다. 지금은 나도 (비록 일주일에 몇 시간, 서류 정리가 대부분이지만) 사무실 일을 해보니 정말 힘들었다는 걸 잘 알겠다.

그래서 그 총기를 아주 오랫동안 유지했어야 마땅한 명석한 한 남자에 대해서라면 희미한 기억밖에 떠오르지 않는 것이 사실이었다. 하지만 나는 그 남자를 보러 가려는 게 아니었다.

"버스 타고 갈 거예요."

우버나 리프트가 너무 비싸서 못 타던 시절에는 항상 뉴저지에 갈 때마다 버스를 탔기 때문에 그게 편했다.

"너 시험은……. 기말고사 공부를 해야 하잖아……."

"책은 휴대가 가능한 특별한 마법이잖아요. 어디서든 읽으면 되죠. 들고 갈게요. 거기 가서 봐요."

"밤을 새워야 할지도 몰라." 어머니가 말했다. "정말 괜찮겠니?"

나는 괜찮다고 대답했다.

해리 외삼촌이 돌아가셨을 때 내가 정확히 어디에 있었는지 모르겠다. 뉴저지에 있었을 수도 있고 어쩌면 허드슨강을 건널 무렵이었을 것도 같다. 새똥이 말라붙은 버스 차창 밖으로 양키 스타디움을 보던 때였을지도 모른다. 기억나는 거라곤 요양원 (외삼촌의 마지막 요양원이 되어버린) 바깥의 정자나무 아래에 놓인 벤치에 앉아 나를 기다리던 어머니의 모습뿐이다. 어머니는 우는 대신 담배를 피우고 있었다. 어머니가 담배를 피우는 모습은 너무 오랜만이었다. 나를 만나 힘껏 안아주는 어머니를 나도 똑같이 안아드렸다. 어머니의 향수 냄새가 났다. 오래되어 익숙한 '라비에벨'의 달콤한 내음은 언제나 나를 어린 시절로 데려간다. 자기가 그린 손가락 칠면조가 고양이 궁둥짝을 후려칠 만큼 멋지다고 믿는 어린 소년 시절의 나로 돌아가는 것이다. 물어볼 필요도 없었다.

"내가 도착했을 때 10분도 안 됐다고 하더구나."

어머니가 먼저 입을 열었다.

"괜찮아요?"

"응. 슬프지만 한편으로는 드디어 끝났구나 하고 안심이 돼. 같은 병에 시달리는 사람들에 비하면 정말 오래 버텨준 거야. 있지, 엄마는 여기 앉아서 뜬공 셋, 땅볼 여섯** 게임 생각하고 있었어. 뭔지 기억나니?"

"네, 알 것 같아요."

"남자애들이 내가 여자라는 이유로 게임에 끼워주지 않았었지. 그런데 해리가 그 애들한테 말했어. 날 끼워주지 않으면 자기도 게임을 안 하겠다고. 해리는 인기도 많았어. 늘 최고 인기인이었단다. 애들 말로는 나도 인기가 있었대. 게임에서 유일한 여자아이였으니까."

"게임은 잘했어요?"

---

* La Vie est Belle. 프랑스어로 '인생은 아름답다.'는 의미.
** three flies, six grounders. 야구와 비슷한 규칙으로 경기를 하되 보다 간소화된 게임.

"끝내줬었지." 어머니는 그렇게 말하고 웃음을 터뜨렸다. 그러다가 한쪽 눈을 닦더니 결국 울고 말았다. "있지, 엄만 애커먼 부인하고 (그녀가 요양원의 대장 격이었다.) 의논할 것도 있고 서류에 사인도 해야 해. 그런 다음에 외삼촌 방으로 가서 당장 챙겨갈 물건이 있는지 볼 거야. 뭐가 있을 것 같진 않지만."

나는 놀라서 동요했다.

"그럼 외삼촌이 아직⋯⋯."

"아직 여기 있어, 아가. 여기 자체 장례식장에. 내일 해리를 뉴욕으로 데리고 가는 거랑⋯⋯ 그, 마지막 절차를 협의할 거야." 어머니가 말을 멈추었다. "제이미?"

나는 어머니를 바라보았다.

"너⋯⋯. 외삼촌이 보이는 건 아니지, 그렇지?"

"아니에요, 마(Ma)." 미소를 지으며 내가 대답했다.

어머니는 나의 턱을 잡아챘다.

"엄마가 그렇게 부르지 말라고 몇 번이나 말했는데 또 그러네? 마아(maa) 소리는 누가 내는 거라고?"

"아기염소요."

나는 대답 끝에 "네 네 네."하고 덧붙였다.

그러자 어머니가 웃음을 터뜨렸다.

"기다리고 있으렴, 아가. 금방 끝날 거야."

어머니가 건물 안으로 들어갔다. 나는 3미터도 안되는 지척에 서 있는 해리 외삼촌을 바라보았다. 외삼촌은 죽을 때 입고 있던 잠옷 차림으로 줄곧 거기에 서 있었다.

"안녕, 해리 외삼촌." 내가 말했다. 대답이 없었다. 하지만 나를 쳐다보았다. "아직도 알츠하이머에 걸려있어요?"

"아니."

"그럼 지금은 괜찮아진 거네요?"

나를 보는 해리 외삼촌의 눈빛에 약간의 익살이 반짝였다.

"그런 것 같아. 죽는다는 것이 네가 말한 괜찮다는 정의에 어울린다면."

"엄마가 보고 싶어 할 거예요, 해리 외삼촌."

답이 없다. 질문을 한 게 아니라 대답을 기대하지도 않았다. 그래도 묻고 싶은 것이 하나 있었다. 외삼촌을 답을 모를 수도 있지만 '구하지 않으면 얻을 수 없다.'라고 하지 않던가.

"제 아버지가 누군지 아세요?"

"응."

"누구죠? 누군데요?"

"나야."

해리 외삼촌이 대답했다.

69

이제 거의 끝이 났다. (서른 쪽 분량을 아주 많다고 생각할 때도 있었는데!) 이건 그리 길지 않다. 그러니 미처 다 읽기 전에 포기하지 않길 바란다.

나의 조부모님들은 (알고 보니 나의 *유일한* 조부모님들이었다.) 크리스마스 파티에 가던 도중 사망했다. 크리스마스를 맞아 잔뜩 취한 어떤 남자가 4차선 고속도로에서 방향을 틀어 3개 차선을 가로질러버리는 바람에 정면으로 들이받은 것이다. 그 남자는 술꾼들이 흔히 그렇듯 살아남았다. 나의 외삼촌(이제 아버지로 밝혀진) 해리는 당시 뉴욕에서 크리스마스 파티 몇 군데를 순회하며 출판업자들, 편집자들, 그리고 작가들과 수다를 떨다가 그 소식을 들었다. 당시 에이전시를 갓 시작할 무렵이었고 해리 외삼촌은 (사랑하는 나의 늙은 아버지!) 마치 깊은 숲에서 모닥불을 기대하며 타오르는 잔가지 더미를 돌보는 신세였다. 외삼촌은 (일리노이의 소도시인) 고향 아콜라로 돌아와 장례를 치렀다. 장례식이 끝난 후, 콘클린 본가에서 손님을 접대했다. 많은 사람들이 레스터와 노마를 좋아했었기에 조문객도 아주 많았다. 음식을 가져온 사람이 있는가 하면 많은 가족들이 계획에 없던 막내를 갖게끔 대부 노릇을 톡톡히 한 술을 제공해준 이들도 있었다. 당시 대학을 졸업한 지 얼마 되지 않아 첫 직장인 회계 사무소에서 일을 하던 티아도 그 술을 엄청나게 마셨다. 그녀의 오빠도 마찬가지였다. 저런 불안한데, 그렇지?

모두가 집에 돌아간 뒤, 해리는 여동생의 방에서 슬립 차림으로 침대에 누워 목청이 터져라 울고 있는 그녀를 발견하게 되었다. 해리도 옆에 누워 동생을 껴안아 주었다. 그저 위로해 주던 건데 알다시피 위로하려고 한 행동이 다음에 어떤 위로로 이어졌을지는 뻔했다. 그때 딱 한 번뿐이었지만 한 번으로 충분했고 6주 후에 (뉴욕으로 돌아가 있던) 해리는 전화를 받게 된다. 그리고 얼마 안 있어 임신한 어머니가 에이전시에 합류했다.

어머니가 아니었다면 콘클린 저작권 에이전시가 그 험하고 치열한 바닥에서 성공할 수 있었을까? 내 아버지·외삼촌의 잔가지와 나뭇잎 더미에서 피어난 하얀 연기는 그가 처음으로 더 큰 나무 조각을 얹기도 전에 용두사미로 끝났을까? 단정 지어 말할 수 없는 일이다. 사업이 도약할 무렵, 나는 요람에 누워 기저귀에 오줌을 싸며 옹알거리고 있었다. 어머니가 일에 소질이 있었다는 건 나도 안다. 어머니가 아니었다면 에이전시는 이후 금융 시장이 곤두박질쳤을 때 나락으로 떨어졌을 것이다.

근친상간으로 태어난 아기에 대한 말도 안 되는 미신이 많다. 부녀간 근친과 남매간 근친에 대해서 유독 그렇다. 맞다. 의학적으로 문제가 생길 수 있다. 그리고 근친상간의 경우에는 발생 확률이 약간 더 높다. 하지만 그렇게 태어난 아기들 대부분이 선천적으로 정신박약, 애꾸눈, 곤봉발을 타고난다는 견해가 있지? 순 헛소리다.

내가 찾아본 바로는 근친상간 관계에서 태어난 아기들에게 가장 흔한 결점 중 하나가 분리되어 있어야 할 손가락이나 발가락이 붙어 있는 합지증이었다. 나의 왼손 검지와 중지 안쪽에는 영아 때 했던 분리 수술로 생긴 흉터가 있다. 어머니는 그 흉터에 대해서 내가 처음으로 물었을 때 (네댓 살 이전이었을 것이다.) 나를 병원에서 집으로 데려오기 전에 의사 선생님들이 해줬다며 "별거 아니야."라고 말했다.

물론 알다시피 내가 타고난 다른 것도 있다. 그것도 아마 옛날 옛적에 비탄과 술로 고통받던 내 부모님들이 보통의 남매지간보다 좀 더 가까워졌다는 사실과 관련이 있을지 모른다. 아니면 죽은 사람을 보는 능력은 그 일과 전혀 무관한 것일 수도 있다. 음치인 부모들도 노래를 천부적으로 잘하는 자녀를 낳을 수 있다. 문맹의 부모들이 훌륭한 작가를 낳을 수 있는 것과 마찬가지다. 때때로 재능은 갑자기 나타나기도 하고 갑자기 나타난 것처럼 보이기도 한다.

다만, 잠깐, 기대하시라.

저 이야기는 모두 소설이다.

티아와 해리가 제임스 리 콘클린이라는 아기의 부모가 된 경위는 나도 모른다. 해리 외삼촌에게 자세한 내막을 전혀 물어보지 않았기 때문이다. 외삼촌은 대답을 해줬겠지만 (앞서 명확히 했듯 죽은 이들은 진실만을 말해야 한다.) 내가 알고 싶지 않았다. 나는 외삼촌의 대답 두 마디(*나야*.)를 들은 뒤에 곧장 돌아서서 어머니를 찾으러 요양원 안으로 들어갔다. 그는 나를 따라오지 않았고 다시는 볼 수 없었다. 어쩌면 장례식이나 묘지 예배에서 볼 수 있을 거라 생각했지만 외삼촌은 나타나지 않았다.

뉴욕으로 돌아오는 길에 (옛날처럼 버스를 타고) 어머니는 나더러 무슨 일이 있는지 물었다. 나는 아무 일도 없다고, 그저 해리 외삼촌이 정말 돌아가셨다는 생각에 익숙해지려는 애쓰는 중이라고 말했다.

"어릴 때 유치가 빠진 기분이 이랬어요." 내가 덧붙였다. "내 속에 생긴 구멍이 계속 느껴졌죠."

"그렇지." 어머니는 나를 안아주며 말했다. "나도 그런 기분이야. 그래도 슬프지는 않아. 슬플 거라고 생각하지도 않았지만, 정말로 슬프지 않아. 사실 아주 오랫동안 없는 사람처럼 지냈으니까."

누군가의 포옹을 받는다는 건 좋은 일이다. 나는 내 어머니를 사랑했고 지금도 마찬가지다. 하지만 그날은 어머니에게 거짓말을 했다. 심지어 부작위에 의한 거짓말도 아니었다. 나는 이가 *빠진* 기분이 아니었다. 오히려 이가 새로 자라나는 기분, 뚫고 나올 공간도 없는 입안에서 새 이가 솟아나는 기분이었다.

틀림없는 사실들은 내가 앞서 들려준 이야기를 더 그럴듯하게 만든다. 레스터와 노마 콘클린이 크리스마스 파티에 가던 중 음주 운전자 때문에 사망한 것은 *사실이다.* 해리가 그들의 장례식을 치르기 위해 고향 일리노이로 돌아온 것도 *사실이다.* 아콜라《레코드 헤럴드》의 기사에 해리 외삼촌이 추도 연설을 했다는 기록이 남아있었다. 티아 콘클린은 *실제로* 직장을 그만 두고 이듬해 초에 그녀의 오빠가 새로 시작한 저작권 에이전시 일을 도우러 뉴욕으로 갔다. 그리고 제임스 리 콘클린은 *실제로* 장례식이 있고 나서 아홉 달쯤 뒤, 레녹스 힐 종합병원에서 이 세상에 데뷔했다.

그러니 응 응 응, 그래 그래 그래. 어쩌면 내가 말한 그대로의 일들이 있었을지도 모른다. 논리적으로 충분히 그럴 만하다. 하지만 다른 식으로 일이 벌어졌을 가능성도 있다. 나는 아주 마음에 들지 않는 이야기지만 예를 들자면 술이 인사불성이 되도록 마신 젊은 여성이 마찬가지로 술에 취해 흥분한 그녀의 오빠에게 성폭행을 당했을 수도 있는 것이다. 내가 해리 외삼촌에게 직접 물어보지 않은 이유는 단순하다. 알고 싶지 않았기 때문이다. 두 사람이 낙태를 고려했었는지 궁금하냐고? 가끔 궁금할 때가 있다. 웃을 때마다 생기는 보조개 말고 나의 외삼촌·아버지에게 물려받은 유전이 더 있다는 것 때문에, 혹은 스물둘이라는 어린 나이에 짙은 머리칼 사이로 새치가 보이기 시작한다는 사실 때문에 걱정되냐고? 직설적으로 말해서, 서른, 서른다섯, 마흔의 아직 젊은 나이에 정신줄을 놓기 시작할까 봐 걱정되냐고? 그렇다. 당연히 걱정이 된다. 인터넷에 찾아보니 내 아버지·외삼촌이 고생했던 이유는 EOFAD, 초로기 가족력 알츠하이머 병이었다. 프리세닐린1 유전자와 프리세닐린2 유전자로 결정되기 때문에 돌연변이의 양성 여부를 검사한다. 테스트 관에 침을 뱉고 결과를 기다리기만 하면 된다. 나도 검사를 받아볼까 싶다.

나중에.

재미있게도 이전에 썼던 쪽을 다시 돌아보니 점차 글솜씨가 좋아졌다는 걸 알 수 있었다. 포크너나 업다이크처럼 훌륭한 문장가 수준이라는 말이 아니다. 내가 말하고 싶은 건 내 문장력이 이걸 쓰면서 향상되었다는 점이다. 인생의 어지간한 일들은 다 그렇다. 그런 의미에서 테리올트를 점령한 그것을 다시 만날 때는 내가 더 나아지고 더 강해져 있으리라 기대하기만 하면 되는 것이다. 왜냐하면 난 그렇게 될 테니까. 마스든 저택에서의 그날 저녁 이후로 놈은 코빼기도 보이지 않는다. 리즈가 거울 속에서 뭘 보고 정신이 나가버렸던 그것은 아직도 사리고 있다. 나는 느낄 수 있다. 사실 그것의 존재를 알 수 있다. 하지만 나는 놈의 정체를 알지 못한다.

상관없다고 생각한다. 나는 내가 중년에 정신을 놓게 될 것인가 아닌가 하는 미결의 의문에 매여 살고 싶지 않다. 내 주변을 떠나지 않는 그것의 그림자에 가려 살 마음도 없다. 내 인생의 너무 많은 날들이 하얗게 질려버렸다. 내가 근친상간으로 태어난 아이라는 사실은 갈라진 피부 틈새로 죽은 빛이 새어나오는 테리올트의 까맣게 탄 껍데기에 비하면 너무 하찮아서 우스워 보일 지경이다.

그것이 내게 쿠드 의식의 재대결을 신청했던 이래로 다년간 나는 많은 책을 읽었다. 그리고 리지스 토머스의 로아노크 소설이나 스토커의 『드라큘라』에서 찾아볼 수 없는 수많은 이상한 미신들과 기이한 전설을 접했다. 그중에 산 자의 몸을 차지한 악마에 관한 이야기는 많이 있었지만 죽은 자를 지배할 수 있는 존재에 대한 이야기는 찾을 수 없었다. 그나마 가장 비슷한 것이 사악한 유령들 이야기인데 그건 엄밀히 말해 전혀 다른 경우다. 그래서 나는 내가 대적하는 놈의 정체가 무엇인지 모른다. 오직 그것에 맞서야 한다는 것만 안다. 내가 휘파람을 불면 그것이 온다. 우리는 혀를 무는 의식 대신에 서로를 껴안을 것이다. 그러고 나면…… 뭐.

그때 알게 되겠지?

그럴 것이다. 차차 알게 될 일이다.

나중에.

〈끝〉

옮긴이 | 진서희

좋아하는 일을 제대로 하면서 살고 싶은 번역가. 옮긴 책으로 『듄 그래픽노블1,2』, 『고도에서』, 『나중에』, 『달콤하게 죽다』, 『제인 오스틴이 블로그를 한다면』, 『종말일기Z: 암흑의 날』, 『남겨둘 시간이 없답니다』, 『시녀 이야기—그래픽 노블』, 「개를 데리고 다니는 남자」 등이 있다.

나중에

1판 1쇄 펴냄 2022년 11월 4일
1판 2쇄 펴냄 2022년 12월 8일

지은이 | 스티븐 킹
옮긴이 | 진서희
발행인 | 박근섭
편집인 | 김준혁
펴낸곳 | 황금가지

출판등록 | 2009. 10. 8 (제2009-000273호)
주소 | 06027 서울 강남구 도산대로 1길 62 강남출판문화센터 5층
전화 | 영업부 515-2000 **편집부** 3446-8774 **팩시밀리** 515-2007
홈페이지 | www.goldenbough.co.kr

도서 파본 등의 이유로 반송이 필요할 경우에는 구매처에서 교환하시고
출판사 교환이 필요할 경우에는 아래 주소로 반송 사유를 적어 도서와 함께 보내주세요.
06027 서울 강남구 도산대로 1길 62 강남출판문화센터 6층 민음인 마케팅부

한국어판 ⓒ황금가지, 2022. Printed in Seoul, Korea
ISBN 979-11-7052-196-9 03840

㈜민음인은 민음사 출판 그룹의 자회사입니다.
황금가지는 ㈜민음인의 픽션 전문 출간 브랜드입니다.